उपन्यास

लाल टीन की छत

लेखक की कृतियाँ

कहानी-संग्रह

परिन्दे (1959), जलती झाड़ी (1965), पिछली गर्मियों में (1968), बीच बहस में (1973), कव्वे और काला पानी (1983), प्रतिनिधि कहानियाँ (1988), सूखा तथा अन्य कहानियाँ (1995), थिगलियाँ (2024)

उपन्यास

वे दिन (1964), लाल टीन की छत (1974), एक चिथड़ा सुख (1979), रात का रिपोर्टर (1989), अन्तिम अरण्य (2000)

यात्रा-संस्मरण/डायरी

चीड़ों पर चाँदनी (1963), हर बारिश में (1970), धुंध से उठती धुन (1997)

निबन्ध

शब्द और स्मृति (1976), कला का जोखिम (1981), ढलान से उतरते हुए (1985), भारत और यूरोप : प्रतिश्रुति के क्षेत्र (1991), इतिहास स्मृति आकांक्षा (1991), शताब्दी के ढलते वर्षों में (1995), दूसरे शब्दों में (1997), आदि, अन्त और आरम्भ (2001), साहित्य का आत्म-सत्य (2006), सर्जना पथ के सहयात्री (2006)

नाटक

तीन एकान्त (1976)

अनुवाद

पराजय : अलेक्सांद्र फेदेयेव (1954), बचपन : टाल्स्टॉय (1954), कुप्रिन की कहानियाँ : अलेक्सांद्र कुप्रिन (1955), रोमियो जूलियट और अँधेरा : यान ओत्चानाशेक (1964), खेल-खेल में : चेक कहानियाँ (1966), इतने बड़े धब्बे : चेक कहानियाँ (1966), झोंपड़ीवाले और अन्य कहानियाँ : मिहाइल सदौवेन्यु (1966), कारेल चापेक की कहानियाँ (1966), बाहर और परे : इर्षी फ्रीड (1967), आर.यू.आर. : कारेल चापेक (1972), एमके : एक गाथा : जोसेफ़ श्कवोरेस्की (1973)

पत्र

प्रिय राम, प्रिय निर्मल (2006), देहरी पर पत्र (2009), चिट्ठियों के दिन (2009)

साक्षात्कार

संसार में निर्मल वर्मा (2006)

संचयन

दूसरी दुनिया (1978)

लाल टीन की छत

निर्मल वर्मा

राजकमल पेपरबैक्स

पहला **राजकमल** संस्करण 1974 में प्रकाशित
पहला **राजकमल** पेपरबैक संस्करण 1996 में प्रकाशित

पुनर्नवा संस्करण : फरवरी, 2024
तीसरा संस्करण : मई, 2025

राजकमल पेपरबैक्स : उत्कृष्ट साहित्य के जनसुलभ संस्करण

राजकमल प्रकाशन प्रा. लि.
1-बी, नेताजी सुभाष मार्ग, दरियागंज
नई दिल्ली-110 002
द्वारा प्रकाशित

शाखाएँ : अशोक राजपथ, साइंस कॉलेज के सामने, पटना-800 006
पहली मंजिल, दरबारी बिल्डिंग, महात्मा गांधी मार्ग, प्रयागराज-211 001
1, अनमोल सोराबजी सन्तुक लेन, मरीन लाइंस, मुम्बई-400002

वेबसाइट : www.rajkamalprakashan.com
ई-मेल : info@rajkamalprakashan.com

विकास कंप्यूटर एंड प्रिंटर्स
ट्रॉनिका सिटी-201 102
द्वारा मुद्रित

मूल्य : ₹350

LAL TEEN KI CHHAT
Novel by Nirmal Verma

ISBN : 978-93-6086-306-7

पुतुल को

एक साँस में

लाल टीन की छत

सब तैयार था। बिस्तर, पोटलियाँ—एक सूटकेस। बाहर एक कुली खड़ा था, टट्टू की रास थामे—अनमने भाव से उस मकान को देख रहा था, जहाँ चार प्राणी गलियारे में खड़े थे—एक आदमी, एक औरत, एक बहुत छोटी औरत, जो बौनी-सी लगती थी—और उनसे ज़रा दूर एक गंजे सिरवाला लड़का, जो न आदमी जान पड़ता था, न बच्चा, लेकिन जिसका मुँह खुला था और एक अजीब ख़ाली मुस्कान एक कान से दूसरे कान तक फैली थी।

मकान के ऊपर लाल टीन की छत थी। वह दुपहर की धूप में शीशे-सी चमक रही थी।

वह मार्च का महीना था।

कुछ देर तक सन्नाटा खिंचा रहा। सिर्फ़ टट्टू कभी-कभी अपना सिर हिला देता था। सामान एक तरफ़ जमा होता गया। अब शायद कोई चीज़ मकान से बाहर नहीं आएगी, कुली ने सोचा। एक बार फिर आँखें

गलियारे पर उठीं—चारों व्यक्ति वैसे ही रेलिंग के पीछे खड़े थे—बिना हिले-डुले, निश्चल, जैसे धूप में अपनी तसवीर खिंचा रहे हों!

नीचे की मंज़िल के सब दरवाज़े बन्द थे। सामने एक छोटा-सा गेट था, जो बाग़ की तरफ़ खुलता था। गेट पर ही टीन का एक लेटर-बॉक्स लटक रहा था, एक कील पर अटका हुआ, जैसे कोई मरा हुआ पक्षी औंधा झूल रहा हो! हवा चलती, तो वह हिलने लगता, एक धीमी-सी आवाज़ फैल जाती और टट्टू चौंककर चारों तरफ़ अपनी थकी, डबडबाई आँखों से देखने लगता।

हल्की-सी हलचल हुई तो कुली का ध्यान सहसा ऊपर बरामदे की तरफ़ गया। कमरे से एक लड़की बाहर निकली—उसके पीछे एक अधेड़ क़िस्म का आदमी जिसके कन्धों पर लम्बे बालों की चोटियाँ लटकी थीं—वह एक छोटा-सा बैग उठाकर आ रहा था। कपड़ों से, चाल-ढाल से वह घर का नौकर दिखाई देता था। वह घिसटता हुआ चल रहा था, लड़की के पीछे-पीछे, और उसके बोझिल क़दमों के नीचे समूचा बरामदा हिल रहा था।

वे सीढ़ियाँ उतर रहे थे।

अन्तिम सीढ़ी पर पहुँचकर लड़की ठिठक गई। उसे कुछ याद आया, जैसे जल्दी में वह कोई चीज़ भूल गई हो। वह दुबारा सीढ़ियाँ चढ़ने लगी, बरामदे में आकर घर के पिछवाड़े की तरफ़ मुड़ गई—और एक क्षण में आँखों से लोप हो गई। कहाँ गई? कुली को विस्मय हुआ। टट्टू ने पूँछ हिलाई। नौकर ने बैग ज़मीन पर रख दिया और मैली, मिचमिचाती आँखों से पहाड़ों को देखने लगा, जो मार्च की धूप में निखर आए थे, बर्फ़ में धुले हुए—साफ़ और नंगे।

वह अपने कमरे के पीछे आई, जहाँ वह खड़ा था—एक छोटा-सा लड़का, दो बड़ी-बड़ी चमकती आँखें, माथे पर भूरे बालों का बवंडर। वह उसकी ओर देख रहा था।

मैं जा रही हूँ...लड़की के होंठ फड़फड़ाए, लेकिन स्वर बाहर नहीं आया—और लड़के ने पीठ मोड़ ली। वह पास आई, मन में आया, वापिस लौट जाए, लेकिन वह वहाँ खड़ी रही, लड़के की साँसें सुनती हुई, देखती हुई, बीती सर्दियों की उसाँस—जो अब दोनों के बीच भरने लगी थी। उसने आँखें मूँद लीं—दुपहर की धूप में अचानक अँधेरा चला आया, बर्फ़, हवा, लम्बी ठिठुरती छुट्टियाँ दुबारा लौटने लगीं।

काया, ओ री काया...नीचे से आवाज़ आई। वे उसे बुला रहे थे। वे प्रतीक्षा कर रहे थे—कुली, टट्टू, गलियारे में खड़े चार व्यक्ति...और पहाड़ जो मकान के चारों तरफ़ थे, चुपचाप चमकते हुए।

1

उसने आँखें खोल दीं, फिर मूँद लीं। समय बीतने लगा। उसने चादर का कोना कसकर भींच लिया। देह तन गई। एक क्षण के लिए भ्रम हुआ कि उसका सिर दरवाज़े की तरफ़ सरक आया है, जहाँ उसके पैर थे। बेशक, यह भ्रम था। पैर और सिर एकसाथ एक जगह नहीं हो सकते। वह हँसने लगी।

"हिश्! कुछ दिखाई दिया?"

"कुछ भी नहीं।"

"तुम हँस क्यों रही थीं?"

छोटे इन बातों को नहीं समझ पाते थे—फिर भी समझदारी में सिर हिला देते थे। बहाना करते थे। वह हर भेद के भीतर रहना चाहते थे। उन्हें जो बात बहुत दुखती थी, वह जब बर्दाश्त के बाहर चली जाती, तो वह एक रहस्य बन जाती थी। वह उससे खेल सकते थे। फिर उसे सहना मुमकिन हो जाता था।

वे जड़ होकर लेटे रहे।

बाहर बरामदे का फ़र्श गुर्राया था। वह अँधेरे में चुपचाप गुर्राता रहता था। लकड़ी का फ़र्श था, जो ज़रा-सा भी दबाव सहन नहीं कर सकता था। यों समूची कोठी लकड़ी की बनी थी। जब कभी हवा ऊपर उठती, सब कमरों के ढाँचे हिलने लगते और बरामदा—वह हिलता इतना नहीं था, जितना गुर्राता था।

"कौन था काया?" छोटे ने पूछा।

"कोई नहीं," काया ने कहा, फिर भी भीतर एक पतली-सी उम्मीद कसने लगी। गले में गोमड़-सा उमड़ने लगा। जब से लामा गई थी, वे इसी तरह अपने को धोखा देते थे। वे उसके कमरे का दरवाज़ा भेड़ देते, लेकिन साँकल नहीं लगाते थे। जब रात हो जाती, दोनों अपने कमरे में साँस रोके लेटे रहते, इस टोह में जागते रहते, कब हवा से दरवाज़ा खटाक् से खुल जाएगा और लामा बाहर आएगी, बरामदे में घूमेगी, जैसे वह घूमती थी। वे उसे चाँदनी में देखेंगे। उन दिनों ढेर-सी चाँदनी पहाड़ों से आती थी। बरामदे में, छज्जे पर, छत के आर-पार एक चमकीली-सी रेत बिछ जाती। बरामदा ज़रा-सा भी हिलता तो दोनों के दिल हिलने लगते।

कोई आया था?

वह झटके से बिस्तर पर बैठ गई। कितने खटके थे, इतने बड़े मकान में कहीं न कहीं दरवाज़ा खटकता है, छत हिलती है...उन सबके बीच अपनी उम्मीद को पिरोना—अपने समय से एक दूसरे समय में झाँकना, जो बीत चुका था, लेकिन जिसे वह हर रात पुनर्जीवित करते थे—उनके बीच 'कुछ नहीं' का संसार फैला था और वहाँ कुछ भी हो सकता था। इसलिए उनकी उम्मीद उतनी ही असीम थी, जितना उसका आतंक—वे एक छोर से दूसरे छोर तक डोलते रहते।

"तुमने देखा नहीं—रोशनी जली थी।"

"कैसी रोशनी?"

"कमरे और गलियारे के बीच—सीढ़ियों पर!"

"तुम पागल हो..." काया ने ठिठुरते हुए कहा, "वह बाबू थे। मँगतू ने कमरे की बत्ती जलाई थी। ग़ुसलख़ाने में नल खुला था—तुमने बहते पानी की आवाज़ नहीं सुनी?"

"बहते पानी की?" वह हँसने लगा—डर से उसकी हँसी भी भयानक हो गई थी, "तुम कितना झूठ बोलती हो काया! हद के बाहर झूठ!"

"हाँ, पानी बह रहा था," वह बोलती गई, "मैंने आँखें मूँद रखी थीं, पर मैं सब सुन सकती थी। मैंने और भी कुछ सुना था..." उसकी आवाज़ हल्के-से काँप गई, जैसे एक झूठ से दूसरे झूठ पर कूदना ही अपने में सच हो, बीच हवा में एक छलाँग, जो सब छलनाओं को काट जाती है।

"क्या सुना था? तुम बहक रही हो। बताओ, क्या सुना था?" ऐसे मौक़ों पर छोटे अपने बड़प्पन का स्वाँग उतार देते। एकदम आतुर-से हो जाते—अपने ओछे सन्देह से उठकर उस चमत्कार तक पहुँच जाना चाहते, जिसके आलोक में काया बैठी होती।

"ठीक है, मैं बहक रही हूँ," काया ने कहा। वह छोटे से बहुत दूर चली गई थी। "मैं झूठ बोल रही हूँ।"

"मेरा मतलब यह नहीं था..." छोटे ने रुआँसे स्वर में कहा, "लेकिन तुम सोचती बहुत हो—उन चीज़ों के बारे में भी, जो नहीं हैं।"

"कौन नहीं है? अगर कुछ नहीं है, तो तुम यहाँ क्यों बैठे हो? छोटे, मुझे यह बताओ, तुम यहाँ क्या कर रहे हो?"

वे वहाँ क्यों बैठे थे, यह प्रश्न उसने कभी इतने बेलौस ढंग से नहीं पूछा था। हर रात वे कमरे में राह तकते थे। बत्ती बुझाकर और खिड़कियाँ खोलकर। बाहर हवा साँय-साँय चलती थी। दिन-भर जो पत्ते (वह अक्तूबर का महीना था) और सूखी टहनियों के टुकड़े छत पर गिर जाते, उसकी आवाज़ सुनते हुए भी वे उसे अनसुना कर देते थे, क्योंकि सुनने और बाट जोहने के बीच उनका अपना एक शोर था—पहाड़ी शहर

का निस्तब्ध शोर—जिसका पीछा वे शिकारी कुत्तों की तरह करते थे, अपने बचपन के घने, बीहड़ जंगल में घूमते हुए, एक-एक आवाज़ को सूँघते हुए, उनमें अपनी स्मृति की गन्ध टोहते हुए—और फिर हड्डियों की तरह उन्हें आधा चबाकर, आधा निगलकर अपनी झाड़ियों में छिपा देते थे, ताकि रात की सूनी घड़ियों में वे सबकी आँख बचाकर दोबारा वहाँ आ सकें, चैन से उन्हें चबा सकें। उनसे कुछ भी नहीं बच पाता था।

इन्हीं हड्डियों के बीच लामा थी—बुआ की लड़की, जो कुछ महीने रहकर अचानक चली गई थी। जब यहाँ थी, उसका अलग कमरा था, बरामदे के दूसरे छोर पर—जो अब ख़ाली पड़ा रहता था। उन्होंने उसे वैसा ही रहने दिया था, जैसा वह था, जब वह उसमें रहती थी। इससे यह भ्रम टिका रहता कि वह अब भी वहाँ है, हमेशा वहाँ रहेगी—कोई उससे बचकर नहीं निकल सकता था। वह किसी भी समय आ सकती थी। वह इतना कुछ उन दोनों के लिए छोड़ गई थी कि यह सोचना असम्भव लगता कि वह उनके बीच नहीं है।

उसने रज़ाई फेंक दी और दबे क़दमों से बरामदे में चली आई। वहाँ कोई न था। सिर्फ़ ज़ीने की बत्ती खुली थी, जो रात-भर जलती रहती थी। सीढ़ियाँ नीचे की मंज़िल में जाती थीं, जहाँ मिस जोसुआ रहती थीं। सबसे ऊपरी सीढ़ी पर जूते रखे थे—बाबू के अलग, काया के अलग, उसके अलग। किन्तु इस घड़ी वे सब गडमड हो गए थे। बरामदे के धीमे आलोक में वे जूते नहीं, एक आकारहीन लोंदे-सा जानवर दिखाई देते थे, जिसका सिर बाबू के जूते और पैर काया की चप्पलों से बना था। यह घर की पुरानी परम्परा थी—घर के सब प्राणी रात को सोने से पहले अपने-अपने जूते वहाँ जमा कर आते थे—और सुबह हरिया उन्हें चमचमाता हुआ उसी जगह छोड़ जाता था।

वह कोने में खड़ी उन्हें ताकती रही—जिस कोने में लामा की चप्पलें रहती थीं, वह अब ख़ाली पड़ा था। बिलकुल ख़ाली भी नहीं।

वहाँ अब धूल की मोटी तह जमा हो गई थी। उसे यह हमेशा अजीब-सा लगता था कि जब लोग किसी जगह, किसी कमरे को छोड़कर चले जाते हैं, तो वह ख़ाली नहीं होता—वहाँ एक तरह का जाला तन जाता था, हवा और धूल में हिलता हुआ—वह दिखता नहीं था, लेकिन कभी-कभी अनजाने में वह घेर लेता, काया उसमें फँसने लगती तो उसे लगता कि शायद लामा भी यहीं कहीं होगी, वह सबको देख रही है, लेकिन उसे कोई नहीं देख सकता।

नहीं, कोई जगह ख़ाली नहीं होती, काया को लगता था, कोई किसी को छोड़कर नहीं जाता।

छोटे बहुत देर तक इन्तज़ार में लेटे रहे। जब काया नहीं लौटी, तो वह भी बाहर चले आए। बरामदे में चारों तरफ़ देखा। घर के सब प्राणी सो रहे थे। सिर्फ़ लामा के कमरे का दरवाज़ा कभी खुलता था, कभी बन्द हो जाता था—खटाक, खटाक-सी आवाज़ सन्नाटे को भेद जाती थी। कुछ देर तक दोनों ही अँधेरे में साँस लेते रहे—तुमने देखा किसी को? छोटे धीरे से फुसफुसाए—लेकिन काया कुछ भी नहीं बोली। वह सतर्क, चौकन्नी आँखों से बरामदे के हर कोने को देख रही थी। एक जँगला पेटी-सा सारे मकान को बाँधे था—उसके परे जंगल था—दूर लम्बे पहाड़ों का सिलसिला शुरू होता था, जो अब दिखाई नहीं देते थे। सिर्फ़ दूर-दूर अन्तरालों पर इक्की-दुक्की बत्ती दिखाई दे जाती—और तब अँधेरे में यह पहचानना भी मुश्किल हो जाता कि वह तारा है या बत्ती। उसे याद आया, बहुत दिन पहले वे तीनों खिड़की के पास बैठे अलग-अलग पहाड़ों के बीच बत्तियों और तारों को एक-दूसरे से अलग करने की कोशिश करते थे—

लामा कहती थी, एक आँख दबाकर देखो, अगर बत्ती टिमटिमाने लगे, तो वह तारा है, वरना वह कुछ भी हो सकती है, लैम्पपोस्ट, घर की रोशनी, जानवर की आँखें!

लामा को न भूत दिखाई देते थे, न प्रेत—हर जगह उसे जानवर या जानवरों के भेष में जाने-पहचाने प्राणी दिखाई देते थे। हममें से हर कोई एक-न-एक जानवर है, यह हमें मालूम नहीं होता, वह कहती थी, लेकिन कभी-न-कभी ज़रूर पता चल जाता है और जब पता चलता है, तो हम जो कुछ खाते हैं, जो कुछ पीते हैं, जो करते हैं—वह अपने लिए नहीं, बल्कि उस जानवर के लिए...लेकिन यह बात किसी से कहते नहीं। शर्म के मारे नहीं कहते, हालाँकि लामा को न कभी शर्म आती थी, न किसी से डर लगता था।

छोटे की देह सिहरने लगी। कब तक वे ऐसे खड़े रहेंगे?

"चलोगी नहीं काया?" उसने कहा—ख़ुद अकेले कमरे में लौटना उसे दूभर लग रहा था। उसे यह डर भी सताता रहता था कि काया जो कुछ अपने अकेलेपन में देखती है, उससे कहती नहीं। वह इसीलिए हर मौक़े पर उसके साथ रहता था, जोंक की तरह अपनी बहिन से चिपटा रहता था—क्या मालूम, कब कोई ऐसी बात हो जाए, जब वह मौजूद न हो। वह सो भी रहा होता, तो अपनी मौजूदगी की पोटली सिरहाने रखता—ताकि वक़्त पड़ने पर उसे बटोरकर एकदम खड़ा हो सके, जहाँ ज़रूरत हो, वहाँ तत्काल पहुँच सके।

होगा कुछ नहीं, काया ने हताशा की साँस खींची—और उस एक साँस में दिन-भर की भटकती थकान सिमट आई। वह पीछे मुड़ी और कसकर छोटे के कन्धे पकड़ लिये—तुम अब भी खड़े हो? देखते नहीं, यहाँ कोई नहीं है? तुम इतने बेवक़ूफ़ हो छोटे कि तुम सोचते हो कि लामा यहाँ आएगी? वह धीरे-धीरे उसे हिलाने लगी, जैसे किसी सोते हुए प्राणी को झिंझोड़ रही हो। छोटे अकबकी आँखों से उसे देखते रहे—उसे काया

के ग़ुस्से से डर नहीं लगता था, सिर्फ़ एक दया-सी आने लगती, अपने पर उतनी ही, जितनी काया पर—इतनी रात अँधेरे बरामदे में इस तरह खड़े रहना, न नींद में, न नींद के परे, खड़खड़ाते दरवाज़े को सुनना—इससे ज़्यादा और क्या चीज़ दयनीय हो सकती है? भ्रमों को पालना—उनमें सुख ढूँढ़ना—फिर उसी 'चीज़' को, जो न सुख होता, न भ्रम, एक मरे हुए चूहे की तरह घसीटकर कमरे में लाना—यह कोई गर्व की बात है? मन में आता, काया के दोनों हाथ पकड़कर कहे, बस, बहुत हो गया—मैं कल से माँ के कमरे में सोया करूँगा...तुम जो चाहो करो, जहाँ जाना चाहो, जाओ—मुझे कोई वास्ता नहीं...

कोई वास्ता नहीं? जिसे वह मरा हुआ चूहा समझते, वह आँख खोल देता, जैसे मुस्करा रहा हो—कह रहा हो, मेरी नौ ज़िन्दगियाँ हैं, इस तरह मुझे छोड़कर नहीं जा सकते—और फिर उम्मीद और जिज्ञासा और जोखिम का चक्कर शुरू हो जाता। वह मुड़ जाता। काया के साथ घिसटता हुआ अपने कमरे में जा बैठता।

उनका अपना कमरा—दो पलंग, एक मेज़, स्कूल की कुछ किताबें-कॉपियाँ, जो उन दिनों धूल-गर्द में लिपटी उपेक्षित पड़ी रहतीं। पलंगों के बीच एक छोटी-सी तिपाई थी, जिस पर मरी हुई तितलियाँ, कैडबरी चॉकलेट की तसवीरें और कुछ जड़ी-बूटियाँ पड़ी रहतीं—जिनसे एक अजीब नशीली-सी गन्ध आती रहती थी। छोटे इन चीज़ों को जमा नहीं करते थे, वे सिर्फ़ उनकी दुनिया का हिस्सा थीं, जो कमरे के भीतर और बाहर एक-जैसी फैली थी—और उस बाहर और भीतर के बीच कोई सीमा, कोई फ्रंटियर, कोई अलगाव नहीं था। लगता था, जैसे बाहर की दुनिया बहता पानी हो,

जो सब कूल-किनारों को पार करता हुआ भीतर आ जाता था, अपने साथ समूची तलछट ले आता था, जो उस पहाड़ी शहर को घेरे रहती थी—प्लेन वृक्षों के लाल-सुर्ख़ पत्ते, बाँस की लकड़ियाँ, चीड़ों के कोन—जैसे बाहर के महीने बदलते जाते, वैसे ही कमरे के संग्रहालय की चीज़ें भी। कुछ चीज़ें गिन्नी लाती थी, जब वह ज़िन्दा थी, मरे हुए जानवरों की हड्डियाँ और टूटे हुए घोंसले, जिन्हें वह मुँह में दबाकर लाती और मेज़ के नीचे छोड़ देती थी—वे लिसलिसे टूटे अंडों में लिथड़े तिनके, वे हड्डियाँ, वे बालों के गुच्छे अब भी मेज़ के नीचे पड़े थे, हालाँकि अब उसे कोई गिन्नी का कोना नहीं कहता था।

वे कमरे में लौटे तो अँधेरे में ही—बत्ती जलाने का हौसला न काया में था, न छोटे में। इतनी गई रात अगर माँ उनके कमरे में रोशनी देखतीं तो ज़रूर हैरान रह जातीं। कहतीं कुछ नहीं, लेकिन हैरान ज़रूर रह जातीं।

वे लेट गए। अब कोई नहीं आएगा—सिवाय नींद के। बाहर पहाड़ों से हवा आती, तो दरवाज़े धीरे-धीरे खटकने लगते, जैसे कोई बाहर खड़ा है, भीतर आने में हिचक रहा है। बहुत पुरानी स्मृति एक हिचकी-सी बनकर गले में अटक जाती। बाबू जब कभी दिल्ली से लौटते तो इसी तरह दरवाज़ा खटखटाते थे। उन्हें बिना चेतावनी दिये कमरे में घुसते हुए शर्म-सी आती थी। वह पहले छोटे के पलंग के पास जाते—और खड़े-खड़े उसके माथे को सहलाते—बोलते कुछ नहीं थे, और नींद में खोए छोटे को पता भी न चलता था कि वह उसके सिरहाने खड़े हैं, उसके बालों को सहला रहे हैं। काया दम रोके लेटी रहती, जैसे साँस लेते ही बाबू भाँप जाएँगे कि वह जाग रही है, उनकी प्रतीक्षा कर रही है। उसे कभी-कभी यह भय खाने लगता कि शायद बाबू बिना उसकी ओर देखे बाहर चले जाएँगे—शायद वह जल्दी में यह भूल जाएँगे कि कमरे में वह भी लेटी है—या शायद अँधेरे में उसे देखकर भी अनदेखा कर दें—और यह चिन्ता आग की तरह उसकी देह में फैलने लगती और वह

हड़बड़ाकर उठ बैठती—बाबू, वह घबराकर कहती, मैं भी यहाँ हूँ! और वह धीरे से उनके पास आते, कहते—मुझे मालूम है। तुम जाग रही थीं?

यह भी कोई जागना था? अँधेरे में आँखें फाड़ते हुए बाबू को लीलते अंग-अंग से अंग-अंग को निगलते जाना। अब आप जाएँगे तो नहीं? आप यहीं बैठे रहेंगे? आप घर में रहेंगे, इस घर में, जहाँ हम हमेशा आपको देख सकते हैं?

"तुम्हें याद है छोटे, वह इसी तरह दरवाज़ा खटखटाते थे।"

छोटे समझ गए—उन्हें चाभी देने की देर थी कि उनकी स्मृतियाँ एक रेलगाड़ी की तरह अपनी पटरी पर घूमने लगती थीं। वह ख़ुद रेलगाड़ी के डिब्बों के साथ घूमने लगते—एक ऐसे प्रान्तर में, जो कमोबेश शाश्वत रहता था—हर स्टेशन एक-जैसा ही लगता था, सिर्फ़ मौसम के आईने से वह उन्हें बदलता हुआ देखते थे—जैसे जब काया कभी बाबू की बात करती, तो अचानक गाड़ी गर्मियों के स्टेशन पर खड़ी हो जाती—हाँ, सचमुच चारों तरफ़ धूप फैली होती और सबसे ज़्यादा चीड़ के पेड़ चमकते क्योंकि उनकी सुइयाँ गर्मी के दिनों में सबसे ज़्यादा आँखों में चुभती थीं—लोग कहते थे, यह चढ़ाई का मौसम है, और चूँकि बाबू इन्हीं दिनों पर घर आते थे, छोटे अकसर सोचते थे कि बाबू दिल्ली से एक के बाद एक पहाड़ चढ़कर यहाँ पहुँचे हैं और उसे उन पर काफ़ी गर्व होता था और तरस भी आता था, लेकिन आँख झपकते ही स्टेशन गुज़र जाता, उतराई शुरू हो जाती, चीड़ की सूइयाँ जितनी ऊपर दिखाई देतीं, उतनी नीचे, और वे भी पीली पड़ जातीं—और तब वह विस्मय से पहाड़ों को देखता, कितने लोग कीड़ी-दल की तरह नीचे उतर रहे होंगे—दिल्ली, कानपुर, कलकत्ता, जो शहर उसने कभी नहीं देखे थे, लेकिन हर शहर के पीछे बाबू का चेहरा झाँकता रहता था...हाँ, मुझे मालूम है, काया, उसने अँधेरे में धीरे से कहा, वह इसी तरह दरवाज़ा खटखटाकर आते थे। वह गर्मियों में आते थे।

"छोटे! तुम्हें नहीं मालूम?" काया ने भीतर से भेद निकाला—एक ऐसी बात, जो किसी को मालूम नहीं थी—वह उसे एक अनमोल ख़ज़ाने की तरह अपने साथ लेकर चलती थी।

"क्या नहीं मालूम काया?"

"वे इस बार बड़े दिन की छुट्टी पर आएँगे।"

छोटे उठकर बैठ गए।

"तुम्हें कैसे मालूम?" अँधेरे में उनकी उत्सुकता चमकने लगी। ऐसा कभी नहीं होता था—गाड़ी सिर्फ़ गर्मियों में आकर रुकती थी, बीच में कोई स्टेशन नहीं आता था। बीच में सिर्फ़ बर्फ़ के धुँधले दिन थे, ख़ाली कमरे, झुकी, मरी हुई पेड़ों की शाखाएँ—एक लम्बा अन्तहीन विस्तार, जहाँ बाबू का नाम-निशान तक नहीं था।

लेकिन काया आगे कुछ नहीं बोली—उसे यह अजीब-सा अन्धविश्वास था कि कोई बात कह देने पर कभी पूरी नहीं होती—ख़ुशी की रौ में आकर उसने आधी बात छोटे से कह दी थी, लेकिन फिर छोटे की उत्सुकता ने उसे डरा दिया—जो ख़ज़ाना बाहर निकला था, घबराकर उसे वहीं दबा दिया, उस पर मिट्टी बिखेरकर एकदम समतल बना दिया। न चढ़ाई, न उतराई, न बर्फ़, न गर्मियाँ—एकदम समतल सपाट ज़मीन, जिस पर दिन-रात हवा साँय-साँय उड़ती रहेगी। कोई ज़मीन के उस हिस्से को देखेगा भी नहीं—जहाँ वह दिन दबा था, जब बाबू उनके पास आए थे।

वह बरामदे के नीचे खड़ी थी, मिस जोसुआ के साथ। बाबू का सब सामान लद चुका था। वह रिक्शे में बैठकर स्टेशन आते थे। वह बहुत गर्म दिन रहा होगा। पहाड़ों की तितीरी धूप मिस जोसुआ के पेड़ों से छनती हुई सारे बरामदे में फैल गई थी। जब कुलियों ने सलाम किया और मँगतू उन्हें एक सिपाही की तरह पीछे हटाने लगा, जैसे ही रिक्शेवाले खड़े हुए और उनकी पगड़ियाँ धूप में चमकने लगीं, तब वह चमत्कार हुआ था,

जिसकी उम्मीद कभी होती नहीं और जो एक बार होकर कभी दुहराता नहीं, और जब वह होता है तो आसपास की हर चीज़ पत्थर पर ख़ुद जाती है, पीड़ा भी ख़ुद जाती है—एक हियरोग्लिफ़ की तरह, जिसे कोई दूसरा नहीं पढ़ सकता, और उसे हम बहुत बरसों तक अपने साथ ढोते रहते हैं, क्योंकि वह पीड़ा, वह चमत्कार, वह उम्मीद सिर्फ़ एक घटना से जुड़ी है। ऐन मौक़े पर—जब रिक्शा चलनेवाला था—वे उतर गए और तेज़ क़दमों से मिस जोसुआ के बरामदे की तरफ़ बढ़ने लगे, जैसे अन्तिम क्षण उन्हें कोई चीज़ याद हो आई है, जिसे वे अधूरा छोड़ गए थे! वे सीधा मिस जोसुआ के पास आए और उनसे विदा माँगी—मैं जल्दी में आपसे नहीं मिल सका—उन्होंने कुछ खिसियानी-सी आवाज़ में कहा—आशा है, आप अपने स्वास्थ्य का ख़याल रखेंगी...मिस जोसुआ ने झिपझिपाती आँखों से उन्हें देखा, वह कुछ ऊँचा सुनती थीं और एक बात का अनुमान दूसरी बात से लगाया करती थीं, हालाँकि दोनों के बीच दूर का रिश्ता भी न होता था। इस बार वह समझीं कि बाबू उनसे काया के बारे में चिन्ता प्रगट कर रहे हैं—डोंट वरी, सी विल बि ऑल राइट—वह अपनी पतली आवाज़ में चीख़ीं—शी विल बि फाइन! लेकिन बाबू पहले ही काया की तरफ़ मुड़ गए थे—और तब वह चमत्कार हुआ था, जो समूची पीड़ा को रौंदता हुआ अँधेरे आकाश में बिजली-सा कौंध जाता है—काया, मैं तुमसे कहना भूल गया...इस बार मैं क्रिसमस में आऊँगा...उन्होंने कुछ और कहा था, माँ के बारे में, छोटे के बारे में—लेकिन काया ने उस क्षण कुछ भी नहीं सुना। वह सिर्फ़ उनके एक वाक्य पर लटकी रही थी—जब होश आया तो बाबू जा चुके थे। दूर चढ़ाई पर उनका रिक्शा एक काली मक्खी-सा रेंगता हुआ दिखाई देता था...

उसके हाथ में एक चवन्नी दबी थी, जो बाबू हमेशा दे जाते थे—दो आने उसके, दो आने छोटे के। लेकिन बाबू ने जो उससे कहा था, वह सिर्फ़ उसके लिए था—उसमें किसी का साझा नहीं था।

"चलो—भीतर चलो!" मिस जोसुआ ने उसका हाथ पकड़कर खींचा, "मैंने तुम्हारे लिए केक बनाए हैं।"

मिस जोसुआ बहुत पतली-दुबली औरत थीं—सींक-सी लम्बी, सिर पर हमेशा ऊनी हैट पहने रखतीं, जिसके बाहर सफ़ेद बाल छितराकर माथे पर झूलते रहते। वह निचली मंज़िल में रहती थीं। सुना था, वह पहली लड़ाई के ज़माने में यहाँ आई थीं। लड़ाई के बाद उनके पति अपने देश लौट गये, लेकिन उन्हें यह पहाड़ी शहर इतना अच्छा लगा कि वह फिर हमेशा के लिए यहीं टिक गईं। पहले दो-तीन साल में उनके पति एक बार आ जाते थे—फिर अचानक उनका आना बन्द हो गया। उनकी जगह अब विलायत से बहुत-से अख़बार, चिट्ठियाँ और बुलेटिन आते थे—जिनसे उनका लेटर-बॉक्स खचाखच भरा रहता था। उनकी दिलचस्पी इतनी भी न थी कि उन्हें बटोरकर घर ले आएँ। लोग कहते थे, जैसे भंगी हरिया हर रोज़ उनका कमोड साफ़ करने आता है, वैसे ही वह उनका लेटर-बॉक्स भी साफ़ कर जाता है—और इस पर सब लोग बहुत हँसा करते थे, हालाँकि काया को कभी इसमें हँसी की बात नहीं दिखाई देती थी।

यों हँसती मिस जोसुआ भी थीं—अपने ढंग से—जिसमें गहरा व्यंग्य छिपा रहता। वह उन सब लोगों का मज़ाक़ उड़ाती थीं, जो छह महीने पहाड़ पर रहते हैं, छह महीने दिल्ली में। उन्हें वे दफ़्तरी कहतीं, दफ़्तर के जिप्सी, जिनका कोई घर नहीं जो हर साल मकान बदलते रहते हैं, ख़ानाबदोश बाबू, जो न घर के न घाट के—और जब उतराई के दिन शुरू होते और हर मकान के आगे कुलियों का जमघट लग जाता, तो वह अपनी छड़ी लेकर बरामदे में बैठ जातीं—कोई कुली हो या खच्चर,

क्लर्क हो या रिक्शा—सबकी छोटी-छोटी हरकतों को देखती रहतीं—कोई भी बाहर जा रहा होता, तो उनका दुश्मन बन जाता। छड़ी हवा में उठाकर हिलातीं—बेवक़ूफ़! मन ही मन बुड़बुड़ातीं, बेवक़ूफ़ों को यह तक नहीं पता कि कहाँ जा रहे हैं! और जब छह महीने बाद गर्मियाँ शुरू होते ही वे लोग लौटने लगते, तो भी वह वहीं बरामदे में बैठी दिखाई देतीं—जैसे उन्हीं के आने की प्रतीक्षा कर रही हों—एक हल्की-सी विजल मुस्कान उनके चेहरे पर खिल आती—फूल्स, दे आर हियर एट लास्ट! दे आर बैक अगेन। और आनेवालों को लगता, जैसे वे कोई कमीना, जघन्य अपराध करके लौट रहे हों—मिस जोसुआ को बरामदे में देखकर उनकी आँखें नीची हो जातीं और चुपचाप वे कुलियों के पीछे छिपकर आगे बढ़ जाते।

किन्तु बाबू को वह अलग छोड़ देतीं, हालाँकि जाते वह भी थे। मिस जोसुआ उनकी इज़्ज़त करतीं क्योंकि वह अपने परिवार को पीछे छोड़ जाते थे—और यह बात उन्हें असाधारण जान पड़ती कि सारे पड़ोस में सिर्फ़ एक ऐसा हिन्दुस्तानी है, जो आप अकेला रहता है और अपने परिवार को अकेला छोड़ जाता है। यह उन्हें बहुत विचित्र लगता था। शायद यही कारण था कि जब बाबू चले जाते, मिस जोसुआ कुछ ज़्यादा ही स्नहेशील बन जातीं—उन्हें बाहर भटकता हुआ देखतीं, तो अपने पास बुला लेंती—कभी काया को देखतीं, कभी छोटे को—जैसे वे कोई हिंस्त्र बनैले जन्तु हों, छिले हुए घुटने, धूल में अटे बाल, भूखी, भाँय-भाँय करती आँखें...छि:-छि:-छि:! वह मुँह बिचकाकर उन्हें अपनी छड़ी से छूतीं, योर फादर गॉन? वह जानते हुए भी पूछतीं, जैसे बाबू के जाने के बाद ही उनकी यह दुर्दशा हुई है, फिर खड़ी हो जातीं, एक क्षण असमंजस में कुछ सोचती रहतीं, फिर अन्तिम निर्णय लेकर उन दोनों के सामने बहुत गम्भीर स्वर में आमंत्रण देतीं—मैंने कुछ केक बनाए हैं, भीतर आओगे? और वे दोनों चुपचाप उनके पीछे-पीछे कमरे में चले आते।

"काया, तुम सो रही हो?"

"नहीं...क्यों?"

"मुझे सर्दी लग रही है।"

"मेरे पास आओगे?" काया ने करवट ली। बाहर हवा ठहर गई थी। सूखते कपड़ों की फड़फड़ाहट सहसा गूँगी पड़ गई थी। मँगतू के क्वार्टर की छत कभी-कभी अचानक बोलने लगती। अँधेरे में पकी हुई खुबानियाँ टपकतीं, तो ढलुआँ छत पर लुढ़कती जातीं, वे गिनने लगते। जितनी खुबानियों को गिरता हुआ सुनते, दूसरे दिन उतनी ही छत के नीचे नाली में पड़ी हुई दिखाई देतीं। ये आख़िरी खुबानियाँ होतीं, उसके बाद वह पेड़ नंगा हो जाता और मँगतू की छत पर सिर्फ़ पीली पत्तियों का ढेर जमा हो जाता। वह भी शोर करता—अभी नहीं—नवम्बर के दिनों में, फिर बर्फ़ उनका मुँह हमेशा के लिए बन्द कर देती थी—मैं आ जाऊँ काया—मुझे लातें तो नहीं मारोगी?

छोटे अपने बिस्तर से उतर आए। गरमाई पाने का लोभ लातों के डर से कहीं ज़्यादा था। काया खिसककर पलंग के दूसरे छोर पर हो गई। वहीं छोटे लेट गए। धीरे-धीरे अपने हाथ-पाँव वहाँ पसारने लगे, जहाँ-जहाँ काया की देह थी, जैसे समूचा बिस्तर ठंडे और गर्म प्रदेशों में बँटा हो, और वह जल्दी-से-जल्दी उत्तरी ध्रुव से उठकर अफ़्रीका पहुँच जाना चाहते थे। वह ज़रा आगे बढ़ जाते, तो काया उन्हें तुरन्त पीछे धकेल देती। उनकी टाँगें पराजित सैनिकों की तरह दुबारा अपने प्रदेश में लौट जातीं...गर्मी और ठंड की सीमा पर भटकती रहतीं। "तुम निचले नहीं लेट सकते?"—काया ने झिड़की दी तो मन हुआ, दुबारा अपने पलंग पर लौट जाएँ, लेकिन इस बीच टाँगों ने अपनी थाह पा ली थी।

कमरे में भी अब उतनी ठंड न थी, जितनी अपने बिस्तर पर लगती थी; वह अब उतना ही गर्म लगता था, जितना मिस जोसुआ का ड्राइंग-रूम, जिसके परदे इतने मोटे थे कि वहाँ न धूप आती थी, न ठंड—सिर्फ़ एक बासी, छनी हवा चारों तरफ़ तनी रहती थी।

पता नहीं क्यों, जब छोटे को कोई सपना आता, तो मिस जोसुआ का कमरा उसे सबसे पहले दिखाई देता था, जैसे वह कोई बना-बनाया स्टेज हो, जहाँ सारी घटनाएँ एक के बाद एक घटती जाती हों—और जब दूसरे दिन छोटे सचमुच उनके कमरे में आते थे, तो लगता था जैसे पिछली रात का सपना फिर दुबारा, नये सिरे से शुरू होनेवाला हो—और वह चुपचाप प्रतीक्षा में बैठ जाते, जैसे अभी-अभी टिकट ख़रीदकर आए हों।

मिस जोसुआ उन्हें अपने ड्राइंग-रूम में बिठाकर चली जातीं—भीतर के कमरे में—जहाँ शायद वह सोती थीं। वहाँ से उनके क़दमों की आहट सुनाई देती, जैसे वह उन्हें भूलकर चहलक़दमी कर रही हों। प्रतीक्षा के ये लमहे उन्हें अखरते नहीं थे—बल्कि काफ़ी अच्छे लगते थे—वे वहाँ घंटों बैठे हुए मिस जोसुआ की पदचाप सुन सकते थे। बाहर की ऊबड़-खाबड़ दुनिया से अलग मिस जोसुआ का आधा-अँधेरा कमरा उन्हें शान्त कर देता, तनी हुई नसें ढीली पड़ जातीं। सर्दियों का मलिन आलोक—सुनसान दोपहर—और दूसरे कमरे में मिस जोसुआ की अन्तहीन पद-यात्रा। वह बहुत बूढ़ी थीं, लेकिन जब इस तरह चहलक़दमी करतीं, तो सारा घर हिलने लगता।

फिर वह अचानक परदा उठाकर इन दोनों को देखतीं—"यू आर स्टिल हियर?" भारी विस्मय से भरी आवाज़ उनके पास आती—छोटे के लिए यह सपने की शुरुआत होती, क्योंकि कोई अपने अतिथियों को ख़ुद बुलाकर उन्हें ताना दे, यह उन्हें सपने-सा लगता। वह मंत्रमुग्ध-से मिस जोसुआ को देखते रहते—और काया ढीठ की तरह सिर उठा देती—

उनके विस्मय को अपने विस्मय से तौलते हुए कहती, "मिस जोसुआ, क्या हम जा सकते हैं?"

"नहीं, नहीं, अभी नहीं! मैं तुम्हारे लिए केक और बिस्कुट तो लाना ही भूल गई," वह घबराकर हाथ हिलातीं, माथा पीटने का बहाना करतीं और फिर भागते हुए रसोई में चली जातीं—और तब छोटे को अजीब-सा भ्रम होता कि मिस जोसुआ लगती बूढ़ी हैं, लेकिन उनके हाथों का हिलना-डुलना, उनके हाव-भाव बिलकुल बच्चों के-से हैं—वे बिलकुल बूढ़े नहीं हुए, जैसे उम्र का सैलाब जल्दी में अछूता छोड़ गया हो।

"खाओ—ताकते क्या हो? ये सब खा डालो..." मिस जोसुआ एक बूढ़ी जादूगरनी की तरह अपनी छड़ी उन सब चीज़ों पर घुमाने लगीं, जो वह किचन से लाई थीं—जब तक वे बिस्कुट या पेस्ट्री उठा न लेते, उनकी छड़ी मेज़ पर झूलती रहती।

छोटे डरते हुए हाथ आगे बढ़ाते। इच्छा होती, किसी तरह मिस जोसुआ की आँखें बचाकर किसी कोने में छिप जाएँ और चुपचाप बिस्कुट कुतरते जाएँ। अपने ऊपर उनकी हिलती हुई छड़ी को देखकर सारी भूख झर जाती। तसल्ली अगर थी, तो सिर्फ़ यह कि मिस जोसुआ उसकी ओर से बिलकुल बेख़बर रहतीं, जैसे वह कमरे में ही न हों—सारे समय उनका ध्यान काया पर जमा रहता था—और वह जहाँ जी चाहे, मनमाने ढंग से आँखें घुमा-फिरा सकता था। परदे के पीछे मिस जोसुआ का बेडरूम, उसके पीछे एक तरफ़ रसोई, दूसरी तरफ़ बाथरूम—वहाँ वह कभी नहीं गया था। इसीलिए उसकी जिज्ञासा इन छिपे, रहस्मय कोनों में भटकने लगती। कभी-कभी उसे आश्चर्य होता था कि क्या मिस जोसुआ भी और लोगों की तरह कमोड पर बैठती होंगी? इतनी सफ़ेद-गोरी मेमें भी ऐसी गन्दी चीज़ें करती होंगी, यह उसे असम्भव लगता था—लेकिन उसमें इतना साहस कभी नहीं हुआ कि वह इस महत्त्वपूर्ण प्रश्न के बारे में काया से पूछ सके। आँखें जब अन्दरूनी, अँधेरे कोनों से घूमकर वापिस लौटतीं, तो पुराने ग्रामोफ़ोन

पर ठिठक जातीं—ऊपर नीले रंग का कवर और उसके साथ सटी हुई मोटी जिल्द की किताबें, जो बही-ख़ाते-सी जान पड़ती थीं—लेकिन वे न किताबें थीं, न बही-ख़ाते। एक दिन जब मिस जोसुआ उन्हें अकेला छोड़कर रसोई गई थीं, तो झटपट काया से आँख छिपाकर उसने उन 'बहियों' को खोला था और उनके बीच में दबे छोटे-छोटे काले तवे को देखकर स्तम्भित-सा रह गया था। वे बीचोबीच नंगे सूराख़ों से—जो उनके पेट में धँसी आँख-से दिखाई देते थे—उसकी तरफ़ घूर रहे थे। उसने काँपते हाथों से उन्हें झटपट बन्द कर दिया—और यह बात भी बहुत दिनों तक उसने काया को नहीं बताई, लेकिन जब भी वह मिस जोसुआ के कमरे में आता था, तो यह सोचकर रह-रहकर मन सिहर जाता कि 'वे' अब भी जिल्दों के बीच दबे अपनी नंगी आँखों से बाहर निहार रहे होंगे।

"मिस जोसुआ...हमें अब चलना चाहिए," काया ने कुछ अपराध-भाव से कहा। वहाँ उनसे अधिक देर तक नहीं बैठा जाता था, लेकिन केक-बिस्कुट खाने के बाद उन्हें अकेले छोड़कर जाते हुए भी शर्म आती थी।

"तुम काफ़ी ज़िम्मेवार लड़की हो।" मिस जोसुआ ने 'ज़िम्मेवार' हिन्दी में कहा—जब वह कोई बात् व्यंग्य या कटाक्ष में कहतीं, तो वह हिन्दी में कहती थीं।

"कैसी हैं तुम्हारी माँ?"

"मिस जोसुआ—वह बिलकुल ठीक हैं।"

"बिलकुल ठीक!" उन्होंने ऐनक उतारकर खिड़की से बाहर देखा, जहाँ सफ़ेदे और प्लेन के पेड़ खड़े थे—"वह दिन-पर-दिन बड़ी होती जा रही हैं। देखा नहीं तुमने?"

इस बार छोटे का ध्यान भी अटक गया। उसे याद आया, पिछले महीनों में माँ सचमुच बड़ी होती जा रही थीं—लेकिन जब मिस जोसुआ ने यह बात कही, तब वे दोनों गुमसुम बैठे रहे, मानो यह कोई बेहद शर्म की बात हो। वे हमेशा संकोच में गड़ जाते थे। जब कोई उनके 'घर' को

घर से बाहर ले आता था, तब उनका दिल दहलने-सा लगता। उन्हें लगता, वे कितनी ही कोशिश क्यों न करें, बाहर के हाथों से अपने घर को कभी नहीं बचा पाएँगे। माँ जब तक घर में रहतीं, उन्हें कोई डर नहीं लगता था, लेकिन जब कभी वह बाहर निकलतीं—चाहे वह बाहर का बरामदा या मँगतू की कोठरी ही क्यों न हो—वे एक कातरता में डूब जाते, जैसे कोई भी उन पर आगे-पीछे से हँस सकता है, कोई ऐसी गन्दी बात कह सकता है, जिसे वे सड़कों पर सुनते थे, लेकिन वे कभी उनकी माँ पर लागू हो सकती हैं, इसकी कल्पना ही नरक लगती थी। पता नहीं, छोटे को क्या होता था, लेकिन ऐसे मौक़ों पर काया की तीव्र इच्छा होती थी कि भाई को घसीटते हुए ऊपर ले जाए—मिस जोसुआ के कमरे से दूर—अपने घर की अकेली रसोई में, जहाँ वह अपने को सबसे सुरक्षित पाती थी।

मिस जोसुआ अपनी छड़ी से मेज़ खटखटा रही थीं।

"क्या सोचती रहती हो?" उन्होंने कुछ अधीरता से कहा।

"कुछ नहीं मिस जोसुआ," काया ने सहमते हुए उनकी ओर आँखें उठाईं।

"तुम पहले इस तरह नहीं थीं?"

मिस जोसुआ की तीखी नज़रें उसके चेहरे को टटोलने लगीं। वे उसे बचपन के दिनों से देखती आई थीं—औरों के सामने वह अब भी छोटी थी, मिस जोसुआ के सामने वह बड़ी होती गई थी।

"खैर, अच्छा हुआ..." मिस जोसुआ ने लम्बी साँस खींची, "उस डायन से तुम्हारा साथ छूट गया—कभी उसके बारे में मत सोचना!"

वह चुपचाप मिस जोसुआ को देखती रही। एक बहुत हल्की—लगभग स्वप्निल छाया-सी मुस्कान उसके मुँह को खोल गई, आँखें फैल गईं—मिस जोसुआ का कमरा, खिड़की के पीछे जंगलों की सरसराहट, दोपहर का अवसन्न पहाड़ी आलोक जैसे घिरकर एक चमकते बिन्दु पर केन्द्रित हो गया—डायन!

"मिस जोसुआ," वह अजीब मुस्कराहट में एकटक उन्हें ताक रही थी। "वह डायन नहीं थी—मैं ही जानती हूँ।"

"तुम जो जानती हो—मैं सब जानती हूँ—मुझे एक बात बताओ..." मिस जोसुआ का चेहरा ग़ुस्से में सफ़ेद पड़ गया। "इसने ख़ुद वह ख़त लिखा था या नहीं?"

"कैसा ख़त मिस जोसुआ?" छोटे ने बिस्कुट खाते हुए पूछा।

"तुम चुप रहो..." मिस जोसुआ ने तरेरती आँखों से छोटे को देखा। "तुम बोलती क्यों नहीं काया?"

वह अब भी मुस्करा रही थी—उसे मिस जोसुआ के प्रश्न में कोई दिलचस्पी नहीं थी, उसने शायद उनकी बात सुनी भी नहीं। वह कुछ भी नहीं सुन रही थी। वह सहसा उस घेरे में चली आई थी जो लामा ने उसके इर्द-गिर्द खींचा था। वहाँ कुछ भी सुनाई नहीं देता था।

"अच्छा—रहने दो! तुम्हें कुछ भी नहीं कहना।" मिस जोसुआ ने थकी, हताश आँखों से काया को देखा। उनके सामने वह फिर एक छोटी, ज़िद्दी, ख़ानाबदोश लड़की बन गई थी—जिसके पिता दिल्ली चले गए थे, माँ बिस्तर पर पड़ी रहती थीं, भाई कठपुतली की तरह चक्कर लगाता था—नहीं, भला इस बेचारी पर क्या ज़ोर डालना?

"इसने स्कूल जाना शुरू किया?" उन्होंने छोटे की तरफ़ देखा—वह केक के अन्तिम टुकड़े ओवल्टीन में भिगो-भिगोकर निगल रहा था।

काया हल्के-से हँसी—उस हँसी में अजीब-सी हिक़ारत दबी थी। "अभी नहीं," उसने कहा, "अगली गर्मियों में शुरू करेगा।"

"अगली गर्मियों में!" मिस जोसुआ का चेहरा एकदम ढीला पड़ गया, चेहरे की असंख्य झुर्रियाँ अपने-अपने बिलों से निकलकर जहाँ जगह मिली, वहाँ नाक, ठुड्डी, आँखों के नीचे पसर गईं। "पता नहीं, तब तक मैं रहूँगी भी या नहीं!"

सहसा छोटे के हाथ ठिठक गए। मुँह में रखा केक ख़ुद-ब-ख़ुद पिघलने लगा, "क्या आप कहीं बाहर जा रही हैं मिस जोसुआ?"

वह मुस्कराने लगीं।

"तुम लोगों ने सिमिट्री देखी है—संजौली के पास, जहाँ तुम्हारे अंकल रहते हैं? मैं वहीं जाऊँगी।"

उस दुपहर के ये शब्द बहुत बरसों तक काया नहीं भूल सकी। क्या उन्हें मालूम था? क्या कोई इतना सही-सही अपनी मृत्यु के बारे में कह सकता था, जैसा उस दुपहर मिस जोसुआ ने कहा था? लेकिन उस दिन उसे मिस जोसुआ की बात पर ज़रा भी विश्वास नहीं हुआ था। दफ़्तर के लोग जा सकते हैं, मकान ख़ाली हो जाते हैं, लेकिन मिस जोसुआ निचली मंज़िल में, आधे-अँधेरे कमरे में शाश्वत जान पड़ती थीं—वे पहाड़ों की तरह एक जगह टिकी हुई थीं, जिन्हें काया अपनी शुरू की शुरुआत से देखती आई थी। उनके परदे, उनके पेड़, उनका ग्रामोफ़ोन—इन सबके बीच रहकर कोई मर सकता है?

छोटे सो गए थे। काया, वह दबे पाँव कमरे से बाहर निकल आई थी। माँ के कमरे से गुज़रकर वह हॉल में आई। वहाँ सन्नाटा था और पुरानी धूल थी और उनकी साँसें थीं। वह अँधेरे में दीवार से सटती हुई रसोई तक चली आई थी।

दरवाज़े पर कुहरा जम गया था। अँगुली से उसे पोंछकर भीतर झाँका, तो भीतर मँगतू दिखाई दिया। वह पटरे पर बैठा था—एक तसवीर की तरह शीशे के चौखटे में जड़ा हुआ, चूल्हे के सामने सिर झुकाकर राख कुरेदता हुआ। बालों की लम्बी जटाएँ कन्धे के नीचे तक झूलती रहतीं। सिर हिलता, तो वे भी हिलतीं। वह परान्दों से उन्हें बाँधता था।

उसने धीरे से शीशे को खटखटाया। एक बार। दूसरी बार। मँगतू देर तक निश्चल बैठा रहा—जैसे निर्णय न कर पा रहा हो कि उसे उठना चाहिए या अनसुना कर देना चाहिए। कई बार काया लौट जाती थी। किन्तु उस रात वह दूसरी दस्तक के बाद ही उठ गया—कोयलों को अलग रख दिया, चिमटे को अलग—और दरवाज़े की साँकल खोल दी।

काया बिल्ली की तरह तेज़ी से उसके परे निकल आई, जैसे उसे डर हो कि कहीं वह दुबारा दरवाज़ा न बन्द कर दे। भीतर आकर उस बोरी पर बैठ गई, जो बर्तनों की दराज़ के नीचे बिछी रहती थी।

मँगतू ने कुछ नहीं कहा। उसकी ओर देखा भी नहीं। वह रसोई के पीछे गया, जहाँ उसकी अलमारी थी। वहाँ से वह एक सफ़ेद भेड़ की खाल का लम्बा कोट लाया, जिसे वह कभी-कभी बर्फ़ के दिनों में पहना करता था। वह कोट उसने काया पर डाल दिया—लेकिन कहा कुछ नहीं। काया हमेशा उसे अपने चारों तरफ़ लपेट लेती थी—सिवाय सिर और चेहरे को छोड़कर—एक अजीब-सी गन्ध उसे घेर लेती—जीरे, हल्दी, इलायची की गन्ध—और वह हमेशा सोचती थी कि जीती-जागती भेड़ों से भी इसी तरह की गन्ध उठती होगी।

मँगतू लौटकर फिर पटरे पर बैठ गया। वह जले हुए कोयले को चूल्हे से बाहर निकालता था—धीरे-धीरे अपनी हथेलियों पर उन्हें ठंडा करता था—फिर जब वे न बहुत ठंडे रहते, न बहुत गर्म, तब उन्हें एक-एक करके चाटने लगता, कोयले की समूची राख चाट जाता। चूल्हे से निकली राख की सोंधी गन्ध चारों तरफ़ फैलने लगती, काया मंत्रमुग्ध आँखों से मँगतू को देखती रहती थी। मन उसका भी करता था—उस सोंधी गन्ध को खाने का—लेकिन चूँकि वह असम्भव था, वह लुब्ध निगाहों से मँगतू को निहारती रहती।

रसोई के सन्नाटे में चिमटे, कोयलों और मँगतू की गर्म-बोझिल साँसों के अलावा कुछ भी सुनाई नहीं देता था।

"छोटे सो गए?" मँगतू ने पूछा।

"हाँ—कब के!" काया ने कहा।

"और तुम—तुम्हें नींद नहीं आती?" मँगतू बराबर कोयलों को कुरेद रहा था।

काया चुप रही। भेड़ की खाल के भीतर उसे अब न नींद की परवाह थी, न ठंड की। वह धीरे-धीरे दिन-भर भटकती दुश्चिन्ताओं से छुटकारा पा रही थी।

"मेमसाहब क्या कहती थीं...?" मँगतू ने सिर उठाया।

"उन्होंने..." काया बीच वाक्य में ही रुक गई। मँगतू को देखा—फिर चूल्हे में बुझते कोयलों को ताकती रही।

"क्या कहती थीं?" मँगतू ने पहली बार काया को सीधे-सीधे देखा।

"वह माँ के बारे में पूछती थीं," काया ने कहा।

मँगतू के हाथ ठिठक गए। माथे पर एक चौड़ी-सी परेशान शिकन फैल गई, "माईजी के बारे में क्या?"

"उनके बड़े होने के बारे में।" काया ने तनिक कौतूहल से मँगतू को देखा।

मँगतू ने आह भरी, एक लम्बी टीस के साथ। मँगतू की समूची देह टीसती थी, ठंड के दिनों में सबसे ज़्यादा—जब देह ख़ुद एक यातना बन जाती और उसे ढोने का बोझ मँगतू कभी एक अंग पर डाल देता, कभी दूसरे अंग पर। वह अपनी टाँगों पर—घुटनों से लेकर पैरों तक—मैले चीथड़ों की पट्टियाँ बाँधे रखता। सर्दी रोकने के लिए या टीस दबाने के लिए—काया को पता नहीं चलता था।

"मँगतू..."

"क्या है?"

"माँ कब तक बड़ी होती रहेंगी?"

उसने चूल्हे से एक नया कोयला निकाला, देर तक उसे देखता रहा,

जैसे काया की जिज्ञासा का हल कहीं राख के आस-पास छिपा है—"पता नहीं काया—ये ईश्वर की चीज़ें हैं।"

"कौन-सी चीज़ें?"

"तुम देखती नहीं?"

उसने इतनी लम्बी जम्हुआई ली कि कोयले पर जमी राख हवा में उड़ गई। वह कोयला अब उसके किसी काम का नहीं था और उसने उसे वापिस चूल्हे में फेंक दिया।

"मैंने एक बार देखा था..." काया धीरे से हँसी। वह कभी-कभी ऐसे ख़ामोश बड़प्पन के साथ हँसती थी कि मँगतू कुछ हैरान-सा हो जाता था।

"क्या देखा था?"

"मिस जोसुआ का लेटर-बॉक्स। तुमने कभी नहीं देखा?"

मँगतू ने सिर हिलाया।

"तुम्हें मालूम है, वह हमेशा खुला रहता है?"

"मुझे मालूम है...लेकिन तुम कह क्या रही हो?"

"हमने एक दिन भीतर झाँका था। पहले छोटे ने, फिर मैंने।"

"तुम्हें यह नहीं करना चाहिए..." मँगतू के मुँह से एक साँस निकली, रसोई के सन्नाटे में सीटी-सी बजाती हुई।

"लेकिन वहाँ कुछ नहीं था—एक भी चिट्ठी नहीं।"

"बेचारी मिस साहब—उन्हें भला कौन चिट्ठी भेजेगा?" मँगतू के स्वर में हिक़ारत थी, जैसे चिट्ठी पाना बड़े सौभाग्य की बात हो, जिससे वह औरत दया से अधिक हमेशा वंचित रहेगी।

लेकिन काया के चेहरे को देखकर उसे लगा, बात यह नहीं है—उसका चेहरा अचानक पीला पड़ गया था। पीला पहले भी रहता था, लेकिन उस क्षण वह एक बीमार क़िस्म की उत्तेजना में ऊपर सिमट आया था—समूचा पीलापन जैसे एक ख़ास जगह इकट्ठा होकर उसके चेहरे पर चमक रहा था।

"क्या बात है, काया?" मँगतू ने हैरानी से उसकी ओर देखा।

"फिर मैं जँगले पर चढ़ी, छोटे नीचे खड़े थे..." काया की आँखें मँगतू से हटकर रसोई के दरवाज़े पर ठहर गईं, जैसे वह एक-एक स्मृति को उखाड़ते हुए किसी स्वप्न को दुहरा रही हो, "फिर मैं जँगले पर चढ़ी और लेटर-बॉक्स के दोनों दरवाज़े खोल दिये—फिर मैंने भीतर झाँका। वहाँ सिर्फ़ तिनके थे और चिड़ियों की बीट के सूखे, सफ़ेद धब्बे—और बहुत-सी धूल-मिट्टी—और जब मैं उसे बन्द करने लगी तो मुझे लगा कि कोई मुझे देख रहा है। मुझे लगा, जैसे कोई लेटर-बॉक्स के पीछे से मुझे घूर रहा है..."

मँगतू एक लम्बे क्षण तक काया को देखता रहा—फिर धीरे-धीरे कराहता हुआ पटरे से उठ खड़ा हुआ। बर्तनों की दराज़ से केतली निकाली और पानी भरकर उसे चूल्हे पर चढ़ा दिया।

"तुम्हें ठीक से याद है?" मँगतू ने एक बार फिर उसकी ओर देखा—वह गुड़मुड़ी-सी होकर दीवार के सहारे बैठी थी—वह उस पर सन्देह नहीं करता था। उसने कभी काया की बातों पर सन्देह नहीं किया, न ही विश्वास करता था। वह बरसों से पहाड़ों पर रहता आया था—और उसे न अपने सन्देह पर विश्वास होता था, न दूसरों के विश्वास पर सन्देह होता था। मँगतू को हर घटना कोई चीज़ लगती थी, जो होती नहीं थी, सिर्फ़ थी—हमेशा रहती थी, होने और न होने के बीच की जगह पर हमेशा से टिकी हुई, न सम्भव, न असम्भव, बल्कि अनिवार्य, जिसे न किया जा सकता है, न टाला जा सकता है। इसलिए काया से वह कभी यह नहीं पूछता था कि ऐसा सचमुच हुआ है, या उसने सिर्फ़ सोचा है—उसके लिए किसी चीज़ का सोच में आना ही होना था, सच था, नियतिपूर्ण था। उस पर सन्देह की गुंजाइश नहीं थी—और वह विश्वास के परे था।

"काया, यह सच है, तुम्हें कोई देख रहा था?" उसने दुबारा पूछा।

"हाँ, मँगतू , सच, मैंने देखा कि कोई मुझे देख रहा था—और मैंने फट से बक्से का दरवाज़ा बन्द कर दिया—लेकिन वे उसके भीतर से मुझे घूरे जा रही थीं।" काया की आँखें मुँद गई थीं, जैसे वह सोते हुए चल रही हो, और छत के छोर पर आकर सहसा ठिठक गई हो, जिसके आगे कुछ भी नहीं था—सिवाय हवा और अँधेरे के।

हवा और अँधेरा—हे ईश्वर, उन दिनों कितनी हवा चलती थी! बाबू दिल्ली चले जाते थे। माँ बड़ी होती जाती थीं। मैं घर के चारों तरफ़ घूमती थी—फिर एक दिन मैंने उसका दरवाज़ा खोला था। छोटे नीचे खड़े थे, फ़ाटक को पकड़े हुए—क्या कुछ देखा क्या? हाँ—चिड़ियों की सफ़ेद, सूखी बीट और तिनके—और उन तिनकों के बीच मेरी तरफ़ घूरती हुई एक आँख, सिर्फ़ एक आँख जैसे वह दिनभर लेटर-बॉक्स के पीछे टिकी हुई बाहर की दुनिया को निगल रही हो! तुम्हें विश्वास नहीं होता मँगतू? तुम्हें लगता है, मैं बहक रही हूँ—लेकिन वह अब भी है। अगर तुम्हें विश्वास नहीं होता, तो नीचे जाकर फ़ाटक खोलो, दरवाज़े पर लगे लेटर-बॉक्स का दरवाज़ा रात-भर खुला रहता है, वह आँख अब भी होगी, जागी हुई, साफ़ और सफ़ेद, तिनकों के बीच बूढ़ी होती हुई। वह अब भी वहीं होगी। वह हमेशा वहीं रहती है।

"कौन, काया?" मँगतू का स्वर कहीं बहुत दूर से आता सुनाई दिया, "कौन?"

देगची में पानी उबलने लगा। उड़ती हुई भाप के पीछे मँगतू की छाया डोलती-सी जान पड़ी। काया को सहसा ध्यान आया, वह अपने कमरे में नहीं, मकान के अन्तिम छोर पर बैठी है। धुआँ निकलने के लिए मँगतू ने खिड़की खोल दी थी—उसके बिलकुल सामने—जहाँ से जाखू की पहाड़ी दिखाई देती थी। उसके ऊपर तारे टिमक रहे थे—अक्तूबर के ठंडे, नीले अँधेरे में फीके और मन्द। हल्की हवा में ख़ुबानी का पेड़ सरसराने लगता था। फिर दूसरे पेड़ उस हवा को पकड़ लेते—और फिर कुछ ही देर में समूचा जंगल अँधेरे में साँस लेने लगता।

मँगतू ने चूल्हे से देगची उतारी और उबलता पानी रबड़ की बोतल में उँड़ेलने लगा। वह उस समय तक बोतल का मुँह खोले रखती, जब तक सारा पानी उसके गले तक न भर आता। फिर मँगतू उस पर डाट लगाता। तौलिया से लपेटता, जैसे वह कोई छोटे-से बच्चे को सुलाने ले जा रहा हो!

"तुम अकेली जाओगी—या मैं तुम्हारे साथ आऊँ?"

वह बोतल को छाती से चिपटाए खड़ी रहती। इससे पहले कि वह कोई निर्णय ले सके, मँगतू रसोई का भीतरी दरवाज़ा खोल देता और वह चलने लगती, अकेले ही चलने लगती। रसोई छोड़कर वह हॉल कमरे में चली आती, जहाँ हवा से दरी गुब्बारे-सी फूल जाती थी। वह घर का सबसे लावारिस कमरा था—मकान के बीचोबीच एक उजाड़ रेगिस्तान-सा फैला हुआ। वहाँ न कोई आग जलाता, न कोई बैठने आता। बाबू के जाते ही वीरान-सा बन जाता—सोफ़ा और कुर्सियों पर चादरें डाल दी जातीं। अँगीठी को बन्द कर दिया जाता। कालीन को लपेटकर कोने में रख दिया जाता। सिर्फ़ एक नंगी नीली दरी बिछी रहती, जो हवा के झोंकों से फूल जाती, जैसे वह दरी नहीं, नीला दरिया हो! छोटे उसमें तैरने का बहाना करते, उस समय तक तैरते रहते, जब तक हवा चलती रहती—या जब तक मिस जोसुआ अपनी छड़ी लेकर बाहर नहीं निकल आतीं—बन्द करो, ईश्वर के लिए यह भूचाल बन्द करो! वह नीचे खड़ी-खड़ी चिल्लातीं,

उनके सफ़ेद बाल हैट से बाहर निकल आते—जैसे वह रेगिस्तान की कोई मसीहा हों! हवा में सफ़ेद बाल बिखरे हुए, छड़ी घुमाते हुए, वह सचमुच कोई मसीहा जान पड़तीं—तुम ऊपर कर क्या रहे हो? वह आतुर चीख़ों के बीच इने-गिने साबुत शब्दों को बाहर निकालतीं, छोटे डरते-डरते जँगले के नीचे झाँकते, "मिस जोसुआ...हम तैर रहे थे!" वह हमेशा सच बोलते थे। "हम दरी पर तैर रहे थे।" और मिस जोसुआ फैली हुई आँखों से छोटे को देखतीं, "तैर रहे थे—कमरे में? वहाँ कोई स्वीमिंग-पूल बनाया है?"... "नहीं, नहीं, मिस जोसुआ!" छोटे की आवाज़ रुँध जाती, "दरी फूल जाती है, उसी पर तैरते हैं।" मिस जोसुआ माथा पकड़कर बरामदे में बैठ जातीं, धीरे-धीरे कराहने लगतीं—और छोटे अनभिज्ञ आँखों से उनका कराहना देखते रहते। उन्हें यह असम्भव लगता कि दरी, दरिया और मिस जोसुआ के दर्द के बीच कौन-सा सम्बन्ध है, जिसे जोड़ा जा सकता है।

मँगतू रसोई निपटाकर आया, तो देखा, वह अब भी गर्म बोतल को छाती से चिपटाए हॉल के बीचोबीच खड़ी थी।

"काया, तुम यहाँ हो—वह तुम्हारी राह देखती होंगी," उसने ग़ुस्से में कहा।

वह जैसे जाग गई हो। हर रात बड़े कमरे को पार करती हुई वह ठिठक जाती थी। उस क्षण पिछले बरसों की सारी गर्मियाँ लौट आतीं, अँधेरे कोनों में खड़े प्रेत आगे बढ़ आते, उसका रास्ता रोक लेते, वही बातें फुसफुसाने लगते, जो वह कई बार सुन चुकी थी।

वह उनके बीच से निकल जाती थी। दाईं तरफ़ मुड़ जाती, जहाँ दरवाज़े के नीचे रोशनी की लकीर दिखाई देती। दरवाज़ा खटखटाती, फिर अपने को धकेलकर भीतर चली आती।

आँखें हमेशा बिस्तर पर ठहर जातीं। टेबल-लैम्प के दायरे में माँ का तकिया, तकिये पर टिका उनका सिर, दीवार पर उसकी अपनी छाया जो उसे अपने से कहीं ज़्यादा वास्तविक और सही जान पड़ती थी।

"तुम आ गईं?" तकिये से सिर मुड़ जाता। उसकी तरफ़ उठ जाता। "आज बहुत देर हो गई।"

स्वर में कोई शिकायत नहीं। न कोई ग़ुस्सा। सिर्फ़ एक थकान जो न बड़ी होती, न छोटी—सिर्फ़ बिस्तर के नाप की होती—ख़ुद वह पलंग एक थकान-सा जान पड़ता। वह उस पर झुकती और दो हाथ उसके हाथों से पानी की बोतल ले लेते। देह दुहरी हो जाती, चेहरा ऊपर उठता और एक फीकी-सी मुस्कान रोशनी में दिखाई देती—पैताने पर रख दे, वहाँ सबसे ज़्यादा सर्दी लगती है—वह कहतीं। और वह गर्म पानी की बोतल को उनके पैरों के पास रख देती, और उसे अजीब-सा ख़याल आता कि माँ के पैर कितने छोटे हैं, उससे भी ज़्यादा छोटे—वे एक-दूसरे पर ठिठुरते हुए पड़े रहते, और उनके बीच लाल रबड़ की बोतल एक दिलासा बन जाती—उनकी ठंड को सोखता हुआ एक सुख, गरमाई का द्वीप। और तब उसे पगली-सी इच्छा होती कि अपने कमरे में लौटने के बजाय यहीं सिमट जाए, इन पैरों के बीच, रज़ाई के घोंसले में, लेकिन वह सहसा रुक जातीं, हाथ बोतल से उतरकर वापिस लौट आते, वह दुबारा अपनी कँपकँपाती ठंड में लौट आती, जहाँ माँ का स्वर भी अजनबी जान पड़ता, किसी दूसरे अँधेरे से उसकी दीवार को खटखटाता हुआ।

"छोटे सो गए?" उसकी तरफ़ झाँकते हुए उन्होंने पूछा।

"हाँ—सो गए—मैं रज़ाई में थी।"

"उसे अकेले डर नहीं लगेगा?" माँ ने झिझकते हुए पूछा। उन्हें ख़ुद अपने डर पर शर्म-सी आती थी—वह छोटी-छोटी चीज़ों से डरती थीं, कुत्तों से, लामा सिप्पियों से, कपड़ा बेचनेवाले चीनी बाबाओं से। उनके कमरे में दरवाज़ा खटखटाकर जाना पड़ता था, किसी को अचानक सामने देखकर पीली पड़ जाती थीं।

"नहीं, अब वह उठेंगे नहीं।" काया ने कहा। माँ को तसल्ली देते हुए उसे हमेशा एक घुटी-घुटी-सी बेचैनी होने लगती थी—जैसे वह उन्हें धोखा दे रही है। उनके सामने झूठ बोलते हुए भी लगता था कि वह उसे सच मान लेंगी—इसलिए छोटा-सा झूठ भी एक छिछोरा-सा स्वाद मुँह में छोड़ जाता था।

"कोई चिट्ठी तो नहीं आई?"

"कैसी चिट्ठी?"

"ऐसे ही..." वह थोड़ा-सा हिचकीं, "तुम्हारी बुआ ने अर्से से कोई ख़बर नहीं ली।"

"वह यहाँ आनेवाली हैं?" काया का दिल धड़कने लगा।

"यहाँ...?" माँ ने उत्सुकता से उसकी ओर देखा, "क्या तुमने कुछ सुना?" वह सचमुच काया की बात पर विश्वास करना चाहती थीं।

काया ने सिर हिलाया। दीवार पर छाया हिली और माँ फिर अपने में सिमट गईं।

"सुनो..."

माँ ने आँखें फेरीं, "क्या काया?"

"अगर बुआ आईं, तो लामा भी आएगी?"

माँ ने सिर हिलाया। फिर रज़ाई से हाथ बाहर निकालकर काया का हाथ छुआ—फिर सिहरते हुए अपना हाथ दोबारा पलंग पर खींच लिया।

"काया, तुम बिलकुल ठंडी हो!"

काया निस्तब्ध बैठी रही। उसे कुछ भी महसूस नहीं हुआ, न माँ की छुअन, न उनका स्वर। वह मेरठ में होगी, उसने सोचा। कितनी उतराई बीच में पड़ती होगी, कालका से भी परे—बिलकुल नीचे। नीचेवाले शहर बहुत बड़ा मैदान होगा, एननडेल की तरह चौड़ा मैदान, और वहाँ एक के बाद एक, एक लाइन में शहरों की कतार होगी, समुद्र तक जाती होगी।

उसे बहुत पहले यह उम्मीद होती थी कि एक दिन वह जाखू की पहाड़ी पर जाएगी—वह शहर की सबसे ऊँची चोटी थी—वहाँ हनुमान के मन्दिर से नीचे झाँकेगी—और अगर मौसम साफ़ हुआ, बीच में न बादल हुए, न धुंध, तो वह मेरठ देख सकेगी—वह घर भी, जहाँ लामा रहती होगी। वह इशारे से उसे बुलाएगी—क्या इतने ऊपर से वह उसकी आवाज़ सुन लेगी? हो सकता है, सुन ले। मँगतू कहता था, पहाड़ों में आवाज़ बहुत दूर तक जाती है—उनके गाँव में लोग मीलों दूर से किसी आदमी को बुलाना चाहें, तो बुला सकते हैं। वहाँ सन्नाटा होता है। इतना गहरा होता है कि किसी का बुलावा अनसुना नहीं जाता।

सन्नाटा यहाँ भी है। इस कमरे में। लेकिन माँ किसी को नहीं बुलातीं; या जब वह बुलाती हैं, हममें से कोई नहीं सुनता, और हम इस सुखद भुलावे में रहते हैं, कि वह कभी नहीं बुलातीं—किसी को नहीं बुलातीं।

"तुम जाओ काया..." माँ धीरे से कहतीं, "जानती हो, क्या बजा है?"

अभी नहीं—नहीं, अभी नहीं। वह मन-ही-मन दुहराने लगती। वे सर्दी की लम्बी रातें थीं। टेबल-लैम्प का आलोक सीधा माँ के मुड़े हुए चेहरे पर गिरता। वह बहुत सफ़ेद लगतीं। उनके बाल तकिये के नीचे फँसे होते। वह बार-बार आँखें खोलतीं, देखतीं—काया बैठी है या चली गई? उसे बार-बार जाने के लिए कहतीं, लेकिन जब आँखें खोलकर देखतीं कि वह अब भी बैठी है, तो बहुत आश्वस्त-सी हो जातीं, मानो जब तक वह बैठी रहेगी, कोई भयानक घड़ी टलती जाएगी।

फिर उन्हें अपने स्वार्थ पर शर्म-सी आती। वह चाहतीं, कोई ऐसी बात कहें जिससे यह लड़की बैठे-बैठे न ऊब जाए। वह बड़ी मुश्किल से एक मुस्कराहट होंठों पर लातीं। "काया..." वह मुस्कराते हुए कहतीं, "तुम्हें मालूम है, लामा की शादी हो गई। वह अब बहुत सुखी है—वह अब सारा घर सँभालती है।" काया उनके होंठों को हिलते देखती,

जब 'सुख' का शब्द बाहर आता, तो विश्वास न होता। लगता, माँ पहली बार झूठ बोल रही हैं। फिर लगता, जैसे वह शायद सच हैं, माँ के लिए बाहर की दुनिया इतनी कठोर, इतनी भयानक, इतनी पथरीली थी कि उनके लिए लामा-जैसी लड़की के लिए कोई भी चहारदीवारी, जहाँ वह अपने को समेटकर रख सके, सुख की निशानी थे। माँ हमेशा लामा से संत्रस्त रहती थीं—उन्हें लगता था, इस लड़की का कोई भरोसा नहीं, वह बादल फाड़कर थिगली लगा सकती है। तभी वह बुआ को डराती थीं, अपने डर से डराती थीं—कोई भी लड़का मिले, कर दो। बाद में पछताओगी। लड़के कहाँ हैं, बुआ कहतीं। और काया जब यह बात सुनती तो हैरान हो जाती, इतने लड़के वह रोज़ देखती थी, बाज़ार में खेलते, स्कूल जाते लड़के, बुआ को एक भी नहीं मिलता?

उसने माँ की तरफ़ देखा और हाथ खींच लिया। भीतर ग़ुस्से ने फन उठाया—कितना ग़ुस्सा था भीतर! माँ ज़ोर न डालतीं तो लामा अब भी इस मकान में होती, उस कमरे में, जो अब साँय-साँय करता है। वह चली गई! एक दिन दरवाज़ा खोला, तो कुछ भी नहीं।

लेकिन रेल की लाइन के ऊपर वह अब भी है। झाड़ियों के बीच से बाहर निकलती हुई एक दुपहर, सूखी म्लान रोशनी में झुकी हुई पहाड़ियाँ और हरे बिच्छुओं के पत्ते! मैं उसके पीछे चल रही हूँ, झाड़ियों की सरसराहट में उसे ढूँढ़ती हुई। कभी-कभी उसकी टाँगें दिखाई दे जातीं—वह सलवार को टखनों तक चढ़ा लेती थी। दुपट्टे को पेटी की तरह अपनी देह के इर्द-गिर्द लपेट लेती। बाल खुले रहते—कन्धों तक रस्सियों-से लटकते रहते। वह झाड़ियों से निकल आती और पटरियों पर चलने लगती। दो लोहे की लाइनें धूप में चमकती रहतीं। जब बीच में सुरंग आती, तो हम पटरी छोड़कर ऊपर चले आते,

सुरंग के ऊपर गर्मियों की पीली घास एक उठी हुई हथेली जान पड़ती, पहाड़ी की पीठ पर उठा हुआ गोमड़, जिसके नीचे सुरंग का गीला अँधेरा होता।

उस गोमड़ पर चढ़ना सबसे मुश्किल होता—पहले लामा चढ़ती, फिर मेरा हाथ खींचकर मुझे उठा देती, एक क्षण के लिए लगता, जैसे मैं उसकी गोद में समा गई हूँ—लेकिन एक झपकी में मैं ऊपर उठ जाती, और जब नीचे आती, तो दोनों तरफ़ घास में उसकी आँखें दिखाई दे जातीं, जैसे वह ऊपर से मुझे देख रही है, लेकिन ऊपर सिर्फ़ पहाड़ियाँ होतीं, नीचे रेल की लाइन—और हम घास पर कान लगाकर सुनने लगते, नीचे सुरंग में बहती हवा का शोर होता—और हम गाड़ी की प्रतीक्षा में लेटे रहते—फिर एक दिन इसी तरह जब हम लेटे थे, उसने मेरा हाथ पकड़ लिया और वह चीख़ते हुए कुछ बोलने लगी, लेकिन मैं कुछ भी नहीं सुन सकी क्योंकि नीचे धड़धड़ाती रेल के पहियों का शोर था—और मुझे लगा, जैसे वह कोई बहुत ज़रूरी बात मुझसे कहना चाह रही हो, जो अब तक उसने मुझे नहीं बताई थी—लेकिन उसकी आवाज़ बीच में ही खो जाती थी—और जब रेल सुरंग से निकलकर चली गई, वह पहाड़ी, बीहड़ सन्नाटा दोबारा लौट आया—

"लामा, तुम कुछ कह रही थीं?"

"कुछ नहीं," उसने कहा।

"तुमने कुछ नहीं सुना?"

"वह हँसने लगी—मैं कुछ भी नहीं कह रही थी।"

और तब उसे लगा, वह लामा की हँसी पर डोल रही है। माँ की देह की गरमाई और गर्म पानी की बोतल से ऊपर उठ गई है, काली अँधेरी सुरंग पर, जहाँ सिर्फ़ माँ की साँसें हैं, उसके चेहरे को अपनी बाँहों में ढाँपे—फिर उसे मँगतू की आवाज़ सुनाई दी, बहुत दूर से आती हुई, उसे नीचे धकेलती हुई, लामा की चीख़ों से अलग छीलती हुई।

"काया, अपने पलंग पर चलो," वह धीरे से उसे झिंझोड़ता—"रात-भर माँ के बिस्तर पर पड़ी रहोगी?" वह उठ खड़ी होती—कब वह कुर्सी से खिसककर माँ के तकिये पर सो जाती थी, उसे कभी याद नहीं आता था। वह नींद के ऊबड़-खाबड़ टीलों से उतरकर दोबारा सूखी, समतल ज़मीन पर आ जाती, मँगतू का हाथ पकड़कर चलने लगती, दुबारा से हॉल का कमरा पार करती, गलियारे को पार करती और मकान के दूसरे कोने में आ जाती, जहाँ उसका ख़ाली, ठंडा बिस्तर पीली चाँदनी में चमकता रहता। छोटे करवट लेते, एक बार आँखें खोलकर देखते, वह कहाँ हैं, काया कहाँ है, लेकिन सर्दियों की नींद में यह अचानक उठना भी सपना बन जाता, सपना भी नहीं, सिर्फ़ एक गढ़हा और गाँठ, जिसे नींद एक छलाँग में पार कर जाती, और वह फिर सोने लगते। लेकिन काया की नींद काफ़ूर हो जाती। दिन-भर का अकेलापन, ग़ुस्सा, तृष्णा, हताशा आपस में गुँथकर एक धुंध का गोला-सा बन जाते, जो न इतना कोमल होता कि आँसुओं में पिघलकर बाहर आ सके, न इतना सख़्त होता कि वह उसकी पकड़ में आकर किसी सूझ, किसी समझदारी की सान्त्वना में बदल सके—वह धुंध उसके बिस्तर पर फैली चाँदनी-सी फैल जाती, और जब मँगतू उसे कम्बल ओढ़ाकर जाने लगता तो वह अन्तिम बार उसके कोट के सिरे को पकड़ लेती, ठहरो, अभी मत जाओ, अभी नहीं...मँगतू दो पलंगों के बीच मैली चाँदनी के घेरे में ठिठक जाता, कोट के सिरे और काया के छटपटाते हाथों के बीच उसकी पुरानी हड्डियाँ चरमराने लगतीं। कैसी लड़की है? वह धीरे से गुर्राता, "कोई डर है, कहाँ, कहीं कुछ भी नहीं।"

लगता, जैसे वह नहीं, पुराने चीथड़ों में दबी उसकी आत्मा कराह रही हो, काया को फुसला रही हो, "काया, देख, कहीं कुछ नहीं है, कोई डर नहीं है..." और वह इस एक वाक्य को बार-बार एक मंत्र की तरह दुहराने लगता, जैसे वह काया के लिए नहीं, ख़ुद अपने लिए प्रार्थना कर रहा हो—और उसके दुहराते, ऊँघते, उनींदे स्वर की थपथपाहट में काया की पकड़ कच्ची पड़ जाती, हाथ मँगतू के कोट से छूटकर पलंग के नीचे झूलने लगता, बँधी हुई मुट्ठी खुल जाती, और बीता हुआ दिन उसकी अँगुलियों से फिसलकर रेत की तरह नीचे बहने लगता।

2

वे ऊपर चढ़ रहे थे। बुआ थक जातीं, तो हवाघर में बैठ जातीं। वह हर हवाघर में ठहरती थीं—बेंच पर बैठकर पान की डिब्बी निकालतीं, तमाखू फाँकतीं, कमर में धोती की गाँठ कसतीं—फिर वे बाहर आ जाते। चढ़ाई दुबारा शुरू हो जाती।

वे चाचा के घर जा रहे थे—फ़ॉक्सलैंड।

वह उनकी अँगुली पकड़े रहती। ज़रा भी आगे-पीछे हो जाती, तो बुआ चीख़ने लगतीं—"मेरे साथ रह काया," वह हाँफती हुई कहतीं, "तू यह ऊपर-नीचे क्या दौड़ती है!" मछली-सा उनका मुख खुल जाता और काया को हैरानी होती कि इतनी छोटी-सी देह में इतनी सारी साँसें एकसाथ ऊपर आतीं, नीचे जातीं। जब हवा का कोई तेज़ झोंका आता, तो वह एक पेड़ की तरह घूमने लगतीं और काया पूरा ज़ोर लगाकर उन्हें पकड़े रहती, चढ़ाई के बीचोबीच, जैसे हवा उनको नीचे ले जाना चाहती हो, काया उन्हें ऊपर, और इस रस्साकशी में बुआ कभी नीचे डोलतीं, कभी ऊपर...।

उनकी साड़ी ढीली होकर ऊपर उठ जाती, काली सींक-सी टाँगें उघड़ आतीं, और तब काया का चेहरा शर्म से लाल हो जाता। "नीचे करो बुआ, नीचे," वह ग़ुस्से में चीख़ने लगती। "वाह री मुन्नी, इतनी शर्म! यहाँ भला कौन देखनेवाला है!" वह उनका हाथ पकड़कर ऊपर खींचने लगती, सूनी दोपहर की चढ़ाई, तेज़ पहाड़ी हवा में लहराते चीड़ के पेड़, उसे डर लगता कि कहीं कोई बुआ को उसकी माँ न समझ बैठे, इसलिए चढ़ाई ख़त्म होते ही वह उनका हाथ छोड़कर अलग चलने लगती, जैसे वह अलग है, बुआ अलग। फिर कुछ दूर चलकर वह बुआ को देखती, तो यह असहनीय लगता कि वह अकेले चल रही हैं, जैसे दुनिया में कोई उनका नहीं है, और वह ग़ुस्से में भागती हुई फिर बुआ का हाथ पकड़ लेती—"मैं थक गई हूँ, देखतीं नहीं, मैं कितना थक गई हूँ।" मानो इस ग़ुस्से से वह उस दया से छुटकारा पा लेगी, जो कुछ देर पहले बुआ पर आई थी। "कहीं बैठो, सुनती हो, मैं आगे नहीं चल सकती"—वह जानती थी कि जब बुआ ठहर जाएँगी, तो उनकी उड़ती साड़ी भी ठहर जाएगी और उनकी नंगी टाँगें दुबारा से शर्म की सीमा में सिमट जाएँगी और वे अगले हवाघर में बैठ जाते।

वे एक ही बेंच पर बैठ जाते। बुआ सड़क की तरफ़ देखतीं। वह उलटी तरफ़, झाड़ियों, पेड़ों, उठती पहाड़ियों की ओर जहाँ समूचा शहर दिखाई देता—लोअर बाज़ार की छतें, रिज का गिरजा और सबसे ऊपर जाखू की चोटी। सारा शहर धूप और छाँह में अपने को बाँट लेता—जैसे हर पहाड़ी पर शतरंज की मुहरें बिखरी हों—एक तरफ़ काली, दूसरी तरफ़ सफ़ेद।

"मरा हुआ शहर—यह भला कोई शहर है!" बुआ कहतीं।

"कैसे मरा हुआ?" काया पूछती।

"और कैसा? चारों तरफ़ पहाड़-पहाड़...राक्षसों की तरह मुँह फाड़े खड़े रहते हैं! धन्य है तेरी माँ। पता नहीं, बारहों महीने यहाँ कैसे रहती होगी!"

बारह महीने—काया हैरान हो जाती—धूप, गर्मियाँ, पत्तों का झरना, लम्बे बारिश के दिन जब छतों पर ओले गिरते, फिर बर्फ़, जब रातें भी सफ़ेद जान पड़तीं और वे खिड़की के सामने बैठे हुए एक-एक गोले को ख़ामोशी की तहों पर इकट्ठा होते देखते—क्या ये सब चीज़ें सिर्फ़ बारह महीनों की दराज़ में समा जाती हैं?

नहीं, वे अन्तहीन थीं, नामहीन, गिनती के बाहर। उन्हें महीनों में वे ही लोग बाँटते थे, जो नीचे शहरों से आते थे। वे अपना समय लेकर आते थे, जो यहाँ किसी काम का नहीं था। बुआ मैदानों से आती थीं, कोई शहर मेरठ था, जहाँ वह रहती थीं। वह और लामा—और एक घर, जो पति उनके लिए छोड़ गए थे। साल में दो बार हिम्मत बटोरकर वह आती थीं, एक-एक महीना गिनकर दोनों भाइयों के साथ रहती थीं। उन्हें यह कभी समझ में नहीं आता था कि हिन्दुस्तान में हज़ारों शहर हैं, ये दो भाई सारी घर-बिरादरी छोड़कर इन पहाड़ों पर क्यों आ बसे हैं, जहाँ पेड़ों, जंगलों और बन्दरों के अलावा कोई चीज़ हिलती दिखाई नहीं देती थी? सबसे दुखद आश्चर्य की बात यह थी कि इस उजाड़ जंगली शहर में भी दोनों अलग रहते थे, अलग भी इतना कि एक ऊपर, दूसरा नीचे। एक भाई से दूसरे के घर जाते हुए समूचा अस्थि-पिंजर हिलने लगता, देह की एक-एक गाँठ खुलने लगती। उनकी ज़िन्दगी बहुत मुश्किल रही थी—पति की मृत्यु से लामा तक एक पहाड़-सी ज़िन्दगी—लेकिन इन पहाड़ों के सामने वह भी आसान बन जाती, बच्चों का-सा खेल जान पड़ती। हवाघर उन्हें बचा लेते थे, वे न होते और काया का साथ न होता, तो वह सचमुच टुकड़े-टुकड़े हो जातीं।

"रिक्शा क्यों नहीं लेती?" चाचा हर बार पूछते थे—"रिक्शा!" बुआ हँसकर टाल देतीं। किसी को नहीं मालूम था, सिवा काया के, वह कितनी बार रिक्शों की नुमायश कर चुकी हैं। अब रिक्शावाले उन्हें पहचानने लगे थे, दूर से ही जब वे उन्हें काया का हाथ पकड़े हुए जाते देखते तो घंटी

बजाते हुए तेज़ी से निकल जाते, और फिर पीछे मुड़-मुड़कर उन्हें देखते। पहले ऐसा नहीं था। पहले वह बोली लगाती थीं, दो आने से आठ आने तक—रिक्शेवालों का जमघट लग जाता और बुआ काया की अँगुली पकड़कर नेपोलियन की तरह घूमती रहतीं, कभी एक के पास जातीं, कभी दूसरे के पास, दो आने चियूँटी की तरह रेंगते हुए आठ आने तक जाते, और वहाँ रुक जाते, वहाँ से दो रुपये तक की यात्रा असम्भव हो जाती और काया की आँखों से आँसू ज़ार-बेज़ार बहने लगते—"बुआ चलो, हम पैदल चलेंगे।" वह उनका हाथ खींचती, लेकिन बुआ उसकी चीख़ों को सुना-अनसुना करके एक-एक आना बढ़ाती जातीं, कभी इधर जातीं, कभी उधर, दो सींक-सी टाँगें ऊपर उठी हुई साड़ी से बाहर का तमाशा देखतीं, छाती का पल्ला थिएटर के परदे-सा ऊपर-नीचे जाता। कभी-कभी कोई रिक्शेवाला हारकर कहता—"माईजी, रिक्शा छोड़िए, आपके लिए तो घोड़ा ठीक रहेगा, सस्ता और तेज़ भी, बिलकुल दुर्गावती लगेंगी..." जब कुछ देर बाद सब रिक्शेवाले तितर-बितर हो जाते, तब बुआ को होश आता, जैसे सड़क सूनी हो जाती, वैसी सूनी आँखों से काया को देखतीं—"इन लोगों में धीरज नहीं है, देखा, सब उखड़ गए। अगर कुछ देर और ठहरते, तो एक आना और बढ़ा देती।"

लेकिन बुआ को सुननेवाला कोई न होता। काया बहुत दूर जा चुकी होती। वह ख़ाली हवा में बुड़बुड़ाती हुई चारों तरफ़ देखतीं—पहाड़ और उनके पीछे और पहाड़—बुआ का मन एक अजीब दहशत में सिकुड़ने लगता। "काया, ओ री काया," वह ज़ोर-ज़ोर से चिल्लाने लगतीं, और उन्हें फिर अपनी ही आवाज़ पहाड़ों से भूत बनकर लौटती हुई सुनाई देती, लेकिन तब तक काया भी भागती हुई उनके पास आ जाती—"हम आधा रास्ता पहुँच गए, बुआ! देखो, काली का मन्दिर यहाँ से दिखाई देता है।"

वे मन्दिर के आँगन में बैठ जाते, बुआ अपनी पोटली का तकिया बनाकर लेट जातीं और काया मन्दिर के दरवाज़े पर लगी नल की टूटी खोलती। पानी—बर्फ़-सा ठंडा पानी एकसाथ सारी चढ़ाइयों को अपने साथ बहा ले जाता।

"काया, थक गई हो?" बुआ लेटे-लेटे पूछतीं।

वह सिर हिलाती, सच और झूठ के बीच में, न कहती तो झूठ होता और हाँ कहने में डर लगता, कि एक बार बुआ को पता चल गया कि वह चाचा के घर जाते हुए कितना हलाट हो जाती है तो वह फिर कभी उसे अपने साथ नहीं लाएँगी, और यह चीज़ असम्भव लगती। इससे बचने के लिए वह समझौते पर उतर आती जो सच और झूठ के बीच होता, "बुआ, मैं थक गई हूँ—लेकिन सब जगह नहीं।"

"सब जगह नहीं—क्या मतलब?"

"सिर्फ़ पैरों में..." वह कहती, "थकान सिर्फ़ पैरों में होती है, और जगह बिलकुल नहीं।"

"सिर्फ़ पैर?" और बुआ, जो कभी हँसती नहीं, जिनका चेहरा हमेशा अनजाने फ़िक्रों में तना रहता, सहसा खिलखिला पड़तीं और तब अचानक काया को एक और हँसी याद आने लगती—इसी मन्दिर की दीवारों में बुआ की हँसी का पीछा करती हुई वह आतंकित-सी होकर बुआ के चेहरे को टटोलने लगती, वह बिलकुल लामा की तरह हँसती थीं।

"क्या देखती है?" बुआ कुहनी के बल सिर उठा लेतीं।

"कुछ नहीं बुआ—जब लामा यहाँ थी, तो हम इस मन्दिर में आते थे।"

"ओह!" बुआ फिर लेट जातीं। आँखें थिर हो जातीं। आँगन की छत पर लगा घंटा हवा में झूमने लगता।

"क्या करते थे?" बुआ ने बहुत धीमे स्वर में पूछा।

"खेलते थे," काया ने कहा, "लामा ने तुम्हें कभी नहीं बताया?"

सर्दी की शामों में वे तीनों यहाँ आते थे। उन दिनों मन्दिर उजड़ा पड़ा रहता। आरती के बाद सब लोग चले जाते—सिर्फ़ एक पुजारी काली की मूर्ति के सामने देर तक बैठा रहता था। मंडप के चारों तरफ़ गलियारा था, जहाँ अँधेरे में वे छिप जाते, एक-दूसरे को ढूँढ़ते और पागलों की तरह मूर्ति के चारों तरफ़ भागते रहते।

उसे अब भी वह शाम याद आती है। आरती के बाद उनका खेल शुरू हुआ। लामा को छिपना था—वह और छोटे देर तक गलियारे के कोने-कोने को छानते रहे, पर वह कहीं दिखाई न दी। छोटे थककर पुजारी के पास बैठ गए—कहीं कोई और नहीं था। वह आख़िरी चक्कर लगाकर लौट रही थी, तभी उसे लगा, कोई दीवार के धँसे आले में बैठा है, उसे देखकर वह ठिठक गई, "लामा, तुम यहाँ बैठी हो?"

"इधर आओ..." लामा ने एकटक उसकी ओर देखते हुए कहा।

वह पास चली आई, बिलकुल उसके सामने।

"तुम एक काम करोगी?"

"क्या लामा?"

वह उसके लिए सबकुछ कर सकती थी।

लामा ने मुट्ठी से एक साफ़ लिफ़ाफ़ा निकाला, उसकी तरफ़ बढ़ाते हुए कहा, "जब मैं चली जाऊँ, तो इसे अपनी माँ को दे सकोगी?"

"क्या कोई चिट्ठी है?"

"तुम सिर्फ़ दे देना—यह मत कहना कि मैंने दी है।"

"क्या कहूँ?"

"कहना, किसी आदमी ने तुम्हें यह पकड़ा दी।"

वह देखती रही—फिर लामा ने उसे अपनी तरफ़ घसीट लिया।

"कल हम रेल की लाइन पर जाएँगे।" फिर कुछ सोचकर कहा, "गिन्नी को भी साथ ले जाएँगे—तुम आओगी?"

3

वह बदली का दिन था, जब हवा एकदम थम जाती है। पहाड़ पथराए-से खड़े थे। सारे शहर पर एक मैली-सी रोशनी पड़ रही थी।

हम नीचे उतर रहे थे।

मैं ठिठकी खड़ी रही। मैली, अवसन्न धूप। ऊपर घास में उठी हुई सुरंग, नीचे गिन्नी, रेल की पटरियों पर चलती हुई। हर बार नये रास्तों से लौटकर वह स्वप्न मेरे पास आता है।

मुझे विश्वास भी नहीं होता कि मैं उन दिनों की काया हूँ।

नीचे स्टेशन की लम्बी छत दिखाई देती थी, और बिजली के खम्बे—जो पेड़ों के साथ कुछ दूर तक जाकर जंगल में खो गए थे। उनके आगे सिर्फ़ रेल की पटरी दिखाई देती थी—उसका एक बहुत छोटा हिस्सा धूप में खुला रहता, आगे का मुँह साँप की तरह रेंगता हुआ सुरंग में ग़ायब हो जाता।

मैं बीच में थी। आगे गिन्नी और बहुत पीछे लामा, जो सीटी बजा रही थी, हवा में एक लम्बा सूराख़ बनाती हुई सीटी का स्वर,

जो कभी बिलकुल पास आ जाता, कभी इतना दूर से सुनाई देता कि लगता, वह बहुत पीछे छूट गई है। मैं मुड़कर देखती, तो वह सामने होती, अपने दुपट्टे को गले में बाँधे हुए, छोटा-सा माथा, जिसके ऊपर बालों की एक महीन रेखा धूल में सफ़ेद-सी जान पड़ती। भौंहें भी सफ़ेद, सिर्फ़ पलकें अपनी तेज़ झपकियों से धूल को उड़ा देतीं—और उनके बीच आँखें, जो दुनिया को कहीं बाहर से देख रही होतीं, एक बेडौल-से फैलाव में फैली हुई, सख़्त और साफ़, न कुछ देती हुई, न कुछ माँगती हुई।

वह पत्थर आया, तो हम दोनों रुक गए—जैसे हमारे बीच कोई मूक समझौता हो, जैसे घोड़े ख़ुद-ब-ख़ुद जानी-पहचानी जगह रुक जाते हैं। वहाँ हम कितनी बार रुकते थे, दुपहर से शाम तक बैठते थे, शिमला-कालका की गाड़ियाँ आतीं और चली जातीं, कभी धुआँ हमारी तरफ़ आता, कभी नीचे घाटी पर उतर जाता। दूर से वह चट्टान-सा दिखाई देता—लेकिन वह ज़्यादा बड़ा नहीं था। हम उस पर चढ़ सकते थे—सिर्फ़ गिन्नी नीचे रहती, पूँछ हिलाते हुए पत्थर के चारों तरफ़ घूमती रहती, बार-बार ऊपर आने के लिए छटपटाती, पंजों से पत्थर को कुरेदती, लेकिन जब कुछ नहीं बनता, तो औंधी होकर लेट जाती। उसकी लम्बी देह थी और बालों के नाम सिर्फ़ काले-सफ़ेद धब्बे, जो गले पर आकर आधे चन्द्रमा की तरह बन गए थे। सिर हमेशा झुका रहता, आलस के कारण उतना नहीं, जितना कोई भेद पाने को आतुर, जैसे धरती के भीतर कोई ख़ज़ाना छिपा हो, जिसे गिन्नी हर क़दम पर सूँघना चाहती, पंजों से खोदना चाहती—और इस उत्तेजित, अन्तहीन खोज में ज़ुबान मुँह से निकलकर नीचे लटक आती, पान के लाल पत्ते-सी, जिसके कोने से थूक की बूँदें टपकती रहतीं, जो थूक न होकर ज़ुबान का पसीना जान पड़तीं—चाहे वह किसी झाड़ी-झंखाड़ के पीछे छिपी हो—इन बूँदों का पीछा करते हुए ढूँढ़ निकालती थी।

उन दिनों बहुत-से कुत्ते लावारिस होकर घूमा करते थे। उनके मालिक उन्हें छोड़कर दिल्ली चले जाते। न रहने की जगह, न कहीं सोने की—वे ख़ाली मकानों के बरामदों में डेरा डाल देते। सर्दी की लम्बी रातों में उनकी रिरियाती चीख़ें हर बन्द कमरे, हर सुरक्षित मकान की दीवारों पर सिर धुनती थीं, उनकी ओर कोई ध्यान नहीं देता था।

पहली बार मैंने देखा—आधे चन्द्रमा को, गिन्नी के गले में एक सफ़ेद हार की तरह चिपटा हुआ। वह मिस जोसुआ के बरामदे में लेटी थी। अधमरी, निढाल—एक सफ़ेद पोटली-सी। मैं उसे खींचती हुई ग़ुसलख़ाने में ले गई, बहुत धोया, गर्म उबलते पानी से, लेकिन चन्द्रमा मिटने के बजाय और साफ़ निखरता गया था—गले से गुज़रता हुआ वह माथे तक चला आया था, जैसे गिन्नी माथे पर सफ़ेद टीका लगाकर दुनिया में आई हो! वह फिर कभी वापिस नहीं गई। सम्भव है, दूसरे जीव-जानवरों की तरह उसका अपना घर रहा हो—गर्मियों और आदमियों की दुनिया में—किन्तु जिस दिन मैंने उसे गर्म पानी से धोया था, उस दिन जैसे उस दुनिया की मोह-माया भी हमेशा के लिए धुल गई थी।

कभी-कभी हम उसकी आँखें खोलते, तो वह तड़पने लगती। छोटे उसके छटपटाते पैरों को पकड़े रहते। लामा उसकी पलकों को उठाती—एक गीली-सी चमक उसकी पुतलियों पर तैरने लगती, जिसमें हम अपने चेहरे देखते, और वे चेहरे भी तैरते रहते। "जानते हो, यह चमक क्या है, जो आँखों में तैरती है—यह गिन्नी की आत्मा है।" लामा कहती थी, और मैं सोचने लगती, कौन-सी चीज़ आत्मा है, यह पुतलियों पर तैरती झिल्ली, यह पैरों की छटपटाहट या यह तैरती हुई चमक, जिसके कुएँ में हम अपनी छाया देखते हैं, और तब हम छिछोरी-सी शर्मिन्दगी में सिटपिटाकर सुन्न-से खड़े रहते, मानो गिन्नी की आँखों से ज़बरदस्ती उस आत्मा को निकालकर हमने कोई गन्दगी का काम किया है, जिसका कोई प्रायश्चित्त नहीं है।

लेकिन गिन्नी को इसका कोई दुख नहीं था। वह लामा के पीछे लगी रहती थी, जैसे उसकी आत्मा सचमुच लामा के हाथों में हो। रात होती, तो गिन्नी सब कमरों को छोड़कर बरामदे के छोर पर लामा के कमरे के आगे बैठी रहती। लामा उसे कभी भीतर नहीं आने देती थी, लेकिन फिर भी किसी अजानी उम्मीद का सिरा पकड़कर वह अपने पंजों से उसके बन्द दरवाज़े को खरोंचती रहती, काँपती रहती—सारी रात दरवाज़े की देहरी पर गुज़ार देती।

कौन-सा ऐसा भेद था, ऐसा सम्मोहन, जो उसे मकान के सब खुले कमरों से खींचकर लामा के बन्द दरवाज़े पर घसीट लाता था?

लेकिन उस दुपहर को वह सीधे नीचे उतरती गई। उसने सोचा होगा, हम फिर उस पत्थर पर बैठेंगे। वह हमारे लिए रुकी नहीं। वह उतरती गई, झाड़ियों की तरफ़, सुरंग से परे, जहाँ रेल की पटरियाँ दुपहर की मन्द धूप में चमक रही थीं। दूर से उसकी देह नीचे लुढ़कता हुआ कोई ऊन का गोला दिखाई देती थी। फिर वह भी नहीं। कुछ नहीं। सिर्फ़ झाड़ियाँ और दो पहाड़ों के बीच चुपचाप सरकती बादलों की छाया, जो धीरे-धीरे समूची घाटी को अपने में लपेट रही थी।

मुझे लगा, सीटी की आवाज़ रुक गई—सिर्फ़ हवा सुनाई देती है।

"तुमने चिट्ठी दी थी?"

उसने धीरे से कहा, बिलकुल अचानक, जैसे वह काली के मन्दिर में बिना किसी चेतावनी के, मेरे सामने आ जाती थी।

मैंने सिर उठाया। वह पत्थर पर सुरंग की तरफ़ मुँह मोड़कर बैठी थी।

"लामा—उन्होंने कोई विश्वास नहीं किया," मैंने कहा।

उसने मेरी ओर देखा—सफ़ेद भौंहें ज़रा-सी ऊपर उठीं, लेकिन आँखें शान्त थीं।

"एक दिन करेंगे," उसने कहा, "एक दिन ज़रूर करेंगे।"

एक दिन। लेकिन समय कहाँ था? वह किसी भी दिन मेरठ जा सकती थी। हम रोज़ एक-एक दिन गिनते थे। लामा ने अपने कमरे की दीवार पर नब्बे लकीरें खींची थीं, हर दिन के बीतने पर वह एक लकीर काट देती थी और अब सारी दीवार पर कटी हुई लकीरें दिखाई देती थीं। इनके पीछे गर्मियों के दिन थे। काफ़ी लम्बे दिन। जब लामा आई थी, मुझे याद है, मिस जोसुआ के 'प्लेन' वृक्षों के पत्ते उगना शुरू हुए थे, अब वे लाल-सुर्ख़ दिखाई देते थे। पीले और पके हुए, नीचे झरते हुए। इन कटी हुई लकीरों और हवा में गिरते पत्तों के बीच बुआ की चिट्ठियाँ आती थीं। सबकुछ तय हो गया है। लड़का मिल गया है। लामा के आते ही वह इस बीहड़ बोझ से छुटकारा पा लेंगी। कितना बड़ा बोझ था! कितना बीहड़! "क्या कोई लड़का यहाँ नहीं मिल सकता?" मैं माँ से पूछती तो वह हँसने लगतीं—"पागल, पहाड़ों में कोई लड़के मिलते हैं!" लेकिन मैं हर जगह लड़के देखती थी, स्कूल से आते हुए, बाज़ार में मक्खियों की तरह भिनभिनाते हुए—उन दिनों कितने लड़के थे, लेकिन लामा के लिए एक भी नहीं।

"लामा..." मैं पत्थर के पास सरक आई, "चिट्ठी तुमने लिखी थी?"

"क्यों? तुमसे माँ ने पूछा था?"

"मैंने कहा, एक आदमी ने मुझे दी थी—उन्होंने मेरा विश्वास नहीं किया। फिर उन्होंने उसे मिस जोसुआ को दिखाया और मिस जोसुआ ने उसे पढ़कर कहा, सब झूठ है।"

"झूठ!" लामा के चेहरे पर एक अजीब भयानक-सी चमक उभर आई। "वह सफ़ेद बुढ़िया क्या समझेगी!" फिर उसने मेरे बालों पर हाथ रख दिया। कुछ देर तक हवा में झाड़ियों की सरसराहट के अलावा कुछ सुनाई नहीं देता था।

"चिट्ठी तुम्हारे पास है?"

"हाँ, लामा—मैंने उसे छिपाकर रखा है।" मेरे पास अब भी मुड़ा-तुड़ा लिफ़ाफ़ा रखा था। मैंने उसे जेब से बाहर निकालकर लामा के आगे बढ़ा दिया—पर उसने उसे छुआ तक नहीं। सिर्फ़ सिर हिलाकर कहा, "पढ़ो!"

"तो तुमने इसे नहीं लिखा?" मैंने उत्सुकता से उसकी ओर देखा, किन्तु वह नीरव आँखों से नीचे, रेल की पटरी को देख रही थी। "लामा, पढ़ूँ?"

उसने सिर हिलाया और मैं उस सूनी दुपहर पत्थर के सामने पढ़ने लगी, जिसका पहला वाक्य था :

कोई आपको धोखा दे रहा है। आपको शायद नहीं मालूम, जिस आदमी के साथ आप इस लड़की का ब्याह रच रही हैं, वह बेहद बूढ़ा है, उसे आँखों से दिखाई नहीं देता, कानों से सुनाई नहीं देता। उसकी पहली औरत सिर्फ़ छह महीने पहले मरी है। उस बेचारी ने कितना दुख भोगा, यह किसी से छिपा नहीं है—सिवा इस लड़की की माँ के, जो आँखों पर पट्टी बाँधकर इसे नरक में झोंक रही है। वह आदमी, जो अपनी पत्नी की मृत्यु के सिर्फ़ छह महीने बाद दूसरी शादी कर सकता है, क्या वह इस लड़की को सुखी रख सकता है? उसकी पत्नी की मृतात्मा भूत बनकर सारे मकान में भटकती है—वह इसे शादी के बाद ही खा जाएगी। अब भी समय है—अगर आप इस लड़की का भला चाहते हैं, तो इसे मेरठ मत भेजिए। याद रखिए, मेरठ भेजने का मतलब है, इसे जानबूझकर मौत के मुँह में डालना, इससे बड़ा कोई दूसरा पाप नहीं। अगर आप इस पाप से डरती हैं, तो इसे मत भेजिए क्योंकि याद रखिए, मेरठ का मतलब है—मौत।

नीचे एक तसवीर बनी थी—हड्डियों के कंकाल की हँसती हुई खोपड़ी, और उसके सामने एक लम्बा तीर खिंचा था→ऐसा, और कोने में लिखा था—मेरठ।

"बस?" लामा ने तनिक कौतूहल से मेरी ओर देखा, जैसे उसे हैरानी हो कि चिट्ठी इतनी जल्दी ख़त्म हो गई, आगे कुछ भी नहीं लिखा।

"लामा—अब वे तुम्हें नहीं भेजेंगे।"

"क्यों?"

"ऐसे आदमी के पास?" मैंने उसकी ओर देखा, जैसे उसके पास कोई हल है, जैसे आख़िरी क्षण वह कोई हल निकाल लेगी। लेकिन वह चुप बैठी थी, पत्थर के ऊपर, कहीं भी न देखती हुई, गतिहीन, पत्थर के ऊपर पत्थर-सी।

बहुत देर बाद उसने मेरी ओर देखा। एक महीन-सी मुस्कराहट उसके होंठों पर फैल गई।

"झूठ," उसने कहा, "सब झूठ है काया!"

उसने मेरे हाथ से लिफ़ाफ़ा खींच लिया, चिट्ठी बाहर निकाली—और फिर उसे छोटे-छोटे पुरज़ों में फाड़ने लगी। बहुत देर तक धीरे-धीरे फाड़ती रही।

हवा में बहती चिन्दियाँ रेल की लाइन पर उड़ रही थीं।

मेरी आँखें सुरंग पर उठ आईं—एक दुपहर हम वहाँ बैठे थे। लामा ने चीख़ते हुए मुझसे कुछ कहा था, रेल के पहियों तले उसके शब्द मर गए। मैं कुछ भी न सुन सकी। लेकिन मैंने कभी लामा को ठीक से नहीं सुना—कभी-कभी यह भ्रम होता था कि वह असल में यहाँ की रहनेवाली है—इन पहाड़ों की—जबकि हम बाहर के लोग हैं, और यह अजीब लगता था कि हम यहाँ रहेंगे, जबकि उसे एक दिन यह सब—काली का मन्दिर, रेल की लाइन, चारों तरफ़ फैले जंगल—छोड़कर जाना होगा।

"मैं जाऊँगी नहीं!"

उस रात अँधेरे बरामदे में उसने मुझसे कहा था। हम लौट आए थे। गिन्नी लामा के दरवाज़े पर बैठी थी। हम ज़ीना चढ़कर ऊपर आए थे—नीचे मिस जोसुआ के कमरे की बत्ती का आलोक पेड़ों पर गिर रहा था।

"काया...तुम मेरे कमरे का दरवाज़ा कभी बन्द मत करना। मैं हमेशा यहाँ रहूँगी।"

"क्या तुम मेरठ नहीं जाओगी?"

"जाऊँगी..." उसने मेरी ओर देखा, "लेकिन यहाँ भी रहूँगी। उन्हें पता नहीं चलेगा।"

"हम तुम्हें देख सकेंगे?" मैंने पूछा।

"क्यों नहीं।" उसने कहा, "जब तुम और छोटे अपने कमरे में होगे, मैं आऊँगी—मैं हर रात तुम्हारे कमरे में आया करूँगी।"

कहीं कोई आवाज़ नहीं थी—सिर्फ़ बरामदे की लकड़ियाँ कभी-कभी चरमरा जाती थीं। लामा के दरवाज़े के आगे गिन्नी अपनी चमकती आँखों से हमें घूर रही थी—बीच-बीच में वह बहुत कातर स्वर में चीख़ने लगती थी, जैसे उसने अचानक पेड़ों पर कोई रेंगती छाया देखी हो—फिर वह अचानक चुप हो जाती—लामा को देखते ही उसे अजीब-सी तसल्ली मिल जाती थी।

"अपने हाथ खोलो," उसने कहा और मैंने अपनी दोनों मुट्ठियाँ खोल दीं और उसने मेरे दोनों हाथों को अपने हाथों में भींचते हुए कहा, "तुम किसी से कुछ नहीं कहोगी...बोलो?" वह धीरे से फुसफुसाई। "किस बारे में लामा?" मेरी आँखें बहुत आतंकित रही होंगी—समूचे चेहरे पर फैलता वह ठंडा आतंक शायद उसे भी छू गया। वह कुछ देर तक अँधेरे में अपलक मुझे देखती रही, "तुम आत्मा में विश्वास करती हो?" उसने पूछा। मैंने सिर हिलाया—उन दिनों मैं सब चीज़ों में विश्वास करती थी क्योंकि यह आसान था और मैं अलग-अलग होकर बची रहती थी। "सुनो, गिन्नी की आँखें खोलो, तो कुछ दिखाई देता है?"

उसने पूछा, और तब उस क्षण मुझे महसूस हुआ कि सिर्फ़ बचना ही काफ़ी नहीं है—कोई और चीज़ है, हमसे परे और हमारे भीतर, जो बचने के लिए तड़पड़ाती है। "जानती हो, गिन्नी दिन-रात तड़पती है, हर रात मेरे दरवाज़े पर चीख़ती है—तुम सुनती हो? नहीं काया, तुम कैसे सुनोगी?" वह धीरे से हँसी और मुझे लगा, वह हँसी भीतर फेफड़ों से न आकर किसी ख़ाली हवा से आ रही है, "तुम बहुत स्वार्थी लड़की हो। तुम हमेशा से बड़ी स्वार्थी रही हो...तुम कभी कुछ नहीं सुनतीं।" उसने मेरे हाथों को मसलते हुए कहा, "सुनो, गिन्नी छुटकारा चाहती है, जैसे मैं चाहती हूँ... मालूम है, छुटकारा कैसे मिलता है?" और तब मेरे भीतर सबकुछ ठंडा पड़ने लगा। मेरे भीतर की गरमाई, बचा-खुचा सुख, जैसे लामा ने चिमटे से उठाकर पानी में डाल दिया हो! छुटकारा? वह मिलता नहीं, दिया जाता है।

"गाड़ी आती होगी," लामा ने कहा। पहाड़ियों के पीछे से एक धीमी, मन्द-सी आवाज़ सुनाई दे रही थी। लगता था, जैसे कोई बहुत बड़ा पत्थर धीरे-धीरे लुढ़कता हुआ पास आ रहा हो, जिसे देखा नहीं जा सकता, लेकिन जिसकी आवाज़ चारों तरफ़ गूँजने लगती है।

हम पत्थर से उतरकर सुरंग की तरह चल रहे थे। चारों तरफ़ लम्बी, जंगली घास थी, जो उन दिनों पीली दिखाई देती थी। घास पर चीड़ की सुइयाँ बिखरी थीं, जिन पर चलते हुए बार-बार पाँव फिसल जाता था। हम बहुत धीरे-धीरे नीचे उतर रहे थे।

अब पत्थर कहीं दिखाई नहीं देते थे। सिर्फ़ घास और झाड़ियाँ—बीच-बीच में चीड़ के पेड़—वे भी निश्चल थे। वह दुपहर की बहुत शान्त घड़ी थी, जब पहाड़ी शहरों पर एक उनींदा क़िस्म का सन्नाटा फैल जाता है।

हवा की आवाज़ भी सुनाई नहीं देती, न उन चीज़ों की आवाज़ सुनाई देती है, जिन्हें हवा छूती है।

"गिन्नी कहाँ है?" उसके होंठ धीरे-से हिले...उसका स्वर कुछ वैसा ही भारी और अधीर था, जैसा छोटे बच्चों का स्वर हो जाता है, खाँसी आने से पहले—जिसे सुनकर बहुत दूर की चीज़ें, अँधेरे कमरे, तपती हुई दुपहरें याद हो आती हैं।

वह सुरंग की तरफ़ बैठी थी—मुँह नीचे किये हुए, आँखें मूँदे। ज़ुबान एक तरफ़ लटक आई थी...और एक लम्बा दाँत आधे खुले मुँह से बाहर दिखाई देता था। वह निश्चिन्त दिखाई देती थी क्योंकि उसे मालूम था कि हम कहीं आसपास होंगे...हमारी आहट को सुनकर उसकी लगी-बँधी साँस एक क्षण के लिए अटक जाती थी, और जब जान लेती थी कि सिर्फ़ हम हैं और कोई नहीं, तो अटकी हुई साँस दुबारा से निर्विघ्न बहने लगती थी।

"गिन्नी, गिन्नी..." लामा ने कहा, और मुझे एक बार फिर उसका स्वर अजीब-सा जान पड़ा, हालाँकि वह हमेशा इसी तरह बुलाती थी। उसमें कुछ भी ऐसा न था जो दुपहर की शान्त घड़ी में मुझे परेशान कर सके। वह अचानक अपना नाम सुनकर खड़ी हो गई, अपनी अलसाई देह को एक-दो बार झिंझोड़ा। फिर एक क्षण अनिश्चित आँखों से चारों तरफ़ देखा—जैसे पता चला रही हो कि आवाज़ कहाँ से आई थी। फिर वह धीरे-धीरे सुरंग के पास चलने लगी।

वह ढलान से नीचे उतरी, जैसे सोते हुए चल रही हो, ख़ुद अपनी छाया से चिपकी हुई! फिर सुरंग के पास आकर ठिठक गई। दोनों तरफ़ देखा, जैसे हवा में कुछ टोह रही हो...और तब मुझे पहली बार अपना ध्यान आया।

पीछे मुड़कर देखा तो लामा नहीं थी। घास, झाड़ियाँ, पेड़ों की लम्बी छायाओं के नीचे पत्ते, सब वैसे ही थे, जैसे एक क्षण पहले मैंने उन्हें देखा था। सिर्फ़ हवा में हल्की-सी थरथराहट थी, जैसे पहाड़ियों के

आर-पार लगी हुई तारें सहसा जीवित हो उठी हों, और उनके भीतर से एक काली गूँज धुएँ-सी उठकर समूची पहाड़ी पर फैल जाती हो!

मेरे और गिन्नी के बीच बहुत कम दूरी थी। फिर वह दूरी बढ़ती गई। वह यंत्रचालित-सी नीचे उतरती जा रही थी—मुझे बिलकुल भूलकर—उस आवाज़ की तरफ़, जो सुरंग के अँधेरे से आ रही थी। उसके मोहपाश में खिंचती वह न इधर देखती न उधर, जैसे मुद्दत से वह जो छिपा ख़ज़ाना ढूँढ़ रही हो, अचानक सुरंग के पास काँपती झाड़ियों में उसे उसकी गन्ध मिल गई हो! उस क्षण मेरी चुँधियाती आँखों के सामने कुछ भी न था—सिवा उन काले-सफ़ेद धब्बों के, जो गिन्नी की देह पर धूप में चमक रहे थे...और सुरंग से आती वह बेचैन आवाज़, जिसमें धमकी, पुचकार, आमंत्रण के अलावा एक और चीज़ छिपी थी, जो उस क्षण मैं नहीं जान सकी, लेकिन बरसों बाद मैंने उसे अपनी स्मृतियों में ढूँढ़ते हुए अचानक पकड़ लिया था—एक असीम अमानवीय दया, जो न हमदर्दी है, न दर्द—जिसका वास्ता किसी से नहीं है, जो मरने और मारने के बीच रेतीली हवा-सी उड़ती है और वहीं ख़त्म हो जाती है...

लेकिन उस दुपहर मुझे कोई पहचान नहीं थी। मैं सिर्फ़ लोहे के तारों को हिलता हुआ देख रही थी—एक पहाड़ी से दूसरी पहाड़ी तक, जिस पर पक्षियों के झुंड उड़ रहे थे।

यह मैं देख सकती हूँ, याद कर सकती हूँ, दुहरा सकती हूँ। गिन्नी नीचे उतरती हुई रेल की पटरियों के आगे ठिठक गई थी, जैसे उसके पाँव वहाँ जम गए हों...और उसने अपना मुँह सुरंग की ओर उठा रखा था—जहाँ से वह आवाज़ आ रही थी—गिन्नी, गिन्नी, गिन्नी—एक रस्सी की तरह उसे खींचती हुई, और वह विस्मित-सी होकर सुरंग के अँधेरे में देख रही थी, उसके कान बार-बार हिलते थे, पूँछ बार-बार रेल की लाइन से टकराती थी...कौन है? सुरंग के पार उसे कौन बुला सकता है?

और मैं खड़ी थी, एक जगह चिपकी हुई, मंत्रमुग्ध, लुटी हुई, जैसे वह आवाज़ एक नियति हो जिसका एक सिरा गिन्नी से बँधा हो, दूसरा मेरे पैरों से...और हम दोनों में से कोई भी एक इंच न हिल सकता हो... फिर सहसा मुझे लगा, जैसे कोई चीख़ रहा हो, देह के समस्त तन्तुओं को एकसाथ समेटते हुए...और मुझे काफ़ी हैरानी हुई कि मैं ख़ुद बाहर से अपनी चीख़ सुन रही हूँ, ख़ुद अपने को अपने में भेदते हुए। हालाँकि अब कोई आवाज़ नहीं थी, सिर्फ़ धूप थी, बहुत दूर-दूर टीलों पर फैली हुई, मौन था, पहाड़ी आकाश का अन्तहीन मौन, सिर्फ़ एक क्षण सुरंग के बाहर धड़धड़ाती रेल की झलक दिखाई दी थी, पहियों की गड़गड़ाहट, उड़ता हुआ धुआँ, जैसे सुरंग अपने भीतर से एक फूत्कारता साँप उगल रही हो...फिर वह एक चमकती कौंध में दूसरी पहाड़ी के पीछे छिप गया... और उसके पीछे कुछ भी शेष नहीं रहा, सिर्फ़ एक गतिहीन गति, जहाँ न समय है, न मृत्यु, न रात, न दिन, सिर्फ़ पटरियों के बीच भागती हुई एक जान, ऊन का गोला, हवा में आधे चन्द्रमा की झलक, ख़ून लिथड़ा हुआ, जो स्मृति नहीं है, वह स्मृति बनने से पहले की स्मृति है, जो मेरे लिए एक बहुत पुरानी रात का स्वप्न बन गया, जहाँ मैं बार-बार लौट आती थी, बैठ जाती थी, प्रतीक्षा करती हुई, सुरंग का मुँह खुला रहता, पहले धुआँ आता, फिर पहियों का शोर, फिर झाड़ियों के पीछे से आता हुआ बेचैन कातर बुलावा, गिन्नी, गिन्नी...जो धीरे-धीरे एक मरती हुई फुसफुसाहट में बदल जाता।

देर तक कुछ नहीं हुआ। मैं जहाँ थी, वहाँ बैठी रही। दुपहर की धूप मिटने लगी—फिर मुझे लगा, जैसे सुरंग के पीछेवाली झाड़ियाँ हिली हैं, हालाँकि हवा कहीं न थी और आस-पास की हर चीज़ ठहरी थी। मैंने देखा, उन झाड़ियों के पीछे से लामा का सिर बाहर आया है, फिर उसका चेहरा दिखाई दिया—और तब मुझे लगा, जैसे उस दुपहर को मैंने पहली बार लामा को देखा है, जैसे हम छिपकर सूने जंगल में बनैले जानवरों को देखते हैं,

अपने स्वप्न में चलते हुए, निश्चिन्त, मुक्त, बेख़बर आदमियों की दुनिया से बिलकुल अलग, वह रेल की पटरी से सटकर चल रही थी। उसने हमेशा की तरह अपना दुपट्टा पेटी की तरह बाँध रखा था। सलवार के पाँयचे कीचड़ में सने थे। हाथ में गिन्नी के गले का पट्टा था, ख़ून में भीगा हुआ, उस पर उसके सफ़ेद बालों के वे रोयें अब भी चिपके थे और तब मुझे यह अजीब-सा जान पड़ा कि सिर्फ़ वे ही ख़ून में नहीं सने थे, चिपचिपाते, सुर्ख़ चमड़े पर उनकी सफ़ेदी और निखर आई थी, जैसे गन्दे पानी के सैलाब में घास का कोई टुकड़ा सूखा पड़ा रह गया हो!

वह न रुकी, न पीछे मुड़कर देखा। मैंने भी उसे नहीं बुलाया। कोई और दिन होता तो मैं उसके पीछे-पीछे भागती जाती। लेकिन उस दुपहर मैं बैठी रही। उस दुपहर मुझे लगा, जैसे गर्मियाँ ख़त्म हो गई हैं और उसके पीछे जाने का कोई मतलब नहीं।

4

उस दिन के बाद दिन छोटे होने लगे। पहाड़ों का रंग भूरा पड़ने लगा। दुपहर तक रोशनी रहती, फिर बादल घिरने लगते। रात बाद में आती, अँधेरा पहले चला आता। नीचे पगडंडियों पर घूमते हुए यह भ्रम होता जैसे घाटी पर रेंगती धूप बाक़ी है, किन्तु ऊपर आते ही पता चलता, वह सिर्फ़ डूबते सूरज की चमक है, दुपहर जिसे पीछे छोड़ जाती, लेकिन रात कभी उसे समेटने नहीं आती—सितम्बर के दिनों की पतझरी चमक, जो उन दिनों समूचे शहर पर छितर आती थी।

वह दिन-भर बाहर रहती थी। लामा के जाने के बाद सारा घर भाँय-भाँय-सा करता था। माँ अब कमरे से बिलकुल बाहर नहीं आती थीं—वह अब इतनी बड़ी हो गई थीं कि उन्हें देखकर आँखें मुड़ जाती थीं, लगता था, वह कोई दूसरी औरत हैं, जिनका चेहरा सिर्फ़ माँ से मिलता है, बाक़ी सबकुछ पराया है, जैसे वह किसी अजनबी घर में रह रही हैं।

कभी-कभी शाम के पीले धुँधलके में मकान भी अजनबी लगता। सारा दिन भटकने के बाद जब वह लौटती, तो हमेशा पाँव रुक जाते—दुमंज़िला लकड़ी का मकान, नीचे मिस जोसुआ का वीरान बरामदा और बन्द खिड़कियाँ, ऊपर लाल टीन की ढलुवाँ छत, छत पर सिर उठाए काली चिमनी—यह उसका घर था। बाबू का कमरा बन्द रहता। लामा के कमरे के किवाड़ कभी हवा में खुलते, कभी बन्द हो जाते—और उनकी आवाज़ समूचे घर में भड़भड़ाती रहती।

शाम के सन्नाटे में जब वह हिलते दरवाज़ों की खटखटाहट सुनती, तो अचानक यह भ्रम होता कि वह मकान बिलकुल ख़ाली है, उजाड़ और ख़ाली—शहर के और मकानों की तरह, जिनके मालिक सर्दियों में बाहर चले जाते थे। उसे भयानक-सा ख़याल आता कि अगर वह पीठ मोड़कर उलटी दिशा में चलने लगे, तो भी उसे कोई नहीं बुलाएगा। अगर वह रात-भर अपने घर के सामने अँधेरे में खड़ी रहे, तो भी किसी को उसका अभाव नहीं अखरेगा। वह मकान उसके प्रति इतना ही उदासीन रहेगा, जितना चारों तरफ़ खड़े पहाड़, जो सबकुछ देखते हैं, लेकिन अपनी जगह से एक इंच भी डाँवाँडोल नहीं होते। उन दिनों काया ने पहली बार अपने अकेलेपन को देखा था—साफ़-साफ़ अँधेरे में।

उसे डर नहीं लगा था। सिर्फ़ एक अजीब-सा कौतूहल था, जैसे अकेलापन कोई बीमारी है, जो भीतर पनपती है, और बाहर से जिसे कोई नहीं देख सकता—न छोटे, न माँ, न मिस जोसुआ—और उसे लगता, जैसे माँ बड़ी हो रही हैं, वैसे वह भी, हालाँकि माँ को सब देख सकते थे, उसे कोई नहीं।

उस शाम जब वह लौटी तो दंग-सी खड़ी रही। ऐसा कभी नहीं हुआ था। सब कमरों की बत्तियाँ जल रही थीं। बरामदे में हिलती-डुलती छायाओं को देखकर वह एकाएक समझ न सकी, इतनी रात कौन आ सकता है। मिस जोसुआ का फ़ाटक, जो दिन-रात बन्द पड़ा रहता था, बिलकुल खुला पड़ा था।

सीढ़ियाँ चढ़कर बरामदे में आई, तो वह दिखाई दिया। जँगले के सहारे वह बैठा था, हमेशा की तरह सिर हिलाता हुआ। वह हमेशा दाई-माँ के साथ आता था, लेकिन कभी किसी कमरे में नहीं जाता था। मँगतू उसके लिए बाहर बरामदे में बोरी बिछा देता था। बिलकुल साफ़ ताँबई रंग का चेहरा, गंजा सिर—और बहुत छोटा कद, जैसे वह कोई बौना भिक्षु हो।

काया उसके पास आई और घुटनों पर बैठ गई।

"भोलू, तुम कब आए—कब से यहाँ बैठे हो?"

उसने होंठ खोल दिये, जैसे मुस्करा रहा हो—आँखों की बरौनियाँ ऊपर आईं, गर्दन हिली—बस, यह उसका बोलना था। कभी उसने उत्तर दिया हो, याद नहीं आता। गुनगुनाता वह हमेशा था—एक अनवरत, ऊबी लय में—लेकिन शायद ही कभी कोई साबुत शब्द बाहर आता हो। जब कोई शब्द बाहर आता भी था—बेडौल लोंदे-सा—तो भी उसकी ध्वनि जैसे उसके मौन की गूँज हो, किसी अर्थ का संकेत नहीं। दाई-माँ भीतर होंगी, बाहर उनका लड़का—और काया को समझ में नहीं आता था कि वह अपनी माँ को साथ लाता है या दाई-माँ—सारी दुनिया से बचाने के लिए—उसे अपने साथ बाँधे रखती हैं।

काया उसके सामने बैठी रही। उसे तसल्ली थी, कि वह कुछ बोल नहीं सकता। अँधेरे बरामदे में उसका होना ही उसे अच्छा लगा। उसके साथ कुछ भी बोलना ज़रूरी नहीं था। वह उसके साथ अपने को वैसे ही सुरक्षित पाती थी—जैसे अरसा पहले गिन्नी के साथ। गिन्नी का ख़याल आते ही एक ठंडी-सी झुरझुरी देह में फैल गई।

"भोलू, भोलू," उसने कहा—जैसे वह उससे बहुत कुछ पूछना चाहती हो, जैसे उसके पास, उसकी अँधेरी आवाज़ में सुरक्षा की कोई कुंजी है, जिसे शब्दों से नहीं पाया जा सकता। लेकिन भोलू ने उसे सुना ही नहीं—उतना भी नहीं जितना गिन्नी सुन पाती थी—वह अपनी भावहीन, गूँगी आँखों से उसे देखता रहा और फिर गों-गों-गों जैसे महीन स्वर में

गुनगुनाता हुआ ऊपर-नीचे सिर हिलाने लगा—इतना महीन स्वर कि अँधेरे में भ्रम होता था, जैसे कोई छह महीने का बच्चा किलकारी मार रहा हो!

वह बहुत देर वहाँ बैठी रही। भीतर जाने की इच्छा मर गई थी, हालाँकि कमरों के भीतर से बराबर अजीब-सी दबी-दबी आवाज़ें बाहर आ रही थीं। न पूरी आवाज़ें, न पूरा सन्नाटा—सिर्फ़ एक कमरे से दूसरे कमरे में जाते हुए पैरों की आहट सुनाई दे जाती थी।

वह हठात् चौंक गई। किसी ने उसके कन्धे पर हाथ रखा था। वह पीछे मुड़ी। छोटे की छोटी छाया बरामदे में दिखाई दी। उसकी साँस उसके नंगे गले को छू रही थी, और वह उसकी हाथ की छुअन से भी ज़्यादा गर्म थी। वह उठ खड़ी हुई।

"क्या है छोटे?"

"सुनो..." वह थोड़ा-सा झिझका, "कमरे में आओगी?"

वह एक क्षण के लिए छोटे का चेहरा ताकती रही। वह उन दिनों बहुत अकेला रहता था—काया की दुनिया से अलग। सिर्फ़ रात को सोने से पहले वह उसके साथ होता था, किन्तु लामा जाने के बाद बिस्तर पर आकर चुपचाप लेट जाती थी—दोनों देर रात तक सिर्फ़ हवा में लामा के दरवाज़े की खड़खड़ाहट सुनते रहते थे।

"दाई-माँ कब आईं?"

"आज दुपहर को—तुम तब बाहर थीं।" छोटे ने कहा। काया की इच्छा हुई, वह और कुछ पूछे—माँ के बारे में—लेकिन किसी अज्ञात आशंका ने उसे बीच में ही रोक दिया, और वह चुपचाप अपने कमरे की तरफ़ चलने लगी।

बाबू का कमरा पहले की तरह बन्द था, लेकिन बरामदे से गुज़रते हुए उसे माँ के कमरे की झलक मिली थी। भीतर आग जल रही थी—अँगीठी के सामने कुर्सी पर मिस जोसुआ बैठी थीं, फ़र्श पर दाई-माँ—पीछे माँ का बिस्तर था, जहाँ उनका चेहरा दिखाई नहीं देता था।

उसने पहली बार मिस जोसुआ को अपने घर में देखा था—पता नहीं, सीढ़ियाँ चढ़कर कैसे आई होंगी?

शुरू सर्दियों की वह रात काया को हमेशा याद रहती है—एक पुराने फ़ोटो की तरह—जिसकी आकृतियाँ, रंग सब फीके पड़ जाते हैं, लेकिन वह ख़ास घड़ी, वह मौक़ा, वह दिन साफ़, पत्थर की लकीर-सा चमकता है, जब फ़ोटो लिया गया था—बरामदे में बैठा भोलू, माँ का कमरा, दाई-माँ और मिस जोसुआ के झुके हुए सिर—आग की लपटों में चमकते हुए—वह सर्दियों की पहली शाम थी, जब मँगतू ने सब कमरों में आग जलाई थी।

भीतर आकर बत्ती जलाई, तो उसे अपना कमरा बहुत ख़ाली-सा दिखाई दिया। सर्दी की छुट्टियाँ शुरू होते ही उन्होंने अपनी किताबें-कॉपियाँ पोटली में ठूँसकर मेज़ के नीचे रख दी थीं—उसी मेज़ के नीचे, जहाँ गिन्नी बाहर की लूट जमा किया करती थी। मेज़ के सामने दीवार पर छोटे ने एक फ़ोटो चिपकाया था—शहर का फ़ोटो, जो उन्होंने किसी गाइड-बुक से फाड़कर निकाला था—बर्फ़ में ढका जाखू का मन्दिर, रिज पर गिरजे की बुर्जियाँ, नीचे लोअर बाज़ार की छतें—किन्तु उसका सबसे बड़ा आकर्षण था एक लाल-सा धब्बा, जो फ़ोटो के दायरों पर छिटक आया था—छोटे उसे अपना स्कूल मानते थे। यह चमत्कार ही था कि वह फ़ोटो अभी तक दीवार से चिपका था, क्योंकि छज्जेवाली खिड़की हमेशा खुली रहती थी—हवा के झोंकों से वह फ़ोटो दिनभर फड़फड़ाता रहता और छोटे का स्कूल गिरने-न गिरने के बीच काँपता रहता था।

लेकिन उस रात बहुत दिनों बाद हवा ठहरी थी। मकान की छत भी बहुत ख़ामोश थी। बाहर एक भी पत्ते के हिलने का स्वर नहीं। मिस जोसुआ के पेड़ निस्पन्द खड़े थे। कमरे में आते ही वह अपने बिस्तर पर लेट गई।

"मिस जोसुआ कैसे आ गईं?" कुछ देर बाद उसने पूछा।

"मँगतू उन्हें हाथ पकड़कर लाया था," छोटे ने कहा, "काया, तुम दिनभर कहाँ थीं? मैं हर जगह तुम्हें ढूँढ़ रहा था।"

"रेल की लाइन पर," काया ने कहा—फिर छोटे की ओर देखा, वह उसके पलंग के सामने खड़ा था।

"तुम बैठ क्यों नहीं जाते?"

न जाने क्यों, उस क्षण छोटे का खड़ा होना उसे असह्य जान पड़ा, जैसे उसके बैठ जाने से ही दिन-भर का बोझ उतर जाएगा!

बाहर अक्तूबर की धुंध चढ़ने लगी थी। सफ़ेद दायरों में एक पेड़ दूसरे पेड़ की छाया-सा जान पड़ता था। छज्जे के परे पहाड़ों पर एक झीना परदा-सा उतर आया था। रेल की लाइन पर भी धुंध उड़ती होगी, काया ने सोचा। यह अजीब है, अँधेरे में ख़ून भी दिखाई नहीं देता।

बाहर बरामदे में भोलू का स्वर उठता था, फिर नीचे गिरता था—शीशे पर मक्खी की भिनभिनाहट-सा—एक उनींदी, अविरल लय से चिपका हुआ।

"छोटे, तुमने किसी को मरते देखा है?"

आग की मद्धिम गरमाई में छोटे की अधमुँदी आँखें खुल गईं। कितनी बार देखा है—झाड़ियों में पथराई चिड़ियों को, कुत्तों के कंकाल, मिट्टी पर सिकुड़ी चींटियों को, बारिश के दिनों में बहती नालियों में मुरदा छछूँदरों, केंचुओं को—लेकिन वह मृत्यु थी, मरना नहीं, मृत्यु भी नहीं, उसके बाद की चीज़, एक निर्जीव, बेडौल लोथ, जिसका जीने-मरने से कोई सम्बन्ध नहीं। नहीं, मरना नहीं, मरते हुए नहीं। और तब सहसा उसे मिस जोसुआ की बात याद हो आई। कहती थीं, कुछ बरसों बाद वह संजौली की सिमिट्री में होंगी। नीचे ज़मीन, ऊपर पत्थर, और उस पत्थर पर मिस जोसुआ का नाम खुदा होगा, उसी तरह जैसे लेटर-बॉक्स पर उनका नाम लिखा था। लेकिन छोटे के लिए यह भी 'मरना' नहीं था—यह सिर्फ़ एक जगह से दूसरी जगह जाना था, जैसे आस-पड़ोस के लोग हर सर्दियों में दिल्ली जाते थे।

"तुम सो रही हो?"

छोटे ने देखा, काया निश्चल, आँखें मूँदे लेटी थी। उसकी देह एकदम ढीली पड़ी थी। आग के पीले आलोक में उसके उलझे, धूल में अँटे बाल माथे के दोनों ओर लटक आए थे।

उसने आँखें खोलीं, भीतर एक झटका-सा लगा—वह अपने कमरे में थी। माँ अपने कमरे में होंगी। मँगतू रसोई में। शाम की इस घड़ी में सब लोग अपने-अपने सुरक्षित कोनों में बँट गए थे—लेकिन काया के लिए कहीं सुरक्षा नहीं थी—आसपास हमेशा कुछ होता रहता था। लामा की तरह वह कभी भीतर की साँकल लगाकर अपने को बन्द नहीं कर सकती थी—यों भी अपने को छिपाने की साँकल बहुत ऊँची थी—उसकी उम्र से बहुत ऊपर—वह कभी उसे छूने की कोशिश करती भी थी, तो हाथों की अँगुलियाँ लहूलुहान होकर वापिस लौट आती थीं।

"काया, तुमने देखा है?"

वह एकाएक उठ बैठी, छोटे की ओर देखा।

"क्या देखा है, छोटे?"

"मरना..." छोटे ने कहा।

"नहीं छोटे—मैंने देखा नहीं है," काया ने सधे, शान्त स्वर में कहा, "लेकिन...मैंने उसे आते हुए सुना था।"

"कब काया?"

"हुआ कुछ भी नहीं छोटे..." काया ने कुछ ऐसी खोई हुई आवाज़ में कहा, जैसे वह उस दुपहर पर दुबारा चल रही हो, "मैं रेल की पटरी के पीछे खड़ी थी...दूसरी तरफ़ झाड़ियाँ थीं और वे हिल रही थीं। मैंने उन्हें हिलते हुए देखा था। फिर...फिर मुझे लगा, कोई बुला रहा है, और मैंने वह बुलाना सुना था।"

"तुमने किसी को देखा था—काया?"

"नहीं, किसी को नहीं...सिर्फ़ सुरंग के भीतर से आवाज़ आई थी... गिन्नी पटरियों के पास बैठी थी...और कुछ नहीं, छोटे।"

और कुछ नहीं...लेकिन कितना कुछ बाक़ी रह गया था...अगर लामा गिन्नी को न बुलाती तो कुछ भी न होता। वह हक्की-बक्की-सी होकर पटरी के पास आ बैठी थी—लामा की आवाज़ से बँधी हुई, सुरंग के भीतर से आती हुई—वह असमंजस में न पीछे जा सकी, न आगे बढ़ पाई। और तब छोटे के सामने बैठे हुए वह अचानक चकाचौंध-सी हो गई, जैसे गिन्नी मरी नहीं है—उसे बुलाया गया है।

किसने बुलाया था—लामा ने—या किसी और ने, जिसे वह आख़ीर तक नहीं देख पाई...?

वह पलंग से उतर आई, धीरे से दरवाज़ा खोला। ख़ुबानी के पेड़ पर चाँद निकल आया था—धुंध में दीवे-सा टिमकता हुआ। क्वार्टर के जँगले पर मँगतू ने जो कपड़े सुखाने टाँगे थे, वे हल्के पीले रंग में चमक रहे थे। शहर के ऊपर पतला-सा उजाला था—आकाश को पहाड़ों से अलग करता हुआ, लेकिन नीचे एननडेल के मैदान पर धुंध मैली पड़ गई थी, जैसे आसपास जंगलों की छाया ने उसे ढक लिया हो।

वह बाहर आई—एक अजीब-सी बेचैनी में उसका दम घुटने लगा था।

बरामदे में भोलू घूम रहा था—पैरों की आहट एक सिरे पर आकर रुक जाती थी, फिर लौट जाती थी। उसके भीतर से एक विचित्र-सा घुरघुराता स्वर ऊपर उठता था और फिर धीरे-धीरे किसी अँधेरी खोह में डूब जाता था। बरामदे की चाँदनी में उसकी उम्र अन्तहीन लगती थी, जैसे समय की बहती धारा उसे अलग किनारे पर छोड़ गई थी। वह न बड़ा दीखता था, न छोटा—बरसों से काया उसे एक जैसा ही देखती आई थी।

"क्या वह रात-भर जगता है?" छोटे उसके पीछे-पीछे चले आए थे। वह हमेशा भोलू से डरते थे—भागते हुए उसके सामने से निकल जाते थे, पास जाने का साहस कभी नहीं होता था।

काया चुप रही। उसे अपनी साँसें असहनीय लग रही थीं—छोटे का वहाँ होना भी बुरा लग रहा था, किन्तु साथ ही यह आश्वासन था कि वह बरामदे में अकेली नहीं है, और यह आश्वासन भी बुरा लग रहा था।

"उसे कुछ नहीं होगा," काया ने कहा। और यह कहते ही एक अजनबी-सी ममता उसके भीतर उमड़ आई, जो वीरान, कातर ममता थी, जो कुछ भी नहीं थी, किसी के प्रति नहीं थी।

"काया, तुम डरती नहीं?"

"किससे? कैसा डर?"

"तुम उसके पास बैठ जाती हो—वह तुमसे कुछ भी नहीं कहता?"

"वह किसी से कुछ नहीं कहता।"

"लेकिन वह बोलता है—सुना तुमने—"

वह वापिस लौट रहा था—बरामदे का चक्कर लगाकर, जँगले की तरफ़ जा रहा था। हवा की तरह उसकी आवाज़ ऊपर उठती थी। लेकिन गूँजती नहीं थी—कोई भी अवशेष या चिह्न पीछे नहीं छोड़ जाती थी। जैसे वह पूरी तरह से सम्पूर्ण हो, अन्तिम हो, उसके आगे कुछ भी नहीं। और तब काया को लगा, बुलाना ऐसे ही होता है, जिसे कोई दूसरा नहीं समझ पाता—वैसे ही जैसे उस दुपहर रेल की लाइन पर गिन्नी ने सुना था।

क्या भोलू बुला रहा था...उस अँधेरे बरामदे में, जहाँ भुतैली, पीली चाँदनी के अलावा कुछ नहीं था, कोई नहीं था?

और फिर कुछ ऐसा हुआ, जिसे काया नहीं जान पाई। बरामदे में सीधे चलने के बजाय भोलू बीच में ही रुक गया, उस तरफ़ मुड़ने लगा, जहाँ उसे नहीं जाना था—या शायद उसे वहीं जाना था, जहाँ काया खड़ी थी। वह कुछ देर उसके सामने खड़ा रहा—आमने-सामने—एक-दूसरे की साँसों को सुनते हुए—फिर उसने टटोलते हुए हाथ आगे बढ़ाए, और काया वहीं खड़ी रही, पहली बार किसी पराये पुरुष की अँगुलियाँ

उसके चेहरे को छू रही थीं, सहला रही थीं, अन्धी, टटोलती अँगुलियाँ, जिनकी कोई दिशा या गति नहीं थी, लगभग निश्चेष्ट, लगभग मुर्दा, फिर भी हिलती हुई, काया के चेहरे को ढाँपती हुई, छूती हुई, उसकी आँखों को, धूल में अँटी भौंहों को, माथे को, माथे पर बिखरी रूखी बालों की लटों को—और तब काया को लगा, जैसे वह ख़ुद उसकी अँगुलियों से अपने घावों को छू रही हो, जैसे उसके आँसू भी उसकी अँगुलियों का हिस्सा हैं, जो उसकी आँखों से नहीं, भोलू की अँगुलियों से निकल रहे हैं, उसके चेहरे को नहला रहे हैं, पिछले दिनों की बेचैन, बदहवास पीड़ा को धो रहे हैं...

अचानक वह पीछे हट गया। शायद आँसुओं की अपनी पहचान होती है, जो भोलू को जगा गई। वह ग़लत रास्ते पर चला आया था, एक क्षण के लिए अपनी दुनिया से बाहर, जहाँ हर पहचान भुलावा थी। वह पीछे मुड़ गया और छाती से उठती गुनगुनाहट—जो कुछ देर के लिए ठहर गई थी—दुबारा अन्तहीन मरुस्थल में भटकने लगी।

पीछे मुड़कर देखा, तो छोटे वहाँ नहीं थे। काया अँधेरे में ही मुस्कराने लगी। कितना डरते थे छोटे! भोलू को देखते ही ग़ायब हो जाते थे। भोलू से भला डर कैसा! दूसरे लोगों से डर लगता है, क्योंकि वे आदमी के भेष में जानवर होते हैं—कब वह जानवर बाहर निकल आए, पता नहीं चलता। लामा भी यह कहती थी। लेकिन भोलू किसी भेष में नहीं था। वह जैसा बचपन में था, वैसा अब। आदमी और जानवरों की दुनिया से अलग। वह उसे वैसे ही छूती थी, जैसे छुटपन में पेड़ों को। वे अपने अकेलेपन में जीवित रहते थे।

उसके आँसू सूख चले थे। उसे थोड़ा-सा आश्चर्य हुआ कि अचानक—भोलू के जाने के बाद—अँधेरा बहुत चमकीला हो आया था। दूर पहाड़ों पर जगमगाती बत्तियाँ धुली-धुली-सी लग रही थीं। यह उसका भ्रम था। बदला कुछ भी नहीं था। वही बत्तियाँ, वही पेड़, वही अँधेरा—सबकुछ पहले जैसा था। सिर्फ़ आँखें धुल गई थीं। आँसू कब के सूख गए थे, भीगी हुई चमक अब भी बाक़ी थी।

वह हल्की हो गई थी। कुछ देर पहले कमरे में जो बेचैनी दम घोट रही थी, अब वहाँ कुछ नहीं था। अब वह बहुत हल्की हो गई थी। न घाव, न पीड़ा, न स्मृति—सिर्फ़ अकेले बरामदे में खड़ी वह—और पहाड़ों पर फैली चाँदनी। हल्की-सी धुंध। मिस जोसुआ के पेड़, जिनकी नंगी टहनियाँ सफ़ेद बाँहों-सी दिखाई देती थीं।

इन बाँहों को देखकर माँ की याद हो आई। कुछ दिन पहले उन्होंने बुलाया था। वह जब उनके कमरे में गई तो निगाह सबसे पहले उनकी बाँहों पर गई थी। रज़ाई के बाहर वे इसी तरह निकली थीं। बिलकुल सफ़ेद और पतली—इतनी पतली कि उसे डर लगा कि उसकी चूड़ियाँ फिसलती हुई खट से नीचे आ गिरेंगी। लेकिन वे गिरीं नहीं, माँ की हर चीज़ की तरह, बीच अधर में हिलती रहीं।

"इधर पास आओ।"

उन्होंने उसे बुलाया—और जब काया उनके बिस्तर के पास आई, तो उसे सिरहाने के पास बिठा लिया।

"कहाँ घूमती रहती हो?" उन्होंने अनिश्चित भाव से देखा।

"कहीं नहीं!" काया ने लापरवाही से कहा, माँ की चिन्ताएँ उसे हमेशा सूखा छोड़ जाती थीं।

"काया, यह सच है—तुम रोज़ रेल की लाइन के पास घूमती हो?"

"किसने कहा तुमसे?"

माँ उसकी ओर देखती रहीं, यह उनकी लड़की है, एक क्षण के लिए विश्वास न हो सका। भूरी लटें माथे पर बिखरी थीं। पीला चेहरा। बड़ी-बड़ी भूखी-सी आँखें। फटे सफ़ेद होंठों के ऊपर हल्की-सी झाईं, जो उन्हें हमेशा विचलित-सी कर देती थी।

"काया..." उन्होंने आँखें ऊपर उठाईं, "तुम्हें यहाँ बहुत अकेला लगता होगा—बाबू नहीं, लामा नहीं...मैं बिस्तर पर पड़ी रहती हूँ..." उनका स्वर धीमा पड़ता हुआ एक लम्बी साँस में घुल गया।

"तुम जल्दी ठीक हो जाओगी—क्यों, नहीं?" काया ने जल्दी से पूछा।

"मेरा कोई डर नहीं...मुझे कोई बीमारी नहीं है, काया।"

उसने सन्देह से माँ को देखा, बड़ा होना बीमारी नहीं है, तो क्या है? वह नहीं समझ सकी, फिर भी उसे हल्का-सा आश्वासन मिला—माँ ने पहली बार उससे अपने बारे में कुछ कहा था।

"मैंने तुम्हें बताया नहीं—शायद दो-तीन दिनों में बुआ आएँगी—उनकी चिट्ठी आई थी।" माँ धीरे-से मुस्कराईं और उनका सारा चेहरा बहुत कोमल-सा हो आया।

"मैं सोचती हूँ—इस बार बुआ आएँ, तो तुम चाचा के घर चली जाओ—यहाँ अकेली क्या करोगी?"

उसका दिल धड़कने लगा। चाचा का घर एक स्वप्न-सा लगता था—वह वहाँ साल में सिर्फ़ एक-दो बार जाती थी—वापिस आने पर महीनों उसके बारे में सोचती रहती थी—बीरू के बारे में, उसका कमरा, चाचा की लायब्रेरी...जैसे वह कहीं पहाड़ की चोटी पर कोई जादू का महल हो—शहर से ऊपर, बादलों में बसा हुआ!

"बुआ भी जाएँगी?" उसने पूछा।

"वह तो सिर्फ़ एक दिन ही रहेंगी—लेकिन तुम चाहो, तो वहाँ कुछ दिन रह सकती हो...जब बाबू दिल्ली से लौटेंगे, तुम्हें अपने साथ ले आएँगे।"

"और तुम?"

"मैं क्या?" माँ ने कौतूहल से उसकी ओर देखा।

"तुम अकेली रहोगी?"

माँ ने तनिक झिझकते हुए उसकी ओर देखा।

"मैं तब तक ठीक हो जाऊँगी...और मँगतू यहाँ रहेगा—कुछ दिन बुआ भी रहेंगी—नहीं काया, मैं अकेली नहीं रहूँगी।"

कुछ देर तक वह काया को देखती रहीं—उनके भीतर हमेशा इस लड़की के लिए धुँधली-सी पीड़ा उठती थी, लेकिन वह कभी उस पर अँगुली नहीं रख पाती थीं, समझ नहीं पाती थीं, यह कौन-सी पीड़ा है? सिर्फ़ एक सूनापन-सा घिर आता था—जैसे वह कोई बाहर की लड़की है, इस घर में शरणार्थी की तरह रहती है—और वह उसकी कोई मदद नहीं कर सकतीं।

कुछ लोग हमेशा मदद के परे होते हैं—काया शायद ऐसी ही थी।

"सुनो..." वह हाथ बढ़ाकर काया के बालों को सँवारने लगीं। "कोई ज़बरदस्ती नहीं है—तुम चाहो तो यहाँ रह सकती हो!"

उसने बेचैनी से सिर हिलाया।

"मैं जाऊँगी, लेकिन..."

अचानक एक भयानक-सी आशंका ने उसे पकड़ लिया। "बाबू मुझे लेने तो आएँगे!"

"क्या मैं तुमसे झूठ बोलूँगी?" माँ ने हल्की शिकायत से उसकी ओर देखा।

नहीं, झूठ नहीं, फिर भी सन्देह बना रहता था—लगता था, शायद वे उससे छुटकारा पाना चाहते हैं। चाचा के घर भेजकर वे निश्चिन्त हो जाएँगे। मन में आया, माँ से कह दे, वह यहीं रहेगी, कहीं नहीं जाएगी—उसे कहीं जाना नहीं है।

फिर सर्दियों के दिन याद हो आए—अँधेरे में लामा का कमरा, हवा में खुलते-बन्द होते दरवाज़े, रेल की लाइन पर गिन्नी के दुःस्वप्न। मैं इन सबके बीच कितनी बेकार हूँ! घटनाएँ होती थीं, पर इन दिनों वे किनारे पर पड़ी रहती थीं, पत्थरों, पत्तों, टूटी हुई टहनियों की तरह—जिन्हें मैं पीछे मुड़कर भी नहीं देखती थी। कभी अचानक सूनी दुपहर को, या रात को सोने से पहले वे किनारे से उठकर मुझ पर उड़ने लगतीं, कोई डरा-सा संकेत, कोई चौंकानेवाली आवाज़, कोई रेंगती, रिरियाती स्मृति—तब मुझे लगता, यह सब किसी पिछले जन्म में हुआ था, जब लामा आई थी, बाबू दिल्ली चले गए थे, मैं बुआ के साथ फ़ॉक्सलैंड गई थी—और वे सब चीज़ें जो मैंने किनारे पर छोड़ दी थीं, दुबारा से एक-एक करके लाइन बनाकर मेरे रास्ते पर आने लगतीं, दुबारा सिर उठाकर मेरी तरफ़ घूरने लगतीं और मैं उनमें से एक-एक को पिटारी से बाहर निकालकर छूने लगती—यह पिछली सर्दियों में हुआ था, यह उनसे पिछली सर्दियों में—और तब मैं पीछे हटते-हटते एक ऐसे टिमटिमाते बिन्दु पर पहुँच जाती, जहाँ समय और सुख और पीड़ा अलग-अलग घेरों में नहीं बँटे थे। जहाँ कोई स्मृति नहीं थी, वहाँ एक चमत्कार में सब चीज़ें अपनी पुरानी शक्ल में लौट आती थीं—रोशनी अपनी रोशनी में, अँधेरा अपने अँधेरे में—और वहाँ रोशनी और अँधेरा भी एक-दूसरे से अलग नहीं जान पड़ते थे, जैसा कभी-कभी पहाड़ों पर होता था, पतझर के दिनों में, जब वे एकसाथ, एक समय में उज्ज्वल और अँधियारे दिखाई देते थे...लेकिन मैं वहाँ रह नहीं सकती थी। मैं दुबारा लौटने के लिए छटपटाने लगती—वहाँ जहाँ छोटे हैं, मँगतू की रसोई में,

अपनी स्मृति में, जहाँ मैं रात-दिन बाबू के आने की राह देखा करती थी।

उस रात के बाद वह माँ के कमरे में नहीं गई। वह जाना भी चाहती तो यह असम्भव था। वह कमरा अब चारों तरफ़ ले घिरा जान पड़ता था। दिन-रात बत्ती जलती रहती। मँगतू अब रात को अपने क्वार्टर नहीं जाता था—रसोई में ही सोता था। माँ के कमरे में दाई-माँ दिखाई देतीं, तो लगता, जैसे वह कोई अस्पताल की बूढ़ी नर्स हों! सफ़ेद पट्टियाँ, गर्म पानी की चिलमची, अजीब तरह की मीठी-गुनगुनी गन्ध चारों तरफ़ फैली रहती।

वह और छोटे अपने कमरे में बैठे रहते। कौन आ रहा है, कौन जा रहा है—उन्हें कुछ भी पता न चलता। सिर्फ़ पैरों की आहट से ख़याल आता, अब मँगतू सीढ़ियाँ उतरकर नीचे गया है। बरामदे पर लकड़ी की खटखटाहट से पता चल जाता था, मिस जोसुआ ऊपर आ रही हैं। इन आवाज़ों के अलावा कुछ भी सुनाई नहीं देता था।

सिर्फ़ एक दिन नई आहट सुनाई दी थी। वे भागते हुए बरामदे में आए थे—काया अचम्भे में देखती रही थी। बुआ, जो कभी रिक्शे के नाम से ही लाल-पीली हो जाती थीं, जल्दी-जल्दी हड़बड़ाहट में रिक्शा से नीचे उतर रही थीं। वही काली नंगी टाँगें—और बदहवास-सा चेहरा, जैसे वह सीधे मेरठ से रिक्शा में ही पहाड़ों को लाँघकर आई हों! हाथ में वही एक पोटली, जिसे लेकर वह चाचा के घर जाती थीं। ज़ीना चढ़कर बरामदे में आईं तो फैली आँखों से काया को देखने लगीं।

"कैसी हैं तेरी माँ?"

काया कुछ कहती कि वह बिना कुछ सुने, बिना उसके उत्तर की प्रतीक्षा किये माँ के कमरे की तरफ़ चलने लगीं।

"लामा नहीं आई।"

छोटे ने निराश स्वर में कहा—और उसे लगा, वह भी यही सोच रही थी। जब बुआ रिक्शे से उतर रही थीं, भीतर सहसा एक उम्मीद उमगने लगी थी, शायद लामा भी पीछे-पीछे आती होगी, कुलियों के बीच अचानक दिखाई देगी, पेट पर बँधा दुपट्टा, चौड़े माथे पर उड़ते बाल, उठे हुए सतर्क कन्धे—रिक्शे के जाने के बाद देर तक वे ख़ाली धूप में ख़ाली बाज़ार को देखते रहे।

वे अब भी प्रतीक्षा करते थे। सर्दी की लम्बी शामों में, जब वे आग जलाकर बैठते, तब भी लगता, जैसे लामा कुछ देर में बाहर से आएगी, जैसे वह अकसर आती थी, किसी अज्ञात बनैले जन्तु की तरह चुपचाप, अपने अँधेरे से उठकर आग की गरमाई के पास खिंचती हुई, किसी को न देखकर भी सबको अपने पास खींचती हुई। वे बरामदे की तरफ़ देखते रहते। लामा के कमरे में अँधेरा रहता। जब ज़रा-सा भी दरवाज़ा खटकता, काया की देह सिहर उठती। छोटे और पास सरक आते—कोई आवाज़ नहीं। सिर्फ़ जँगले पर सूखते कपड़ों की फड़फड़ाहट सुनाई देने लगती।

बहुत दिनों बाद उस रात हवा उठी थी।

"तुमने कुछ सुना?" छोटे ने भयभीत आँखों से काया को देखा।

"कुछ नहीं। कपड़े हैं। हवा चल रही है," काया ने कहा।

"नहीं काया...माँ के कमरे से आवाज़ आई थी," छोटे ने कहा।

कैसी आवाज़?

कुछ भी जानना असम्भव था। वे घर के एक कोने में थे—माँ का कमरा दूसरे कोने में। कभी-कभी बरामदे में दाई-माँ की छाया दिखाई दे जाती। वह रसोई में जातीं, मँगतू से कुछ कहतीं और फिर वापिस माँ के कमरे में लौट आतीं। पूरी शाम से कोई भी माँ के कमरे से बाहर नहीं निकला था।

भीतर कुछ हो रहा था—कुछ ऐसा जिससे उन दोनों को बिलकुल अलग कर दिया गया था।

"काया, क्या माँ बेहोश हैं?" छोटे ने कहा।

"बेहोश क्यों होंगी?" काया ने गुस्से से छोटे को देखा। वह गुड़मुड़ी से होकर दरवाज़े के पास बैठे थे।

काया उनके पास गई, हाथ पकड़कर उन्हें उठाया और बिस्तर के पास घसीटती ले गई, "अब सो जाओ—नहीं तो मैं भोलू के पास चली जाऊँगी।"

भोलू नीचे था, मँगतू के क्वार्टर में। जब दाई-माँ रात को घर में रह जाती थीं, भोलू हमेशा मँगतू के क्वार्टर में सोता था। छोटे चुपचाप लेट गए। उन्हें सचमुच डर था, काया उन्हें छोड़कर कहीं नीचे न चली जाए। पहले जब कभी ऐसा होता था, वह रात को जाग जाते और कमरे में काया न होती तो वह भागकर माँ के कमरे में चले जाते थे। अब यह असम्भव था।

दरवाज़े के परे ज़ीने पर आवाज़ सुनाई दी—काया, ओ काया!

वह हड़बड़ाकर उठ बैठी। बाहर आई, तो देखा, मँगतू बरामदे में मिस जोसुआ का हाथ पकड़कर खड़ा है।

"काया, मुझे रसोई में रहना है—तुम मेम साब को नीचे ले जाओगी?"

मिस जोसुआ अपनी छड़ी से सीढ़ियों को टटोल रही थीं।

उसने धीरे से उनका हाथ पकड़ा।

मिस जोसुआ ने अविश्वास से उसकी ओर देखा।

"तुम पहले उतरो—और देखो, मेरा हाथ लोहे का नहीं है, ज़रा धीरे से पकड़ो।"

वे सीढ़ियाँ उतरने लगीं—काया आगे-आगे, मिस जोसुआ एक क़दम पीछे।

सीढ़ियों पर दिन-भर की धूल जमा थी, हवा चलने से काया की आँखें झिपझिपा जातीं। मिस जोसुआ साँस लेने के लिए दीवार का सहारा लेकर खड़ी हो जातीं। जब तक साँसें समतल न हो जातीं, बातें करती रहतीं।

"तुम्हारे फ़ादर नहीं आएँगे?"

"नहीं मिस जोसुआ—वह दिसम्बर तक नहीं आएँगे।"

"लेकिन इस मौक़े पर तो रहना चाहिए..." उन्होंने कुछ ग़ुस्से में कहा, और फिर एकसाथ धड़ाधड़ तीन-चार सीढ़ियाँ उतर गईं।

"उन्हें ख़बर तो दे दी थी?" ज़ीने के नीचे आकर उन्होंने काया को देखा।

"कैसी ख़बर, मिस जोसुआ?" उसने कुछ चौंककर पूछा।

मिस जोसुआ ने उतावलेपन से उसे देखा—क्या वह बहाना कर रही है, या सचमुच उसे कुछ नहीं मालूम?

ज़ीने से बाहर आईं तो मिस जोसुआ ने अपना हाथ उसके हाथ से छुड़ा लिया।

"मैं अब चली जाऊँगी..." उनके स्वर में अब भी ग़ुस्सा बाक़ी था।

वह उनके साथ चलती गई। चारों तरफ़ चाँदनी थी, लेकिन पेड़ों के नीचे अँधेरा था। उसे मालूम था, मिस जोसुआ अपने-आप नहीं जा सकतीं—यों भी हवा इतनी तेज़ थी कि उनकी आँखें बार-बार मुँद जाती थीं। वे क्यारियों से सटकर चल रही थीं—नीचे एननडेल का मैदान, ऊपर जाखू की पहाड़ियाँ—मिस जोसुआ के बाग से दोनों साफ़-साफ़ दिखाई देते थे। बाहर गेट पर टीन का लेटर-बॉक्स ख़ाली पड़ा था—हवा से बार-बार खड़खड़ा उठता था।

अपने कमरे के दरवाज़े पर आकर मिस जोसुआ रुक गईं—"तुम भीतर आओगी?" उनका स्वर अब बहुत कोमल हो आया था, मानो उन्हें ख़ुद अपने ग़ुस्से पर शर्मिन्दगी हो। "मैं अपने लिए चाय बनाऊँगी, तुम ओवल्टीन ले सकती हो।"

एक बार रुकने को मन हुआ, मिस जोसुआ की ओवल्टीन इतनी अच्छी नहीं लगती थी, जितनी उसकी ख़ुशबू। फिर छोटे का ख़याल आया—वह ऊपर डरता हुआ बैठा होगा।

"मिस जोसुआ, मैं फिर कभी आऊँगी," उसने कहा।

"तुम फ़ॉक्सलैंड जा रही हो?"

काया ने सिर हिलाया।

"अपने चाचा से कहना—मैं अभी तक ज़िन्दा हूँ!" वह धीरे से हँसीं—और फिर कमरे की तरफ़ मुड़ गईं।

काया उन्हें देखती रही। चाँदनी रात में मिस जोसुआ की हँसी उसे अजीब-सी भयानक जान पड़ी—वह तब तक वहाँ खड़ी रही, जब तक मिस जोसुआ दरवाज़ा खोलकर अपने अकेले, अँधेरे घर में नहीं चली गईं।

आधी रात काया की आँख खुल गई। वह बत्ती बुझाकर सोई थी, लेकिन कमरे में सब चीज़ें दिखाई दे रही थीं—छोटे का सोता हुआ चेहरा, मेज़ के ऊपर चिपकी तसवीर, किताबों की पोटलियाँ—छज्जे से आती हुई चाँदनी बराबर-बराबर से सब चीज़ों पर बिछ गई थी।

कुछ हो रहा है—उसने सोचा। कुछ हो रहा था, और वह जाग गई थी।

वह पलंग से उतरी और दरवाज़े को खोलकर बाहर देखने लगी। पेड़ों की छायाएँ दीवार पर टँगी थीं—बार-बार हिलती थीं, चाँदनी में समूचा बरामदा चमक रहा था। हॉल कमरे में सन्नाटा था, सिर्फ़ माँ के कमरे से बराबर दबी-दबी आवाज़ें सुनाई देती थीं। रसोई की बत्ती इतनी रात गए भी जल रही थी।

पहले वह बरामदे में आई, फिर रुक गई। उसे डर लगा, अगर किसी ने उसे वहाँ देख लिया, तो उसे दुबारा अपने कमरे में जाना पड़ेगा। वह कहीं कोने में छिप भी नहीं सकती, क्योंकि हर जगह चाँदनी का उजाला था।

वह दुबारा पीछे मुड़ी। कमरे में आकर ग़ुसलख़ाने का दरवाज़ा खोला और उस तंग, सँकरे छज्जे पर चली आई, जो घर के पिछवाड़े एक पेटी की तरह मकान को बाँधे था। आगे बरामदा, पीछे छज्जा—दोनों के बीच मकान के कमरे थे। सर्दी की छुट्टियों में जब कभी माँ की आँख बचाकर मँगतू के क्वार्टर में जाना होता, तो वह इसी छज्जे से होकर जाती थी। उसकी अपनी सीढ़ियाँ थीं, जो सीधे पिछवाड़े की तरफ़ बाग में उतरती थीं। वहाँ मिस जोसुआ नहीं जाती थीं, क्योंकि घर का कूड़ा-कचरा वहीं फेंका जाता था। घर और क्वार्टर के बीच ख़ुबानी का पेड़ था—जिसकी फुनगियाँ छज्जे तक जाती थीं, लेकिन बीच की शाखाएँ क्वार्टर की छत पर डोलती रहतीं। जब कभी रात को काया की नींद टूट जाती, और हवा उठने का मौसम होता, तो वह इन शाखाओं को छत से खेलता हुआ सुना करती थी।

काया कुछ देर तक ग़ुसलख़ाने के पीछे खड़ी रही। सर्दी ज़्यादा नहीं थी, लेकिन हवा का ज़ोर इतना था कि बाहर आते ही उसकी नसें झनझनाने लगीं। उसे याद आया, पिछले साल वह इसी छज्जे पर सब कपड़े उतारकर बैठ जाती थी, काली माँ की प्रार्थना करती थी, जिसे याद करके अब भी नसें तन जाती हैं। समूची देह में झुरझुरी-सी फैल जाती है।

वह सरकते हुए आगे बढ़ी तो ख़ुद भीतर की धड़कन धोखा देने लगी। कभी-कभी पाँव फिनेल की बोतल या बालटी से टकरा जाते, तो लगता, जैसे अब घर के सब लोग—मँगतू से लेकर बुआ तक—उसे आ पकड़ेंगे। वह कुछ देर अँधेरे में ही थरथराती खड़ी रहती—फिर आगे बढ़ने लगती। हॉल कमरे के पीछे आई, तो सहसा खिड़की पर आँखें जम गईं—

हवा से दरी फूल रही थी, जिसे छोटे 'दरिया' कहते थे। चाँदनी में वह लगती भी थी—अलमारियों, मेज़ों, कुर्सियों के बीच चमकता, फूलता हुआ दरिया।

तब उसके हाथ खिड़की से चिपके रह गए। उसने वह अजीब-सी आवाज़ सुनी, जिसे 'चीख़' कहना भी मुश्किल होगा—एक चिंघाड़ता स्वर, चाकू की धार-सा ऊपर उठता हुआ, फिर सबकुछ शान्त—सिर्फ़ हवा में एक घरघराहट-सी बाक़ी रह गई थी। यह माँ की आवाज़ है? उसे एकाएक विश्वास नहीं हो सका। यह किसी की आवाज़ नहीं हो सकती। इस बार वह रुकी नहीं। तेज़ी से भागते हुए माँ के कमरे की खिड़की को पकड़ लिया—ज़ोर से धक्का दिया, लेकिन कुछ असर नहीं हुआ। वह भीतर से बन्द थी। खिड़की के शीशे पर अपनी हथेलियों को दबाया—सर्दी में अँगुलियों के पोर सफ़ेद और लाल पड़ गए थे। कोई फायदा नहीं। कोई उसे सुननेवाला नहीं। वह ठहर गई और सुनने लगी। कहाँ से उठी थी वह आवाज़, वह चीख़, वह हवा को भेदता हुआ चाकू? भीतर झाँका। भीतर के परदे का एक कोना ज़रा-सा ऊपर खिसक आया था जिसके पीछे रोशनी थी, उतनी ही, जितना परदा उघड़ गया था—बित्ते-भर का आलोक, आलोक भी नहीं—सिर्फ़ एक धब्बा, जो उसकी गर्म साँसों से धुँधला हो जाता था। वह बार-बार अपनी अँगुलियाँ थूक से भिगोकर शीशा पोंछती थी, धब्बे को वापिस लाती थी, उसे देखती थी—जो भीतर हो रहा था।

अँगीठी के आगे तीन ख़ाली कुर्सियाँ। उसके पीछे वॉल-पेपर, जिसके लाल फूल आग की रोशनी में लहक जाते थे। परदे के अन्तिम छोर पर पलंग दिखाई दिया—जहाँ सिर्फ़ माँ की टाँगें दिखाई देती थीं, चेहरा छिप गया था। कितनी बार छज्जे पर खेलते हुए वह यहाँ आती थी, खिड़की से माँ को देखा है, अपनी चीज़ों के बीच घिरी हुई अलग-थलग, शाश्वत, एक सफ़ेद गुड़िया-सी, एक छोटे-से अहसास का बिन्दु, जिसे अपने भीतर दबाकर काया चारों तरफ़ भटकती थी।

तब कभी सोचा था, चारों तरफ़ बिखरी माँ की स्मृति अचानक एक रात बिस्तर पर थिर हो जाएगी—खुली हुई टाँगों, कटे हुए पेड़-सी देह पर—जिसे काया देखेगी, अँधेरे में खिड़की के पीछे से झाँकते हुए?

उसे हैरानी हुई, किसी ने उसे रोका नहीं, देखा नहीं। किसी ने उसका हाथ पकड़कर पीछे नहीं घसीटा। वह स्वतंत्र थी। वह बँधी थी। यह खुले में खड़ी थी। छज्जे की पट्टियों पर, जिनके बीच खुली दरारों से हवा ऊपर आती थी, उसकी नंगी टाँगों को कँपाती हुई, उसकी देह के बेबाक रन्ध्रों में कीलें-सी ठोकती हुई। उसने कसकर खिड़की के बन्द पल्ले हाथों में भींच लिए—एक छाया खिड़की के आर-पार सरक आई थी।

नहीं, कुछ नहीं था। उसने शीशे को दुबारा पोंछा तो दाई-माँ दिखाई दीं। वह गर्म पानी की चिलमची बिस्तर के सामने लाई थीं। बुआ थोड़ा-सा हिलीं—दाई-माँ से कुछ कहा। सिर्फ़ उनके हिलते होंठ दिखाई दिये थे, आवाज़ गूँगी-सी बन गई थी। दाई-माँ के हाथ से चिलमची लेकर उन्होंने पलंग के नीचे रख दी। उनका चेहरा बिलकुल शान्त था—वैसा ही शान्त और निर्भीक जैसा रिक्शेवालों के सामने दिखाई देता था। वह कमरे में एक तमाशबीन की तरह बैठी थीं, जो आनेवाली घटनाओं की अनिवार्यता में इतना अटूट विश्वास रखता है, कि उनके प्रति उत्सुकता का प्रदर्शन अश्लील-सा जान पड़ता है। काया को भ्रम हुआ कि एक क्षण में वह अपना चेहरा उठाकर उसे देख लेंगी—खिड़की के शीशे पर चिपका हुआ—और तब भी उन्हें कोई आश्चर्य नहीं होगा, जैसे वह भी उस तमाशे का एक सीन हो।

तब दुबारा वह चीख़ सुनाई दी—और काया का सिर झटके से मुड़ गया, जैसे वह चीख़ ख़ुद एक झटका हो जिसे सँभाल पाना असम्भव हो। पहले क्षण उसे पता नहीं चला कि वह कमरे के भीतर से बाहर आई है—या कहीं बाहर से, और उसने छज्जे से परे देखा, जहाँ सिर्फ़ सन्नाटा था, पेड़ों की सरसराहट थी—और पहाड़ निस्पन्द-से चाँदनी में खड़े थे।

यह असम्भव-सा लगा कि जो चीख़ती आवाज़ उसे आरपार चीरती गई हो, पहाड़ उसके प्रति बिलकुल तटस्थ थे, चुप और शान्त और निश्चल। वे अपनी जगह से एक इंच भी हिले-डुले नहीं थे, और पहली बार उसे यह चीख़ भयानक-सी जान पड़ी, जिन पहाड़ों को वह इतना अपना समझती आई थी, अचानक उस रात वे अजनबी-से जान पड़े—जैसे उनका उससे कभी वास्ता न रहा हो—निर्मम, अलग, धुंध और चाँदनी में लिपटे हुए—ठंडे, कितने उदासीन! समूची देह में एक बर्फ़-सी सिहरन फैलने लगी और उसने अपना मुँह खिड़की की तरफ़ मोड़ लिया।

दो टाँगें बिस्तर पर खुली थीं—सफ़ेद मांस की कैंची की तरह। ये माँ की हैं? उसने अपने सुलगते गाल ठंडे शीशे पर जमा दिये। माँ का चेहरा दाई-माँ की ओट में छिप गया था—दूसरी तरफ़ धड़ था—साफ़, नंगा, बेलौस—जिस पर कभी-कभी कोई नीली नस या नसों का गुंजल चमक जाता। और तब काया को अपनी ही आँखें धोखा देती-सी जान पड़तीं, पता न चलता—कौन-सी माँ की टाँग है, कौन-सी बाँह कहाँ अटकी है, जैसे उनकी देह कोई मोम की गुड़िया हो, जिसके हाथ-पैर खेल-खेल में ग़लत जगह मुड़ जाते हैं।

माँ को कुछ नहीं हो रहा, माँ के साथ कुछ हो रहा है।

किसी ने दरवाज़ा खोला। वह अपने-आप खिड़की से पीछे हट गई, हालाँकि रसोई के दरवाज़े पर खिड़की से कोई सम्बन्ध नहीं था। और तब उसने धीरज की लम्बी साँस ली, जैसे मँगतू का कमरे में आ जाना ही सबसे बड़ा आश्वासन हो। मँगतू भीतर आया और बिना बिस्तर की ओर देखे दाई-माँ के पास चला आया। बुआ और दाई-माँ के सामने वह कोई भीमकाय देव लग रहा था, जिसकी तसवीरें उसने किताबों में देखी थीं। उसने टोपी पहन रखी थी—जिसके नीचे से बालों की चोटियाँ लामा सिप्पी की लटों की तरह झूल रही थीं। कमरे में कुछ नहीं बदला था, सबकुछ पहले जैसा था। मँगतू ने रुई और पुरानी साड़ियों के चिथड़े पलंग पर रख दिये।

मैं लौट जाऊँगी। अपने कमरे में, छोटे के पास—उसने सोचा। लेकिन हाथ शीशे पर थमा था। उसकी देह से अलग, जैसे वह बिस्तर पर उठे माँ के हाथ की छाया हो, जिसे वह चाहे, तो भी नहीं हटा सकती। उसने उसे खींचा, अपनी तरफ़, अपने से जोड़ने के लिए—और तब उसी क्षण, उसने देखा कि बिस्तर का हाथ हिला है, सोने की चूड़ियाँ बिजली में चमचमाई हैं, नीली नसों से अपने को छुड़ाते हुए, छटपटाते हुए। वह एक दुनिया थी—अपने में सम्पूर्ण—कमरे के इर्द-गिर्द चक्कर लगाती हुई। काया ने कभी सम्पूर्ण पीड़ा नहीं देखी थी। वह मंत्रमुग्ध-सी देखती रही—एकटक—बिस्तर पर काँपती, छटपटाती देह को, जैसे वह पत्थरों के नीचे दबे तिलमिलाते कीड़ों को देखती थी। पीड़ा के एक धक्के ने माँ को धकेल दिया था किसी अँधेरी खोह में, जहाँ कोई नहीं जा सकता था। सिर्फ़ दाई-माँ की अँगुलियाँ बढ़ती गईं, माँ की जाँघों के बीच, उनकी ऐंठती देह को अपने जादूगरनी के पंजों में भींचती हुई, निकालती हुई... नहीं, नहीं, नहीं, वह चीख़ने लगी, नाख़ूनों से खिड़की के शीशों को नोचने लगी, लकड़ी के फ्रेम पर अपने फटे, सूखे फड़फड़ाते होंठों को रगड़ने लगी। काली पॉलिश का कसैला-सा स्वाद उसकी ज़ुबान पर उतरने लगा। वह ख़ुद उतरने लगी। बीच छज्जे की भुतैली चाँदनी पर, जहाँ कमरे की रोशनी का एक हिस्सा खिड़की से कटकर पथराया-सा पड़ा था—और तब उसे अजीब-सा भ्रम हुआ कि माँ भीतर नहीं, बाहर लेटी हैं, पेड़ की छाया में, हवा से घिरी हुई। शायद ऐसा पहले कभी हुआ है, बहुत पहले, जब वह छोटी थी, जब स्मृति समय की डोर से नहीं बँधी थी—किसी पूर्वजन्म में—जब माँ पेड़ के नीचे लेटी होंगी, झरझराती ख़ुबानी की पत्तियों के नीचे, धूप सेंकती हुईं—और वह बहुत दूर से आई थी, दौड़ती हुई उनके पास चली आई थी, किसी अजीब अन्देशे से आतंकित और रोती हुई उनकी बाँहों में लिपट गई थी।

5

कितनी देर वह उस रात गलियारे में बैठी रही, उसे कुछ भी पता नहीं चला। वह अपनी गरमाई में सिकुड़कर बैठी थी। वह अपने कमरे, अपने बिस्तर, अपनी नींद के बाहर थी। यहाँ मुझे कोई नहीं देख सकता। खटखटाती छत, ख़ुबानी का पेड़, चक्कर काटती हवा—वह उन्हें अपने भीतर सँभालकर बैठी थी। कमरे के भीतर सबकुछ ठहरा था। पाँच मिनट, दस मिनट वह और यहाँ ठहरेगी, बत्ती बुझने का इन्तज़ार करेगी और जब समूचे घर में अँधेरा हो जाएगा, वह दबे पाँवों अपने कमरे में चली जाएगी। किसी को कुछ भी पता नहीं चलेगा, कि वह उस रात बाहर थी, अँधेरे गलियारे में खिड़की से लटककर बैठी थी।

उसने कुछ सुना—एक चीख़, काँच के टुकड़े-सी उसकी आत्मा को छीलती हुई। वह हड़बड़ाकर उठ बैठी और झपटती हुई खिड़की के सामने आ खड़ी हुई। कोई औंधी माँ के ऊपर से गुज़रा होगा। कैंची की तरह खुली टाँगें—और उन पर दाई-माँ का सिर। फिर वह लुढ़क गई,

ख़ाली बोरी की तरह नीचे, जहाँ गलियारे की सूखी चिप्पियाँ हवा में चरमरा रही थीं। "तुम यहाँ काया? इतनी रात में!" मँगतू ने उसका चेहरा ऊपर उठाया—वह उसके दोनों कन्धे हिला रहा था और वह शराबी की तरह डोल रही थी। मँगतू की दुर्गन्ध उसे घेरने लगी। "तुम्हें ज़रा भी शर्म नहीं?" काया आँखें फाड़ते हुए मँगतू को देखने लगी। शर्म? कितनी बार उसने यह शब्द सुना था, लेकिन उससे वास्ता कभी नहीं पड़ा था। माँ की नंगी, फड़फड़ाती देह और फैली हुई टाँगें—इनके बीच जो दुनिया समाती थी, वह बेलौस थी, शर्म के परे थी।

मँगतू ने उसे खींचकर उठा लिया, जैसे बरसों पहले वह उसे गोद में उठा लेता था। जब वह चलने लगा, तब काया अचानक होश में आई और बेतहाशा अपने पैरों को पटकने लगी—एक मिरगी के रोगी की तरह। छज्जे की पट्टियाँ हिलने लगीं।

"नहीं...नहीं...नहीं," वह चीख़ने लगी। "मैं कमरे में नहीं जाऊँगी।" दिल के भीतर एक ग़ुबार-सा उठता था और फूट जाता था। अँधेरे के आर-पार पहाड़ियाँ घूम रही थीं—उसकी चीख़ों की लय के साथ-साथ। "पागल बेवक़ूफ़...देखती नहीं, हम कमरे में नहीं जा रहे..." मँगतू ने उसके पैर अपनी हथेलियों में दबोच लिए। वह गलियारे की सीढ़ियाँ उतरने लगा था—और तब काया की देह शान्त हो गई। हाथ-पाँव ढीले पड़ गए। मँगतू उसे अपने क्वार्टर में ले जा रहा था। वह उसके कन्धों पर लिपट गई। अब कोई डर नहीं था। अब वह सुरक्षित थी। ज़ीने की हर सीढ़ी उसे अपने सहारे की तरफ़ ले जा रही थी।

नीचे नौकरों के क्वार्टर थे, हर मकान से जुड़े हुए, फिर भी घर से बाहर, जिन्हें वे 'आउट-हाउस' कहते थे। धुएँ से काली काठ की कोठरियाँ, जहाँ दरवाज़ों की जगह टाट के परदे लटकते रहते। जब कभी वह घर से भागकर मँगतू के क्वार्टर में आती थी—सर्दी की सूनी दुपहरों में—तब इन परदों की फड़फड़ाहट एक अदृश्य दिलासे की तरह उसे सहलाने लगती।

लेकिन बाद में वह उसे भूल जाती, जैसे जहाज़ के निवासी समुद्र की आवाज़ को भूल जाते हैं। वह आधे-अँधेरे में लेटी रहती, खटमलों और सीलन और सड़ती हुई लकड़ी की गन्ध उसे अपने में घेरने लगती। बाहर झींगुरों का शोर होता, आसपास के सन्नाटे में चोंचें मारता हुआ। सन्नाटा हिलने लगता—बाहर से घबराकर भीतर बहने लगता। वह अपने को मँगतू के कम्बल में लपेट लेती। ठहरो—वह धीरे-धीरे बुड़बुड़ाने लगती—आगे मत आओ। यह मैं हूँ। वह छोटी होती जाती। सिकुड़ती जाती—अपने अस्तित्व की अन्तिम दीवार तक—जहाँ उसका नाम लिखा होता, काया! यह मैं हूँ, काया! और उसका नाम सुनते ही सन्नाटा पीछे हट जाता, टाट के परदे से पीछे बाहर अँधेरे में, जहाँ उसे देखते ही झींगुर फिर शोर मचाने लगते।

यही एक जगह थी, जिसका अता-पता किसी को मालूम नहीं था—न लामा को, न छोटे को। इसलिए नहीं कि उसने यह भेद उनसे छिपा रखा था। वह ख़ुद उस भेद से अपरिचित थी, जो उसे मँगतू की कोठरी में खींच लाता था। वहाँ वह अकेली थी। रात के खाने के बाद सब अपने-अपने कमरों में चले जाते। वह छोटे के साथ अपने कमरे में आती और जल्दी-जल्दी कपड़े बदलकर सोने का बहाना करती। अपनी साँसें लम्बी और समतल बनाकर झूठी नींद के घेरे में औंधी पड़ी रहती। जब कुछ देर बाद छोटे सचमुच सो जाते—तो एक अभेद्य, अश्लील-सा आकर्षण उसकी देह को जकड़ लेता। खिड़की से बाहर पहाड़ों पर एक पागल-सी धुंध घूमने लगती—जैसे वह उसकी आँखों की नींद हो, जो अपना ठिकाना भूलकर इधर से उधर भटक रही हो! वह झटपट बिस्तर से उठ खड़ी होती, अपने रात के कपड़ों पर ही ऊनी जर्सी पहन लेती, जो उसे अपने पिछले जन्मदिन पर मिली थी। पिछवाड़े का दरवाज़ा खोलकर रेंगते क़दमों से समूचा गलियारा पार करती और जब नीचे उतरकर खुली हवा में आती, तो भी उसका डर ख़त्म न होता।

वह साँस लेने को ऊपर सिर उठाती, तो वही छोटा-सा आकाश दिखाई देता—क्वार्टर की छत और घर की चिमनियों के ऊपर उठा हुआ। पहाड़ी तारों से भरा हुआ जो पीतल के चौड़े-चमकते बटनों-से दिखाई देते।

वहाँ साँस टूट जाती। बीच में मिस जोसुआ का बाग 'नो मैन्सलैंड' की तरह फैला था—न इधर, न उधर—अँधेरे का द्वीप, जिस पर सफ़ेदे के पेड़ लहराते थे। चौड़े-चौड़े पत्तों पर चाँदनी के छल्ले नाचते रहते, लेकिन नीचे घुप्प अँधेरा होता। सुना था, ये पेड़ मिस जोसुआ ने बचपन में लगाए थे, जब वह पहले-पहल इस शहर में आई थीं। वे धीरे-धीरे मिस जोसुआ के साथ बूढ़े होते गए थे। उसके नीचे चलते हुए उसका दिल इतनी तेज़ी से धड़कने लगता कि उसे लगता कि मिस जोसुआ उसके धड़कने की आहट सुनते ही दरवाज़ा खोलकर उसे बीच रास्ते में ही पकड़ लेंगी—और वह अपनी छाती को दोनों हाथों से दबोचकर भागने लगती—पेड़ों की रिरियाहट को चीरते हुए उस तरफ़, जहाँ पुलिया को सँभाले दो बाँस हवा में झूलते रहते।

अब मैं यहाँ हूँ—काया। उसने अपने से ही कहा। तुम अपने से ही बोलती हो—छोटे कहते थे। वह सो रहा होगा। वह हाथ आगे बढ़ाएगा और मेरा बिस्तर ख़ाली होगा। उसका हाथ रात-भर दो पलंगों के बीच झूलता रहेगा। वह जागेगा और मैं नहीं हूँगी। यह क्या पीड़ा है? काया ने पुलिया के बाँस दोनों हाथों से पकड़ लिए। इतनी बड़ी रात, इतने बड़े अँधेरे में जैसे वह किसी ठोस चीज़ को पकड़ लेना चाहती हो—पकड़कर कह सकती हो, यह पीड़ा है, यह मैं हूँ, यह डर है। किन्तु ज्योंही उसने बाँस पकड़ा, पुलिया हिलने लगी। चाँद पेड़ों के ऊपर निकल आया था। झाड़ियों के बीच खड्ड एक सुनहरी माँग-सी चमक रही थी। वहाँ से एक हल्का फूत्कार ऊपर उठता, जैसे हवा एक पहाड़ से दूसरे पहाड़ की तरफ़ जा रही हो—और जब कभी रात ख़ामोश और निस्पन्द होती, यही फूत्कार छोटी-छोटी सिसकियों में बँट जाता।

काया को पता नहीं चलता था, वे सिसकियाँ कहाँ से आती हैं—झाड़ियों से? पत्तों के टकराने से? या—ख़ुद उसके भीतर से?

वह ठंड से सिकुड़ गई। पीछे मुड़कर अपने घर को देखा। दो चिमनियाँ। ख़ुबानी का एक पेड़। सब एक-दूसरे से अलग हो गए थे। उन सबको जोड़नेवाला 'घर' अँधेरे में डूबा था, सिर्फ़ चौके की बत्ती अब भी जल रही थी। मँगतू बर्तन माँजेगा, रसोई धोएगा, फिर लालटेन लेकर समूचे मकान का चक्कर लगाएगा। इसी बीच उसकी आँखें मुँदने लगतीं। वह जर्सी को कम्बल की तरह लपेटकर दीवार के सहारे लेट जाती। यह ख़याल विस्मयकारी लगता कि वह अपने कमरे में नहीं, मँगतू के क्वार्टर में लेटी है—इच्छा होती, सब उसे देखें कि वह कितनी अकेली है। वह टाट का परदा उठा देती और कुछ देर तक देहरी पर ही बैठी रहती। नहीं, वह बिलकुल अकेली नहीं है। सामने पहाड़ियों के बीच इनी-गिनी टिमटिमाती रोशनियों को देखकर लगता, कि जहाँ-जहाँ बत्तियाँ हैं, वहाँ-वहाँ लोग हैं। वे लोग उसकी ही तरह जाग रहे हैं। उसे यह अविश्वसनीय लगता कि जिस तरह वह मीलों दूर उनको टोह सकती है, उसी तरह कोई दूसरा भी बीच की हवा और अँधेरे के पार उसकी ओर देख रहा होगा। दूसरे की कल्पना से ही देह सिहरने लगती। एक अजीब-सा विषाद सिर उठाने लगता। एक अन्धी, आदिम हमदर्दी उमँगने लगती, जो जंगल की अबाध नीरवता में एक पक्षी की चीख़ सुनकर दूसरे पक्षी को चीख़ने के लिए विवश कर देती है। वह झूमने लगती। कभी पीछे, कभी आगे। नींद के हिचकोले आते और वह उन्हें अपने ऊपर से बह जाने देती। कहीं दूर धुंध के छोर पर यह ख़याल टिमटिमाता रहता कि मँगतू आनेवाला है। अभी मँगतू आता होगा। कोशिश यही रहती, उसके आने से पहले तक नींद को परे धकेल सके।

किन्तु उस रात नींद कहीं न थी। मँगतू उसे जैसा क्वार्टर में छोड़ गया था, वैसी ही बैठी थी—सुन्न और स्तब्ध और आँखें फाड़ती हुई।

कुछ देर पहले घर की सीढ़ियाँ उतरते हुए वह हाथ-पैर पटक रही थी, चीख़ रही थी किन्तु मँगतू के जाते ही वह एकाएक गूँगी पड़ गई—उस हास्यास्पद एक्टर की तरह, जो दर्शकों के सामने चीख़ता-चिल्लाता है, हाथ-पाँव नचाता है, लेकिन परदा गिरते ही एकदम ख़ाली, एकदम खोखला-सा हो जाता है। मैं खिड़की के पीछे खड़ी थी। मैंने देखा था—एक कमरा, ढेर-सी रोशनी, दाई-माँ के हाथों में गर्म पानी की चिलमची और उड़ती हुई भाप, और उस भाप को छीलते, पकड़ते, छोड़ते माँ के हाथ—ऐंठी हुई अँगुलियों पर लपलपाती, नाचती पीड़ा की लौ। उसे लगा, यह सब अभी ख़त्म नहीं हुआ, यह बराबर चल रहा है। वह ज़िन्दगी भर अँधेरे में खिड़की के पीछे खड़ी रहेगी, और उस लपलपाती लौ को देखती रहेगी।

वह चौंककर उठ बैठी। मँगतू का कम्बल उतारकर फेंक दिया। जर्सी उतार दी। वह पसीने से भीगी थी। हवा रुक गई थी। टाट के परदे से अपने को बचाती चाँदनी की एक पीली दुर्बल लकीर भीतर आ रही थी। वह सरकते हुए कोठरी की दीवार तक चली आई। उसने कुछ सुना था। दीवार के पीछे कोई बहुत धीरे-धीरे गा रहा था। वह स्वर धुएँ की तरह आ रहा था, एक चक्कर में घूमता हुआ, जिसे किसी सिरे से पकड़ा जा सकता था।

वह उठी, दबे क़दमों से बाहर आई। पहाड़ के पैरों पर खेतों के छोटे-छोटे टेरेस चमक रहे थे। नीचे खड्ड के खाँखल से धुंध ऊपर उठ रही थी, लेकिन हवा के रुकने से वह भी बीच में अटक गई थी, जिससे आधा पहाड़ चाँदनी में, आधा धुंध में बँट गया था। काया ने यह सब नहीं देखा, यह भी नहीं देखा कि एक दूसरी लड़की उसकी छाया-सी ख़ुबानी के पेड़ पर सरक रही है। वह छज्जे पर दो क़दम चलकर दूसरी कोठरी के सामने आ खड़ी हुई। वह कोठरी हमेशा ख़ाली पड़ी रहती थी, लेकिन जब कभी दाई-माँ एक रात के लिए रुक जातीं, तो वहाँ भोलू सोता था।

लेकिन उस रात उसे ज़रा भी डर नहीं लगा। वह अचानक उस खेल के परे चली आई थी, जहाँ पहले डर की लकीरें खींची जाती हैं, फिर उन पर फाँद-फाँदकर चलना पड़ता है। उसने उस रात जो कुछ खिड़की के पीछे से देखा था, उसके सामने सब बौने और तुच्छ पड़ गए थे। पीड़ा के सामने बड़े छोटे हो जाते हैं, वह बड़ी हो गई थी। इसलिए जब वह भोलू की कोठरी के सामने आई, तो पहली बार उसने उस आदमी को ध्यान से देखा, वह वहाँ था। वह बिलकुल दूसरों की तरह था।

वह गा रहा था।

वह आगे बढ़ आई—देहरी से आगे। कोठरी के बीचोबीच एक लालटेन जल रही थी। ऊपर काली शहतीरोंवाली छत धीरे-धीरे हिल रही थी, जो सिर्फ़ भ्रम था—लालटेन की बत्ती ज़रा-सी भी सकपकाती, रोशनी के दायरे में फँसी हर चीज़ मचलने लगती, हालाँकि हर चीज़ ठहरी थी—पहाड़ों की छाया, क्वार्टर की छत, दीवारों पर धुएँ की कालिख—सिर्फ़ भोलू का सिर डोल रहा था, ऊपर-नीचे, नीचे-ऊपर, एक अन्तहीन लय में। भोलू—देखो, यह मैं हूँ, देखो, यह काया है, जिसके गालों को तुमने सहलाया था। उसके होंठ फड़फड़ाने लगे—वह अब लालटेन और दाई-माँ के लड़के के बीच खड़ी थी, भोलू का सिर नीचे था, आँखें ऊपर, नाक और ठुड्डी के बीच मुँह एक अँधेरी गुफा-सा खुल गया था, लेकिन वह देख कुछ भी न रहा था। उसके लिए काया जैसे हवा में उड़ता पतिंगा हो, जो अचानक उसकी दृष्टि के घेरे में अटक गया था, एक अर्थहीन संयोग मात्र, जिसे वह चाहता तो महज़ पलकों की फड़कन से उड़ा सकता था, उसकी आँखों में ज़रा-भी जिज्ञासा, रत्ती-भर पहचान नहीं थी कि यह काया है, जो उसके सामने खड़ी है, वही लड़की है, जिसके आँसुओं को उसने शाम के धुँधलके में छुआ था, नहीं, भोलू के लिए कोई घटना दूसरी घटना को पहचानने का संकेत नहीं थी, क्योंकि वह समय से अलग था। उसके लिए हर बार का देखना पहली बार का देखना था,

इसलिए उसके लिए कोई चीज़ दुहराती नहीं थी—वह उन छोटे बच्चों की तरह था, जिनके लिए सब अनुभव सम्पूर्ण होता है, हर पीड़ा अन्तिम होती है, उससे कहीं कोई निस्तार नहीं है, कोई छुटकारा नहीं है...

"तुम गा रहे थे, भोलू? मैंने तुम्हें सुना था। मैं मँगतू की कोठरी में थी। मैंने तुम्हारी आवाज़ सुनी और मैं आ गई!" वह बोलने लगी, एक-एक शब्द के बीच रेगिस्तान को पार करती हुई, मानो कहीं-न-कहीं उसके शब्दों के बीच भोलू को कोई स्मृति-चिह्न मिल जाएगा और वह पहचान लेगा जो शब्दों के परे है। भोलू का सिर कठपुतली-सा एक-दो बार ऊपर-नीचे हुआ, जैसे चाभी ख़त्म हो जाने के बाद भी कुछ खिलौने पुरानी गति से हिलते हैं। फिर वह ठहर गया। हवा में धुँधला-सा इशारा किया—हाथ की दो अँगुलियों से—जैसे किसी चीज़ को खींच रहा हो, अँधेरे से निकाल रहा हो। और तब काया ने देखा कि जिस चीज़ को वह इतनी मुश्किल से खींच रहा था, वह और कुछ नहीं, सिर्फ़ उसकी अपनी आवाज़ थी, जो झाड़ी में फँसी चिड़िया की तरह उसके गले से बाहर आ रही थी—गों, गों, गों, गों...ऐसी आवाज़ जो शुरू से आख़ीर तक कोई मानी खींच लाती थी, लेकिन स्वतंत्र रूप से जिसके कोई मानी नहीं थे।

वह और पास खिसक आई, बिलकुल लालटेन के पास, जहाँ भोलू की छाया दीवार से टूटकर फ़र्श पर बिछ गई थी। एक मद्धिम-सी गरमाई ने उसे घेर लिया। दिन-भर के दुख तिनकों से जुड़ने लगे, वह उनके बीच दुबककर बैठ गई—दरवाज़े के बाहर पहाड़ थे, चाँदनी थी, रेल की छोटी लाइन के दोनों ओर अब भी झाड़ियों का शोर था। वह इन सबको भूलकर दाई-माँ के लड़के की गूँगी, कालातीत दुनिया में चली आई, अगर हम उसे 'दुनिया' का नाम दे सकें, जो भोलू अपने साथ लेकर चलता था। उसका मुँह खुला रह गया था, जिसके भीतर सफ़ेद-चिट्टे दाँत आगे की तरफ़ निकल आए थे। काया ने पहले कभी इतने सफ़ेद, इतने निर्दोष दाँत नहीं देखे थे—सिर्फ़ गिन्नी के ऐसे दाँत थे,

जो उसने आख़िरी बार रेल की लाइन के सामने खोले थे, एक अजीब-सी कातरता में पूँछ हिलाते हुए। मरने से कुछ मिनट पहले।

> *तुम बचा सकती थीं गिन्नी को? उसे झाड़ियों के बीच लामा की हँसी सुनाई दी...पागल, बेवक़ूफ़ कहीं की! देख, यह तेरी गिन्नी है, उसके सफ़ेद बालों की खाल ख़ून में लिथड़ी हुई! रेल की लाइन पर उसके बालों का गुच्छा, हवा में 'बुढ़िया' सा उड़ता हुआ...*

काया ने आँखें खोलीं। कुछ भी नहीं था। कहीं कुछ भी न था। सिर्फ़ भोलू मुँह खोले एकटक उसकी ओर देख रहा था। और तब उस रात पहली बार काया के भीतर ढेर-सी ख़ुशी उमड़ने लगी—एक चमकती, चमत्कारपूर्ण ख़ुशी उमड़ने लगी—एक चमकती ख़ुशी, जिसकी उठती लहर पर वह ख़ुद उठ आई, बहुत ऊपर, जहाँ से नीचे की रेत और पत्थर, गिन्नी की देह और माँ की खुली, श्लथ टाँगें—सब खुली धूप में साफ़-साफ़ दीख रहे थे—किनारे पर सूखते बहुत पुराने कंकाल जैसे, जिन्हें देखकर हम आगे बढ़ जाते हैं, एक मिनट के लिए भी नहीं सोचते कि इन हड्डियों के पीछे कभी फड़कते होंठ और धड़कती जान रही होगी। इस अजीब, क्रूर, भयावह ख़ुशी की रौ में काया ने भोलू के दोनों हाथ पकड़ लिए, जैसे वह अपनी मुक्ति का यह दुर्लभ क्षण उससे बाँट लेना चाहती हो—"भोलू, कुछ बोलो," उसने फुसफुसाते हुए कहा—"डरने की कोई बात नहीं। तुम्हारी माँ ऊपर हैं, मेरी माँ के पास बैठी हैं। यहाँ हम अकेले हैं, यहाँ तुम्हें कोई नहीं छेड़ सकता...मैं हूँ काया, काया...जानते हो, वही लड़की, जिसके गालों को तुमने छुआ था!" ...भोलू एकटक उसके हिलते होंठों को देखता रहा—निर्विकार और तटस्थ—फिर उसने अपना सिर उठाया, गंजा सिर, जो लालटेन की आलोक में बिलकुल नीला-सा दिखाई दे रहा था। सहसा न जाने क्या सोचकर उसने दोनों हथेलियाँ फ़र्श

पर टिका दीं, मानो उठने का उपक्रम कर रहा हो, हालाँकि वह अपनी जगह से बित्ते-भर भी नहीं हिला था, और सिर हिलाकर दरवाज़े की तरफ़ इशारा किया। वह पीछे मुड़ी। कहीं कुछ दिखाई नहीं दिया—धुंध और आकाश के बीच एक उजली-सी परत उभर आई, एक भुतैली-सी आकांक्षा, जो आधी रात के समय पहाड़ी शहरों पर घूमने लगती है—क्या भोलू का इशारा इस तरफ़ है, इस आकांक्षा की तरफ़, जिसे वह देख सकता है और काया नहीं...?

अचानक हवा उठी थी। क्वार्टर के ऊपर चाँद की अधूरी फाँक सरक आई थी—ख़ुबानी के पेड़ में अटकी हुई। एक पेड़ हिला, फिर दूसरा पेड़—फिर जैसे हवा का सिग्नल देखकर समूचा जंगल सरसराने लगा। मिस जोसुआ के लेटर-बॉक्स का दरवाज़ा झटके से खुल गया—लन्दन से आनेवाले अख़बार उसमें फँसे थे, पता नहीं कितने अरसे से मिस जोसुआ ने उन्हें बाहर नहीं निकाला था। जब कभी हवा चलती, लेटर-बॉक्स के पल्ले खुल जाते, खटखट ताली बजाते, फिर ख़ामोश हो जाते, फिर ताली बजाते, फिर ख़ामोश हो जाते। उसने हाथ बढ़ाकर दरवाज़ा पकड़ लिया। समूचा क्वार्टर हवा में अस्थि-पिंजर-सा हिलने लगा था। टाट का परदा कभी ऊपर उठता, कभी कोठरी के भीतर मुड़ जाता...

"तुम यहाँ बैठी हो? इस जगह...?"

वह पीछे मुड़ी तो मँगतू ने उसके दोनों कन्धे पकड़ लिए। "मैंने सोचा, तुम अब तक सो गई हो"—उसके स्वर में शिकायत उतनी नहीं, जितनी हताशा और थकान भरी थी, काया के प्रति, रात के प्रति, भोलू—सिर हिलाते भोलू के प्रति।

मँगतू बड़ा आदमी था—पैरों से लेकर सिर तक भारी देह एक लस्तम-पस्तम बिस्तर की तरह थी जिसे ठीक से बाँधा न गया हो, किसी कोने से हाथ निकलता हुआ दिखाई देता, किसी दूसरे कोने से कान बाहर उघड़ा रहता। सिर्फ़ उसका स्वर इतना शान्त और सीधा था कि कभी-कभी काया को लगता, मँगतू की देह अलग है, उसका स्वर अलग—दोनों को बाँधनेवाली रस्सी कहीं नज़र नहीं आती थी।

मँगतू धीरे-धीरे अपने बोझिल क़दमों से आगे बढ़ा। काया देहरी पर खड़ी रही—लगा, जैसे कोई शिकारी दबे क़दमों से किसी जानवर की माँद में जा रहा हो—और वह जानवर बिलकुल बेख़बर हो, अपनी धुन में खोया हो! कुछ देर तक दोनों आमने-सामने एक-दूसरे को देखते रहे, फिर मँगतू नीचे झुक आया। उसके बालों की चोटियाँ भोलू के चेहरे पर लहराने लगीं—धीरे से उसका हाथ फ़र्श से उठाया, और फिर उसके कान में कुछ कहा, जिसे वह नहीं सुन सकी, किन्तु अचानक उसने देखा कि भोलू के दाँत खुल गए हैं, सफ़ेद, चमकीले दाँत, जैसे वह मुस्करा रहा हो, जैसे कोई चीज़ जो अब तक उसे भरमा रही थी, सहसा पहचान के घेरे में सिमट आई हो...एक सीधे-सादे बच्चे की तरह वह वही करने लगा, जो मँगतू उससे चाहता था। एक-एक करके उसने अपने सब कपड़े उतार डाले और जब देह पर सिर्फ़ एक बंडी और जाँघिया रह गया, तब मँगतू ने उसे बिस्तर पर लिटा दिया...फिर उसे कुछ कहा, एक बार, दो बार, इतनी ज़ोर से कि काया अब सुन सकती थी, लेकिन पहाड़ी बोली के शब्द उसकी समझ के बाहर थे, फिर भी उसे लगा, जैसे मँगतू एक ही शब्द को बार-बार दुहरा रहा है, जादू के मंत्र की तरह—और तब भोलू का तना शरीर ढीला पड़ने लगा, जैसे कोई साँप अपने-आप पिटारी में सिमटता जाता है। फिर उसने लालटेन बुझा दी। समूची कोठरी में अँधेरा फैल गया। मँगतू ने चुपचाप उसका हाथ पकड़ा, लेकिन एक अजीब आक्रोश में उसने अपना हाथ झटके से छुड़ा लिया।

देहरी से बाहर आई, तब भी देर तक लगता रहा, जैसे भोलू की आँखें अँधेरे में खुली हैं, वे उसे जाता हुआ देख रही हैं।

"तुम अब चलोगी?"

"कहाँ?"

"अपने कमरे में—और कहाँ!" मँगतू उसके पीछे-पीछे अपनी कोठरी में चला आया था। वह मचल पड़ी थी। ऊपर कमरे में जाने का साहस नहीं था। छोटे के पास लेटने की इच्छा नहीं थी। एक अजीब ज़िद की गुठली छाती के बीच अटक गई थी।

"मँगतू—मैं यहीं सो जाऊँ?" उसने धीरे से कहा। मँगतू ने उसकी ओर देखा—जब वह बहुत छोटी थी, तब से वह उसे देखता आया था—बीच के दौरान वह कितनी बड़ी होती गई है, इस ओर मँगतू का ध्यान कभी नहीं गया था, किन्तु वह कभी बहुत छोटी रही होगी, इसकी याद भी मिट चली थी। अब वह उससे उसी तरह पेश आता था, जैसे अपने गाँव में शाश्वत चीज़ों से—पत्थर, पेड़, पहाड़—जो न छोटी हैं न बड़ी, फिर भी हमेशा सामने हैं, साथ हैं..."तुम्हें डर लगता है काया?" उसने धीरे से उसके बालों को छुआ।

एक ठंडी-सी सिहरन उसके गले से उतरकर पीठ पर फिसलने लगी। उस स्वर में बुलावा था, धीरज था। वह उस पर विश्वास कर सकती थी। देर तक दोनों चुप बैठे रहे। भोलूवाली कोठरी से अब कोई आवाज़ नहीं आ रही थी, न सोने की, न साँसों की...जैसे वहाँ कोई न हो। ऊपर का घर अब अँधेरे में डूबा था। सिर्फ़ मिस जोसुआ के कमरे की बत्ती जली थी। वह रात-भर जलती रहती थी।

"माँ रो रही थीं...तुमने देखा था?" काया ने संशय और विश्वास के बीच टटोलता हुआ पाँव आगे बढ़ाया, एक बित्ते-भर की ज़मीन, वहाँ माँ की चीज़ें काँच के टुकड़ों-सी पड़ी थीं।

"तुम्हें कैसे मालूम?" मँगतू ने विस्मय से उसकी ओर देखा।

"मैं खिड़की के पीछे खड़ी थी। मैं सबकुछ देख रही थी..."

सी-सी-सी...मँगतू की देह से एक बोझिल टीस धुएँ की तरह बाहर निकली—सूखी, बरसों पुरानी हड्डियों के बीच रास्ता बनाती हुई। वह मुर्ग़े की तरह उकड़ूँ होकर बैठ गया और हथेलियों से अपने घुटने रगड़ने लगा।

"तुमने सब देख लिया?" उसने कराहते हुए कहा।

"हाँ; मैं खिड़की के बाहर खड़ी थी।"

"तुमने उसको भी देखा है?" मँगतू के हाथ क्षण-भर के लिए घुटनों पर टिके रहे।

"हाँ, उसको भी।" काया जैसे अब भी उसको देख रही थी, "वह ऊपर आया था। दाई-माँ के हाथों पर..." नीली रोशनी का एक बंडल, माँ की जाँघों से बाहर निकलती हुई एक सुर्ख़, लिसलिसी फेन की लोथ, एक स्वप्न, एक छुई-मुई-सी छलना। वह चीज़ जिसने माँ को इतना 'बड़ा' बनाया था, अपने में कितनी छोटी थी! कितनी गौरवहीन!

सी-सी-सी...बाहर की हवा। मँगतू की टीसों का शोर। "एक साँस भी नहीं।" मँगतू फिर अपने घुटने दबाने लगा। "अगर एक साँस लेता, तो वह दूसरी साँस भी खींच लाती...फिर एक सिलसिला बन जाता...।"

साँसें—धूप में चमकती हुईं। उसने आँखें मूँद लीं। वह रेल की पटरियों पर चलने लगी, जहाँ गिन्नी धूप में लेटी थी। एक, दो, तीन... अन्तहीन पटरियाँ, रेल के पहियों तले थरथराती हुई। उसे लगा, जब तक वह उन पर चलती रहेगी, तब तक गिन्नी साँस लेती रहेगी।

मँगतू उठा, एक-एक करके अपनी अँगुलियाँ चटकाईं। फिर वह धीरे-धीरे अपनी टाँगों की पट्टियाँ उतारने लगा, जिन्हें वह जुराबों की जगह लपेटता था। मैले चिथड़े, जो उसने काया, लामा और छोटे के पुराने कपड़ों से कतर-ब्योंत करके बनाए थे। जब वह उन्हें एक-एक करके उतारता था, काया दम रोककर फ़र्श पर उनका जमा होता ढेर देखती रहती थी। आख़िरी पट्टी के उतरते ही दो टाँगें बाहर आती थीं,

दो पैर, जिनके तलुए जगह-जगह से फटे होते थे। मँगतू उन्हें अपनी अँगुलियों से दबाता था जैसे उन कटी हुई फाँकों से एक-एक टीस बाहर निकालकर चख रहा हो। फिर मोमबत्ती जलाता, उसकी काँपती लौ में समूची कोठरी सिमट जाती। बाहर पहाड़ियों की छाया परदे से निकलकर दीवार पर चढ़ जाती। मोमबत्ती की लौ कभी इधर लपकती, कभी उधर, जिसकी लपलपाती जीभ से पिघला हुआ मोम तलुओं पर टपकने लगता। आह...आह...आह...मँगतू के होंठों से गाढ़े, गुँथे हुए, उच्छ्‌वास निकलते, जिनमें दर्द में सनसनाता सुख बाहर आता। तलुओं की सूखी, सुर्ख़ फाँकें बहते मोम की गर्म-गर्म बूँदों को गटकने लगतीं। मँगतू की आहें धीमी पड़ती जातीं—अब न उनमें टीस होती, न कोई सुख—अब वे ख़ाली-सी हो जातीं। वह झुकी हुई मोमबत्ती को सीधा कर देता। पहाड़ियाँ दीवार से उतरकर फिर अँधेरे में लौट आतीं। "मँगतू, दर्द कम हुआ?" वह उत्सुकता से उसके तलुए देखती। "कम कहाँ होता है?" मँगतू ने तनिक निराशा से कहा—"बस, ज़रा नीचे चला जाता है।" काया नीचे झाँकती। काली, सुर्ख़ फाँकें सफ़ेद, पथराए मोम के नीचे दब जातीं। अब दर्द बाहर नहीं आ सकता, वह सोचती। तब वह आश्वस्त हो जाती। लेट जाती। दोनों कोठरी के फ़र्श पर पसर जाते।

टाट का परदा हवा से उघड़ आया था। वह देर तक बाहर देखती रही। उसे अजीब-सा भ्रम हुआ कि दूर पहाड़ों की लम्बी लाइन एकदम पास सरक आई है। हल्की चाँदनी में एक नक़्शा-सा डोलने लगता—अँधेरे और धुंध और रोशनियों के बीच लटकता हुआ। वह अपनी अँगुली कभी इधर रखती, कभी उधर, जैसे नक़्शे में फैली जगहों को भर रही हो... एक-एक जगह को पहचान रही हो। सबसे ऊपर जाखू की चोटी, जो हमेशा धुंध में छिपी रहती। फिर अँगुली नीचे उतर जाती, रोशनियों में घिरा रिज दिखाई देता—पहाड़ों के बीच परियों का टापू—और उसके पीछे सफ़ेद पत्थर का गिरजा जो एक क्षण दिखाई देता लेकिन दूसरे

क्षण कहीं धुंध में खो जाता। अँगुली बाईं तरफ़ सरकती, तो दिल तेज़ी से धड़कने लगता—ऊँट की उभरी हुई पीठ दिखाई देती, जो और कुछ नहीं, सिर्फ़ लक्कड़ बाज़ार की ऊँचाई होती—एक नीला जंगल—जिसके पीछे पेड़ों के बीच चाचा की कोठी दुबकी होती। वह दिखाई नहीं देती थी, लेकिन साफ़ चाँदनी रातों में कभी-कभी काया को दियासलाई की सींक-जैसी एक चिमनी ज़रूर दिखाई देती थी...यह चिमनी चाचा के मकान की होगी, वह हमेशा सोचा करती थी। नाम भी उसका कितना अजीब था—फ़ॉक्सलैंड! बरसों पहले वह माँ के साथ वहाँ आया करती थी। लम्बे, सूने, भाँय-भाँय करते जंगल—उसके बीच चाचा की कोठरी। पिछले महीनों जब कभी वह माँ से कहती—चलो, फ़ॉक्सलैंड चलो—तो वह हँसकर उसकी बात टाल देतीं। उनके दिन चढ़े थे, वह चढ़ाई कैसे चढ़ पातीं? उसे कुछ भी समझ में नहीं आता था कि दिन कैसे चढ़ते हैं। कहाँ चढ़ते होंगे?

वह लौट आई। मँगतू ने करवट ली थी। अचानक मन हुआ, वह लौटती जाए, उस अँधेरी खाई में, जहाँ दिन उतरते होंगे—इतनी चढ़ाई के बाद भूखे-प्यासे, नींद में झूमते हुए। लौटती जाए, फ़र्श की एक पट्टी से दूसरी पट्टी तक, जहाँ से हवा ऊपर उठती थी। "मँगतू...?" उसने कहा, इतने धीरे से कि वह आवाज़ न सुन सके, किन्तु उसे उसका नाम लेने की तसल्ली मिल सके। मँगतू जाग नहीं रहा था, उसकी नींद अनेक पैबन्दों में बँधी थी, ज़रा-सी आहट पाते ही वे उघड़ जाते थे और वह अपनी सूराख़ से बाहर झाँककर कहता था—कौन? काया, तुम अभी सोई नहीं?

नहीं, वह सो नहीं रही थी, लेकिन उसके बहुत पास थी। वह एकदम मँगतू के पास सट जाना चाहती थी, लेकिन मँगतू की देह की गन्ध एक दीवार की तरह बीच में खड़ी हो जाती। वह इस गन्ध को पहचानती थी, लेकिन उसे फाँद कभी नहीं पाती थी। किन्तु उस रात उसे कुछ भी महसूस न हुआ। वह सरकती गई, अपनी रज़ाई से मँगतू के कम्बल तक...

और तब सहसा वह चौंक गई। पहली बार उसके पैर मँगतू के पैरों पर पड़े थे—और किसी ठंडी, कठोर चीज़ से टकराकर बीच में ही ठिठक गए थे।

"मँगतू..." वह धीरे से फुसफुसाई। मँगतू के नथुनों से एक दबी, बोझिल-सी फूत्कार बाहर निकली—कोठरी का फ़र्श चरमराया, काठ की पट्टियों से हवा निकलती थी और सीधी हड्डियों में घुस जाती थी।

"यह तुम्हारे पैरों में क्या है?" उसके पाँव फिर अपनी तरफ़ सिकुड़ गए थे—एक ठंडी-सी झुरझुरी अब भी उनमें झनझना रही थी। "क्यों, तुमने कभी नहीं देखे?" मँगतू ने सोए-से स्वर में कहा—"कड़े हैं, ताँबे के। पट्टियों के नीचे दबे रहते हैं, इसीलिए दिखाई नहीं देते।" ठंडे, कठोर, पैरों के गिट्टों से रगड़ते हुए खट, खट, खट। "दिखाई नहीं देते, मँगतू?" हँसी और खाँसी के बीच मँगतू की देह उखड़ने लगी। वह उठकर बैठ गया और आधे-अँधेरे में काया को देखने लगा, जो दोनों तरफ़ बाल बिखेरे लेटी थी। "छुटपन में पहने थे काया। पहाड़ों पर गाँव में यही होता है...पैदा होने पर पहना देते हैं और...मरने तक पहने रहते हैं।"

"मरने तक?" काया ने सिर उठाया—"बीच में बदलते नहीं?"

कौन बदलेगा, जब तक पाँव न काट डालो।"

"नहीं, नहीं, तुम मेरा मतलब नहीं समझे"—वह और पास खिसक आई, बिना बू-गन्ध की परवाह किये, बिलकुल मँगतू की टाँगों के पास—"बड़े होने पर वे छोटे नहीं पड़ते? पैरों पर कसते नहीं?"

"क्या नहीं कसते काया?"

"मँगतू नींद के छोर पर जाकर झिझक रहा था, बीच-बीच में वह बिलकुल भूल जाता था कि वह काया से बातें कर रहा है—कोठरी के अँधेरे में उसे अपना-आप भी अवास्तविक जान पड़ रहा था।"

"ये कड़े! जब आदमी बड़ा हो जाता है, तब?" काया ने ग़ुस्से में कहा, उसकी आवाज़ कुछ इतनी ऊँची हो गई थी कि मँगतू नींद से बहुत दूर छिटक आया..."ये भी बड़े होते जाते हैं, पैरों के साथ-साथ!

देखो, मेरे पैर, बिलकुल उतने ही हैं, जितने ये कड़े!" मँगतू के सिर की चोटियाँ, जिन्हें वह लामा सिप्पी की तरह बाँधता था, काया के गले पर झूलने लगीं।

"बड़े होते जाते हैं—अपने-आप! अँगुलियों की तरह, नाख़ूनों की तरह—ये ताँबे के कड़े भी! इनकी भी जान है काया, यह जान हर आदमी के साथ लगी रहती है।"

"फिर?" काया ने पूछा, किन्तु वह बीच में ही रुक गई।

"फिर कुछ नहीं..." मँगतू ने कहा। उसका सिर दीवार पर टिका था। आँखें मुँद गई थीं—"फिर क्या होगा?" "जब आदमी मर जाता है तब?" "तब"—मँगतू ने लम्बी साँस ली—"तब वे फिर छोटे हो जाते हैं, छोटे-छोटे छल्लों की तरह, बिलकुल उतने ही छोटे, जितने बच्चों के पैर होते हैं...उन्हें उतारा नहीं जाता। जब सारी देह जल जाती है, तब भी वे लटकते रहते हैं, पैरों की हड्डियों पर..."

उसने धीरे से अपने पाँव मँगतू के पैरों से हटा लिए। वह अपनी जगह लौटकर सीधे लेट गई, मँगतू से अलग, अपने कोने में। कुछ देर तक लगता रहा, जैसे वह अलग है, उसकी देह अलग, उसके पैर अलग—और तीनों के बीच सिर्फ़ हवा है, जो फ़र्श की तख़्तियों के बीच से छनकर ऊपर आती है।

ऐसी ही साँस आती होगी, पहले एक, फिर दूसरी, फिर एक अन्तहीन सिलसिला...उसने करवट ली और उसे लगा कि वह खिड़की के पीछे खड़ी है—दो बहुत छोटे-छोटे पाँव हैं, माँ की खुली टाँगों के बीच...हड्डियाँ और उन पर झूलते छल्ले, उतने ही छोटे जितने पैर, उन्हें कोई उतारता नहीं। वे उड़ती राख में रात-भर खन-खन खनखनाते होंगे।

मँगतू , क्या उसने एक साँस भी नहीं ली?

सच, एक नन्ही-सी साँस भी नहीं!

6

“किस पर से?” छोटे ने पूछा।

“सीढ़ियों से।” काया बोली।

“अच्छा, तो मैं सड़क से जाऊँगा। अगर तुम पहले पहुँच गईं, तो मेरे लिए ठहरोगी?”

काया उसे देखती रही। वह भागता गया। बीच में एक सँकरी पगडंडी आती थी। मन्दिर के पिछवाड़े एक गिलहरी-सी ऊपर उठती थी। उस पर घोड़ों और खच्चरों के निशान खिंचे रहते थे। छोटे अपने छोटे-छोटे पैर उन्हीं निशानों पर रखते हुए भाग रहे थे।

पता नहीं, कितने बरसों से काली-मन्दिर जाने के ये दो रास्ते एक-दूसरे से जुदा हो गए थे! सीढ़ियों पर यात्री जाते थे। सड़क पर टट्टू और खच्चर। दोनों के बीच लम्बे चीड़ के पेड़ थे, जिनकी आधी पत्तियाँ सीढ़ियों पर, आधी पगडंडी पर गिरती रहती थीं।

कुछ फ़ासले तक छोटे पीछे मुड़-मुड़कर काया को देखते रहे।

वह अब भी सीढ़ियों पर बैठी थी। एक-दो बार उन्होंने पूरा दम खींचकर उसका नाम चीख़ा था। नाम बीच में ही खो गया, लेकिन चीख़ आसपास की पहाड़ियों से टकराकर वापिस लौटी थी। काया ओझल हो गई थी। सिर्फ़ ख़ाली सीढ़ियाँ दुपहर की धूप में चमक रही थीं—सफ़ेद, साफ़, एक-दूसरे के सिरहाने पर ऊँघती हुईं।

वह नवम्बर की दुपहर थी। दोनों घर से निकल आए थे, क्योंकि घर में कुछ भी न था। उस रात के बाद माँ बिस्तर पर पड़ी रहती थीं। मँगतू एक कमरे से दूसरे कमरे का चक्कर लगाया करता था। एक बार वह मिस जोसुआ के घर गई थी। फ़ाटक बन्द था। लगता था, अरसे से किसी ने उसे नहीं खोला था। लेटर-बॉक्स अँगरेज़ी अख़बारों से धँसा पड़ा था और उसके दोनों दरवाज़े हवा में ताली बजाते थे। जब कभी वह रात के सन्नाटे में सुनती थी, तो लगता था, जैसे सब अख़बार पिंज़रे में बन्द कबूतरों की तरह बाहर उड़ने के लिए छटपटा रहे हों।

लेकिन दाई-माँ बेनागा आती थीं हफ़्ते में एक बार ज़रूर। पोटली में माँ के लिए ढेर-सी चीज़ें लाती थीं—बादाम, मेवे, अजीब गन्धवाली जड़ी-बूटियाँ। उनका लड़का भोलू इन सब चीज़ों के प्रति निरासक्त होकर बरामदे में बैठा रहता। मन-ही-मन एक कभी न ख़त्म होनेवाली लय में गुनगुनाता रहता। तब काया सोचती, भोलू को वह शाम क्या बिलकुल याद नहीं आती होगी, जब वह बरामदे के धुँधलके में इसी तरह गुनगुनाता हुआ उसके पास आया था, उसके गीले गालों पर उसने अपने अन्धे हाथों को फैलाया था? भोलू अब उसकी ओर देखता तक नहीं था और अगर देखता, तो भी शायद काया की देह उसकी स्मृति को बिना छुए ओझल हो जाती।

तब एक दिन मँगतू अचानक उसके कमरे में आया था। "तुम्हें दाई-माँ बुलाती हैं...जल्दी करो, काया! वह तुम्हें कई दिनों से ढूँढ़ रही हैं।" वह फैली आँखों से मँगतू को देखती रही। "मुझे बुलाया है?" उसे एकाएक विश्वास नहीं हो सका। उस रात के बाद वह अपने में इतना सिमट गई थी कि उसे गुमान भी न होता था कि बाहर की दुनिया का कोई आदमी उसमें दिलचस्पी ले सकता है। दाई-माँ तो बिलकुल नहीं। वह बौनी औरत थीं। जिस तरह परी-कथाओं में कोई डायन या जादूगरनी अपने इर्द-गिर्द जादू का जाला बुनती है, दाई-माँ उसी तरह अपनी छोटी, छुई-मुई देह में एक अछूती, आत्मलिप्त दुनिया लेकर आती थीं। आते ही सीधी माँ के कमरे में घुस जाती थीं।

ऐसा सिर्फ़ पिछले कुछ दिनों से था, पहले नहीं। पहले वह हमेशा उसका रास्ता रोककर कभी सीढ़ियों पर, कभी बरामदे में ठिठक जातीं। "तो तू है काया देवी!" एक पपड़ाई-सी मुस्कान उनके चेहरे पर फैल जाती, झुर्रियों का जाल सिमट जाता। वह काया के सिर पर देखतीं, जैसे वहाँ कोई अदृश्य जन्तु बैठा हो, और फिर काया को न देखकर उस जन्तु से ही बात करतीं—"जानती है, तू कितनी बड़ी हो गई! मुझसे भी ज़्यादा लम्बी!" वह हँसती। "मैं तुझे लाई थी। जानती है, मैं तुझे पहाड़ों के पीछे से लाई थी। तू एक नाले में पड़ी थी। बिलकुल अकेली। तब तू इत्ती-सी थी...!" और तब दाई-माँ अपने दुपट्टे से हाथ बाहर निकालतीं, सिर्फ़ एक हाथ। निरा ठूँठ, सूखी टहनी-सा और काया को लगता कि इस टहनी के पीछे एक असली हाथ है। अदृश्य, लेकिन असली, जो इस झूठ-मूठ के हाथ को हिला रहा है। और तब काया को सचमुच लगता कि दाई-माँ उससे नहीं, उसके सिर पर बैठे जन्तु से बातें कर रही हैं।

वह यंत्रचालित-सी मँगतू के पीछे-पीछे चलती गई। अपना घर भी पराया जान पड़ा। मँगतू के भारी पैरों के नीचे लकड़ी का फ़र्श बार-बार चरमरा उठता था। उसके भीतर एक छोटा-सा सन्देह जाग उठा।

दाई-माँ ने उसे पहले कभी भी माँ के कमरे में नहीं बुलाया था। सम्भव है, उन्होंने उस रात उसे खिड़की के पीछे छिपे देख लिया हो! उसने उस रात वह सबकुछ देखा था, जो निषिद्ध था। उसकी उम्र के घेरे के बाहर था। अब उसकी गवाही होगी। यह सोचते ही उसे मिचली-सी आने लगी। एक बार फड़कन हुई कि वह लौट जाए। घर से बाहर भाग जाए। मँगतू पीछे देखेगा और वह वहाँ नहीं होगी। छोटे के बिस्तर के नीचे जाकर लेट जाए, वहाँ उसे कोई देखने नहीं आएगा। लोग ढूँढ़ेंगे, फिर भूल जाएँगे। उसे मालूम था, लोग बहुत जल्दी भूल जाते हैं। यह कैसे होता है? वह कुछ भी नहीं भूल पाती थी। हर चीज़ अपनी-अपनी जगह ज्यों-की-त्यों टँगी रहती थी।

वह भागी नहीं, मँगतू के पीछे घिसटती रही। माँ का कमरा मकान के अन्तिम छोर पर था, जिसे सब लोग हिलता पहाड़ कहते थे। वहाँ से सिर्फ़ जंगल दिखाई देते थे—ऊपर से नीचे तक—और जब तेज़ हवा चलती थी तो पेड़ों के हिलने से समूची पहाड़ी हिलती-सी जान पड़ती थी। अँगरेज़ों ने जब इसका नाम हिलता हिल्स रखा होगा, तब शायद इस हिलने के कारण ही, हालाँकि सर्दी के दिनों में वे पहाड़ियाँ बिलकुल निस्पन्द पड़ी रहती थीं, देहरी पार करते ही वे दिखाई देती थीं। काया उन्हें देखने की इतनी आदी हो चली थी कि इस बार कमरे में पैर रखते ही जब वे दिखाई न दीं, तो उसे लगा, जैसे वह भूल से किसी ग़लत कमरे में घुस आई है। एक क्षण के लिए वह देहरी पर खड़ी रही। खिड़की बन्द थी और उसके साथ ही हिलते पहाड़ भी। उनके स्थान पर अब माँ का बिस्तर लगा था, बरामदे के सामने, जहाँ से उस रात काया ने उन्हें चीख़ते-बिलखते देखा था। अब वहाँ धूप थी। माँ की समूची देह एक चमकीले बंडल-सी बिस्तर के किनारे पर निढाल पड़ी थी।

"यहाँ, इधर, इस तरफ़ आओ, बेटी! डरो नहीं, यह मैं हूँ।" दाई-माँ ने उसे कन्धों से खींचकर पलंग के पैताने पर बिठा दिया।

बिस्तर हिला, तो माँ की आँखें झपाट से खुल गईं। कहा कुछ नहीं, एकटक काया की तरफ़ देखती रहीं। प्यार से नहीं, चिन्ता से भी नहीं, सिर्फ़ अपने अलगाव की फड़फड़ाती लौ में काया को टटोलती हुईं। "देख, इधर देख...!" दाई-माँ की फुसफुसाती-सी आवाज़ सुनाई दी। एक रूखे झटके से उन्होंने काया की ठुड्डी उठा दी। "कहाँ भटकती रहती है दिन-भर? मुझसे बचकर कहाँ जाएगी?" वह हँसीं, तो बीच का पेट थरथराने लगा। ऊपर का धड़ शान्त, नीचे की टाँगें हरे लहँगे में ढकी हुईं। लेकिन दाई-माँ का पेट ऊपर से नीचे तक हिलोरें मारता था। उसे लामा की बात याद आई कि दाई-माँ के पेट में तीन गोले हैं, जिनके कारण वह ऊपर नहीं उठ पाईं। हँसते समय वे आगे-पीछे दौड़ते हैं, देह के बीचोबीच लुका-छिपी खेलते हैं। उसने कभी नहीं देखा। माँ को नंगी कई बार देखा था, दाई-माँ को एक बार भी नहीं। उसे लगता था, दाई-माँ के कपड़े उतरते ही मांस के गोले थुल-थुल करते बाहर लुढ़कते आएँगे। वह देखने लगी—पहली बार सीधी उत्सुक निगाहों से दाई-माँ की ओर।

उनका हाथ दुपट्टे के पीछे छिप गया था। लहँगे के ऊपर एक हल्की-सी हलचल मची थी। हाथ भीतर-ही-भीतर कुछ खोज रहा था। फिर धीरे से बाहर आया। हाथ में सुर्ख़ मखमल की थैली थी—सलमे-सितारों से जड़ी हुई। छोटे गोल पंजे-सा हाथ थैली के भीतर गया। "देखती है काया? जानती है, इसमें क्या है? यह है मूँगे की माला।" एक मैली-सी हँसी उम्र के जाले को भेदते हुए बाहर निकली। जादूगरनी नहीं, यह दाई-माँ हैं। यह दाई-माँ हँस रही हैं—हवा में माला झुलाते हुए। "पकड़ो, इधर से, इस लाल फुन्दे से। डरो नहीं, यह तुझे खा नहीं जाएगी! पकड़ो और अपनी माँ के सिर पर घुमाओ—तीन बार। गिनना आता है। बड़ी होशियार है मेरी काया देवी! बस, अब नीचे लाओ—इन कन्धों पर, गले पर, छाती पर, छाती के नीचे पेट पर, दोनों टाँगों पर, पैरों पर...घुमाती जाओ, शरीर का कोई अंग न छूटने पाए।" वह फेरती रही, घुमाती रही

और माँ गुड़िया-सी टुकुर-टुकुर आँखों से उसे देखती रहीं। धूप में थैली के सलमे-सितारे बार-बार आँखों को चुँधिया जाते थे। दाई-माँ का स्वर बराबर भिनभिनाती मक्खी-सा सुनाई दे रहा था। बहुत बरसों बाद काया को यह दृश्य सपना-सा जान पड़ता था। सपना भी नहीं, बल्कि कुछ ऐसा जो उसके पिछले जन्म में हुआ था—बचपन का वह आतंकित हिस्सा, जो इस जन्म से कहीं बहुत परे जान पड़ता था। दुपहर की धूप, खिड़की के पीछे ऊँघते पहाड़, माँ की दुबकी देह और उसके ऊपर झूलती हुई माला। "तेरी माँ मरते-मरते बची है।" दाई-माँ ने उसके हाथ को अपने पंजों में भींच लिया। हथेलियों पर मोती गड़ने लगे। एक झीनी-सी गुदगुदी काया की देह में फैलने लगी। "उन पर भारी ग्रह आया था। देखती है यह माला, इसने सबकुछ खींच लिया। अब डरने की कोई बात नहीं। अब सुनो...ध्यान से सुनो, मेरी एक-एक बात..." उन्होंने मुट्ठी खोल दी। पसीने में तर मूँगे की माला बाहर आई, दाई-माँ की हथेली पर, जैसे नीली नसों के बीच कोई छोटा-सा साँप कुंडली मारकर बैठा हो, लाल फुन्दे की जीभ बाहर निकाले हुए। "जानती है, काली का मन्दिर? वहाँ तू चोर-चोर खेलने जाती थी, लामा के साथ। मैं सबकुछ जानती हूँ।" वह हँसने लगीं। पोपले मुँह में एक भी दाँत नहीं, सिर्फ़ एक अँधेरी खोह में दाई-माँ का मुँह खुला रह गया था। "उधर तू इसे फेंक आना। पुजारी को मत दिखाना। दिखाना किसी को नहीं...काली के पैरों पर फेंक देना। समझी मेरी पुतलीबाई?" वह हँसते-हँसते चौंक गईं। इसे डराओ नहीं। माँ अचानक उठकर बैठ गई थीं। साँस तेज़ी से चल रही थी। उन्होंने काया का सिर अपने हाथों से ढाँप लिया—"तेरा मन है? डरेगी तो नहीं... छोटे को अपने साथ ले जाना...मुझे कुछ नहीं होगा।" माँ का स्वर पास आकर दूर चला गया। उस रात के बाद वह पहली बार उससे बोली थीं। पहली बार उसे अपने हाथों से छुआ था—वहाँ, जहाँ बहुत-से सुनसान क़िस्म के आँसू जमा थे और माँ की अँगुलियाँ लगते ही वे झरने लगे।

आँखें माँ की देह के परे उठ आईं, खिड़की के परे, जहाँ धूप में पहाड़ खड़े थे और देर तक उसे पता नहीं चल सका कि यह उसकी देह है, जो हिल रही है, या 'हिलता हिल्स' की पहाड़ियाँ हैं, जो आँसुओं के बीच काँप रही हैं।

वह अब भी इसकी मुट्ठी में दबी थी—चिपचिपी, हथेलियों से चिपकी हुई, मूँगे की माला। छोटे बार-बार उसकी बन्द मुट्ठी, गुँथी हुई हथेली को देखते, लेकिन पूछने का साहस नहीं बटोर पाते थे। वह ज़रा-सी भी उत्सुकता दिखलाते, तो काया मुट्ठी खोल देती। दाई-माँ की सारी बातें एक-एक करके बतला देती। भय और भेद के परे छोटे को घसीटते हुए वहाँ ले जाती, जहाँ माँ चंडिका की नंगी, काली आभा थी, जिसके बारे में वह अकसर सोचती थी।

नहीं, वह सोचती नहीं थी। वह अभिनय करती थी। सर्दी की सूनी, लम्बी दुपहरी में, जब बाबू दिल्ली चले जाते थे और घर में किसी का डर नहीं होता था, वह घर के पिछवाड़े छज्जे पर बैठ जाती थी। आँखें मूँद लेती थी। छोटा, सँकरा छज्जा हवा में हिलता रहता। गले के भीतर एक सूखी, अतृप्त आँच जलने लगती—माँ चंडिका, काली माँ, आओ, मेरे पास चली आओ! आओ, देखो, मैं तुम्हारे लिए बैठी हूँ। तुम्हारे लिए मैं सबकुछ छोड़ दूँगी। जहाँ तुम कहोगी, वहीं चली जाऊँगी। एक पगली मुस्कराहट में उसके होंठ खुल जाते, तेज़ी से फड़फड़ाने लगते। लगता, जितना अधिक वह अपनी देह को कष्ट देगी, उतना ही काली माँ का विश्वास उस पर जमता जाएगा। जो चीज़ शुरू में अभिनय से शुरू होती, वह सच्चाई के पहिए में फँसकर तेज़ी से घूमने लगती।

ख़ुद अपने पर उसकी पकड़ छूट जाती। भीतर सबकुछ सुन्न हो जाता। उसके हाथ अपनी फ्रॉक को उतार देते, नीचे की बनियान को, अपनी सलवार को। छज्जे पर उसके कपड़ों का ढेर जमा हो जाता। आधी आँखें खोलकर वह गर्व से उस ढेर को देखती। फिर पलकें मूँद लेती...चंडिका माँ, मैं कहती नहीं, करके दिखाती हूँ। मेरा सबकुछ तुम पर निछावर है, देखो, अब मेरा कोई नहीं है। मैं बिलकुल अकेली हूँ।

कपड़े उतारने से वह सचमुच अकेली पड़ गई थी। छज्जे पर चलती साँय-साँय हवा, कपड़ों की फड़फड़ाहट, पत्ते-सी नंगी, बेशर्म देह काँपने लगती। कहीं बहुत धुँधला, सुखद-सा विचार आता कि मुझे सर्दी लगेगी, निमोनिया होगा, काली माँ के लिए मेरी जान जाएगी, और तब वह धीरे-धीरे अपनी नंगी देह को सहलाने लगती।

अजीब-सा भ्रम होता, जैसे वह उसके नहीं, काली माँ के हाथ हैं। कैसी बहादुर भक्तिन है, बेचारी नंगी होकर हवा में बैठी है! बाल खुल जाते, हाथ गरदन से उतरकर छोटी-छोटी छातियों पर छा जाते, धीरे-धीरे उन्हें नोचने लगते, नशे की लहर समूची देह पर उठने लगती और उसे पता भी न चलता कि कब वह अभिनय की सीमा पार करके अपनी लस्तम-पस्तम दुनिया में चली आई है, जहाँ वह ख़ुद अपनी गवाह थी, जो उसकी छलना को छीलकर तिरस्कार से हँसने लगती...अरी ओ काया री, तुझे ज़रा-सी भी शर्म नहीं आती! इतनी लौठा होकर यह बच्चों का खेल! और वह सचमुच चंडिका माँ को छोड़कर अपने गवाह को सुनने लगती। आँखें खुल जातीं... वह हड़बड़ाकर अपने कपड़े पहनने लगती; फिर घोर-घनीभूत निराशा में चारों तरफ़ देखने लगती। कहाँ चली गई? किधर, किस तरफ़? पहाड़ों के बीच ठिठुरती धूप में ख़याल आता—मैं बिलकुल ठीक हूँ। बिलकुल सही-सलामत। मुझे कुछ नहीं होगा। मुझे कभी कुछ नहीं होगा।

उसने सिर मोड़ा और मन्दिर की सीढ़ियाँ चढ़ने लगी। पिछली सर्दियों में दिन-रात बर्फ़ गिरती थी। सीढ़ियाँ सफ़ेद रुई के फाहों-सी फूल जाती थीं।

अब सीढ़ियाँ ख़ाली थीं। बर्फ़ का कहीं नाम-निशान नहीं। सिर्फ़ धूल में लिथड़े पत्ते सीढ़ियों के ऊपर-नीचे उड़ रहे थे। छोटे मन्दिर के सामने आए, तो झटपट नीचे देखा, काया कहीं न थी। न आँगन में, न सीढ़ियों पर। वह भागते हुए पगडंडी चढ़े थे, लेकिन काया उनसे पहले ही मन्दिर में जा चुकी थी।

वह अब भी हैरत में खड़े थे। मन्दिर के चारों तरफ़ रंग-बिरंगे चीथड़े फड़फड़ा रहे थे। आसपास के पहाड़ी गाँवों से जो यात्री आते, वे उन्हें अपने स्मृति-चिह्नों के रूप में वहाँ टाँग जाते थे। शुरू-शुरू में वे चमचमाती झंडियाँ रही होंगी, लेकिन बरसों से बर्फ़, धूप और हवा ने उनके रंगों को कहीं फैला दिया था, कहीं मिटा दिया था। अब वे मन्दिर की दीवारों पर सिर्फ़ एक ख़ाली खोखला शोर मचाती थीं।

छोटे भीतर आए, मन्दिर का आँगन सूना पड़ा था। ऊपर हवा में हिलता एक घंटा था, जिसकी गूँज चारों तरफ़ पहाड़ियों से टकराकर लौट आती थी। इधर घंटा बजता, उधर पहाड़ियाँ चीख़तीं और छोटे कभी एक को देखते, कभी दूसरे को। नीचे जंगल साँस लेते। और छोटे को लगता, जैसे वह शहर के धुर ऊपर बैठे हैं... नीचे हाँफते हुए जंगल और ऊपर आसमान, सिर्फ़ आसमान, और कुछ नहीं। अपना घर बहुत नीचे लगता। बीच में जंगल थोड़ा-सा भी सरसराते, तो मन्दिर का सन्नाटा भयानक लगता। फिर वह सबकुछ भूल जाते। वह यह भी भूल जाते कि काया मन्दिर के भीतर है, वह बाहर उसकी प्रतीक्षा कर रहे हैं।

कुछ देर बाद वह चबूतरे से उतर गए। दबे क़दमों से मन्दिर के चारों ओर घूमने लगे। उन्हें अपनी स्थिति बेहूदा-सी जान पड़ने लगी। वह ऐसी उम्र में थे, जहाँ वह अपने बड़ों के साथ, उनके पीछे-पीछे घिसटते रहते थे, लेकिन उनकी दुनिया की देहरी पर आते ही पीछे छूट जाते थे, जैसे भीतर से कोई उनका हाथ रोक लेता—बस यहाँ तक, इसके आगे नहीं। वह दयनीय बन जाते, हालाँकि उन पर कोई दया नहीं करता था।

काया तो बिलकुल नहीं। छोटे को कभी ख़ुद भी यह महसूस नहीं होता कि वह दयनीय हैं, छाया की तरह काया के पीछे लगे रहते हैं। रात को कभी उठ जाते और बगलवाला बिस्तर ख़ाली देखते, यह देखते कि काया उन्हें झुठलाकर मँगतू के क्वार्टर में भाग गई है, तो यह ज़रूर लगता कि वह अकेले हैं, लेकिन अपने पर दया फिर भी नहीं आती थी। उनकी दुनिया में सबकुछ हो सकता था, जब एक बार हो जाता था, तब वह अनिवार्य लगता था। वह लालची नहीं थे। जब काया उनके साथ नहीं होती थी, वह उन जूठे टुकड़ों, अनुभव की कुतरनों के साथ खेलने लगते थे, जो वह अपने पीछे छोड़ जाती थी। जैसे कुत्ते नंगी हड्डियों के साथ खेलते हैं, अदृश्य गोश्त की गन्ध से पुरानी स्मृति को कुरेदते हुए।

एक बार दरवाज़े के भीतर झाँककर देखा, काया मूर्ति के सामने बैठी थी—ख़ुद मूर्ति बनकर। न हिलती थी, न डुलती थी। एक-दो बार डरते-डरते चिल्लाए—"काया, ओ काया!" किन्तु न सोते हुए पुजारी जागे, न काया ने पीछे मुड़कर देखा। सिर्फ़ काठ की छत पर खट-खट हुई, जैसे बन्दरों ने उनकी आवाज़ सुनी हो और जवाब में एक शहतीर से उठकर दूसरे शहतीर पर कुलाँच मारी हो।

फिर उन्हें घंटा बजने की आवाज़ सुनाई दी। सहसा आशा बँधी कि कोई आया है। मन्दिर में आने के पहले लोग घंटा बजाते थे, जैसे काली माँ को अपने आगमन की सूचना दे रहे हों।

छोटे भागते हुए बाहर आँगन में आए, लेकिन वहाँ कोई न था। सिर्फ़ हवा के झोंके से घंटा झूम जाता था, अपने में ही गुनगुनाने लगता था। जंगल की सरसराहट नीचे से ऊपर उठती थी और मन्दिर तक पहुँचते-पहुँचते छोटी-छोटी चिन्दियों में कट जाती थी। कोई चिन्दी छत पर, कोई घंटे को सहलाती हुई, कोई पानी की टोंटी के आसपास खेलती हुई। इतना सन्नाटा! एक हल्का-सा भय उन्हें छू गया और वह खेलने लगे—आँगन के चौकोर, चिकने पत्थरों पर। एक-एक पत्थर पर पाँव रखते और सोचते,

यह पत्थर मेरठ है, जहाँ लामा रहती है। यह दिल्ली है, जहाँ बाबू गए हैं। और आँगन के आख़िरी छोर पर जो पत्थर था, वहाँ पहुँचकर उन्होंने सोचा, यह समर हिल है, जहाँ चाचा का घर है, जहाँ बीरू रहता है, जहाँ काया जाएगी।

जहाँ काया जाएगी...यह ख़याल अनहोना-सा लगा। देर तक उनका पाँव सारी देह से अलग होकर पत्थर पर पड़ा रहा। यह समर हिल है...जब दिल्ली से लौटते थे, तो गाड़ी सिर्फ़ तीन मिनट समर हिल के स्टेशन पर रुकती थी। वह और काया रेल की खिड़की से बाहर झाँकते। सोचते, यहीं कहीं प्लेटफ़ार्म के पीछे, पेड़ों के झुरमुट में, चाचा की कोठी होगी। और जब तक रेल अगली सुरंग में न खो जाती, वे पीछे मुड़-मुड़कर उन पहाड़ियों को देखते रहते।

काया चली जाएगी, इसका भय पत्थर के पीछे दुबका हुआ छोटे की तरफ़ देख रहा था, किन्तु वह उसे नहीं देख पाते थे। वह भय ख़ुद उनसे छिप गया था, उस जानवर की तरह, जो शिकारी को धोखा देने के लिए अपना रंग बदल लेता है। अब वह हर जगह था और कहीं न था। छोटे अभी उस चीज़ को नहीं जानते थे, जिसे बड़ों की दुनिया में मृत्यु कहा जाता है। किन्तु जिस उम्र में वह थे, वहाँ किसी का अभाव, किसी का चले जाना, किसी का न होना, मृत्यु से कम नहीं था। वह एक अदृश्य जाले की तरह हवा में मँडराती हुई उन्हें छू जाती थी और वह हड़बड़ाए-से चारों तरफ़ देखते थे—किधर है? कौन है? और वह बार-बार उन्हें छूकर छिप जाती थी। बाद में कुछ भी याद नहीं रहता—न जाले की छुअन, न डर की दुबकी आँखें। सिर्फ़ सूनी साँय-साँय करती दुपहर याद रह जाती,

बेबस ग़ुस्से की एक गाँठ आँखों के बहाव को रोकती हुई। और फिर उसी पत्थर पर, जो समर हिल था, पाँव पटकते हुए ज़ोर-ज़ोर से चीख़ने लगे—"काया, ओ काया! ओ काया की बच्ची..."

काया ने अपनी आँखों को कसकर भींच लिया। लाल-नीले धब्बों के बीच छोटे की आवाज़ चक्कर काट रही थी। काली माँ का चेहरा बार-बार उन चीख़ों की ओट में छिप जाता। रह-रहकर इच्छा होती, बाहर जाकर छोटे का मुँह नोच ले। फिर मन सँभलने लगा। सामने की मूर्ति हँसती-सी जान पड़ी, जैसे वह छोटे की चीख़ों को उसी तरह अपने कंठ-हार में पिरो रही हो, जहाँ राक्षसों के मुंड लटक रहे थे। उसने पसीने में लथपथ अपनी मुट्ठी खोल दी। मूँगे की माला मुरझाई-सी उसकी हथेली पर चिपकी थी।

उसे दाई-माँ के शब्द स्मरण हो आए। माँ की अजीब बीमारी, उफनती हुई साँसें, खुली हुई टाँगों के बीच मांस की लिसलिसी लोथ, जैसे ये सब उस माला के साथ जुड़े हों, एक-एक दाने में चिपके हों। कोई भी यह नहीं जानेगा कि वह इन सबको काली माँ के पास छोड़े जा रही है। वह सबको समेट लेंगी, अपने में समो लेंगी और फिर वे सब इन दिनों से छुटकारा पा लेंगे, जो सर्दी के भयानक, लम्बे दिन थे। अचानक उसकी आँखें खुल गईं। छप, छप, छप जैसी आहट में उसका ध्यान भटका होगा।

और तब उसका ध्यान अपनी हथेली पर गया, जो ख़ाली थी और काँप रही थी—डर से नहीं, न ही ठंड से। वह ऐसे काँप रही थी, जैसे कोई चीज़ अचानक हल्की हो जाती है, जैसे बर्फ़ का बोझ गिरने के बाद पेड़ की शाखाएँ काँपती हैं। उसकी आँखें बेतहाशा चारों तरफ़ घूमने लगीं। बासी फूल, बताशे, सूखे सिन्दूर के धब्बों के बीच घिरी काली माँ

अकेली और निस्तब्ध खड़ी थीं, कातर-सी उत्कंठा में उसकी ओर देख रही थीं और उनके नीचे एक साँप की कुंडली पड़ी थी, जिस पर अब भी उसकी हथेली का पसीना चमक रहा था।

उसने एक बार फिर अपने हाथों को देखा। खुली हथेलियों से बासी हवा का एक पागल-सा झोंका बाहर निकला। "काया, ओ री काया! ओ काया की बच्ची!"

बाहर छोटे की चीख़ें एकाएक बहुत मन्द पड़ गई थीं, मानो मन्दिर की दीवारों ने उन्हें अपने में सोख लिया हो और तब उसे अजीब-सा भ्रम हुआ कि यह बुलावा छोटे का नहीं है, बाहर का नहीं है, यह एक गोपनीय आमंत्रण है, जिसकी प्रतीक्षा वह अपने घर के छज्जे पर किया करती थी—एक आश्वासन, एक तसल्ली, एक चाहना, जिसे सब लोग सुनकर अनसुना कर देते हैं, लेकिन जो उसकी धमनियों और धड़कन के साथ जुड़ा था।

मैं इन्हें खोऊँगी नहीं। किसी दिन जब लामा मेरठ से लौटेगी, तो मुझे देखकर चकित रह जाएगी। कहेगी कुछ नहीं, लेकिन सोचेगी कि मैं कितना बदल गई हूँ। मन्दिर की फीकी, दुपहरी रोशनी में उसे सचमुच यह भ्रम होने लगा कि यह दूसरी काया है। सबकी आँख बचाकर रेंगती हुई अपनी पुरानी देह से बाहर निकल आई है। आधी रात अपने घर के छज्जे पर अकेली लेटी है—नंगी और निश्चल, बाहर, जहाँ ख़ुद वह अपने से अलग है, ख़ुद अपनी देह का बुलावा दूसरी देह से सुनती है,

उन बनैले जानवरों की तरह, जो सोचते नहीं, किन्तु आसपास के सन्नाटे, झाड़ियों की सरसराहट या ख़ुद अपने भीतर की करवट नये सिरे से सूँघने लगते हैं। अचानक भाँप जाते हैं कि यह सन्नाटा, यह सरसराहट, यह करवट एक दूसरी दुनिया की है, जहाँ माया का मोह और मोह का असीम आतंक है...

और काया इसके आगे नहीं जा सकती थी। वह हमेशा कुछ क़दम ऊपर चढ़ती थी, फिर सिर चकराने लगता था और जहाँ साँस रुकने लगती, वहाँ अपने डर की लाल झंडी लगाकर नीचे उतर जाती थी।

वहाँ नीचे—जहाँ छोटे सीढ़ियों पर बैठे थे।

जब वह बाहर आई, दुपहर की धूप उजड़ गई थी। मन्दिर की सीढ़ियों पर पेड़ों की छाया एक-दूसरे से लिपट गई थी। वहीं छोटे बैठे थे। चुपचाप, अपने ग़ुस्से में बन्द, भीतर-ही-भीतर सिकुड़े हुए। वह भी छोटे के पास सीढ़ी पर ही बैठ गई। कुछ देर तक दोनों अपने ऊपर से गुज़रती हवा को सुनते रहे।

"सो रहे हो?" उसने पूछा। फिर धीरे से उसके बालों को सहलाया—"मुझे बहुत देर हो गई?"

छोटे कुछ नहीं बोले। ग़ुस्सा बह चला था। सिर्फ़ अपने अकेलेपन का एक ख़ाली सूराख़ बचा रह गया था, जो धीरे-धीरे भरने लगा था।

"क्या कर रही थीं?" उसने ऊपर सिर उठाया। काया के हाथ उसके बालों पर थिर पड़े थे।

"सुन रही थी।" काया ने कहा।

"मेरी आवाज़ सुनाई दी थी?" छोटे ने तनिक उत्सुक होकर पूछा।

"तुम पागल हो! कहीं ऐसे चिल्लाते हैं?"

छोटे ने उसका हाथ अपने बालों से अलग छिटका दिया। मन में आया, काया को यहीं छोड़कर एक-एक करके सीढ़ियाँ उतरते जाएँ,

लेकिन सामने वही सूराख़ दिखाई दिया, जहाँ उसका अकेलापन था। मन ठिठक गया। अपने अभिमान को ज़बरदस्ती नीचे धकेल दिया।

"मैं खेल रहा था।" उन्होंने धीरे से कहा।

"ओह...!" काया ने उड़ती निगाहों से पहाड़ियों को देखा।

"वहाँ शहर थे, काया...! मैं पत्थरों से खेल रहा था।"

"मैं सुन रही थी," काया ने कहा—"भीतर सब सुनाई देता था।" वह बीच में ही रुक गई। मन में आया, छोटे से मूँगे की माला के बारे में कहे—कैसे अचानक उसके हाथ ख़ाली हो गए थे, कैसे काली माँ कातर आँखों से उसकी ओर देख रही थीं, किन्तु मुँह से एक शब्द भी नहीं निकला। लगा, जैसे यह भेद केवल उसके और काली माँ के बीच में है, एक पाबन्दी और पैबन्द की तरह, जिसे कोई दूसरा कभी नहीं खोल सकेगा।

सीढ़ियों पर सन्नाटा था। नीचे फैला जंगल कभी अचानक ही हिलने लगता, जैसे ठहरे पानी पर किसी ने ढेला मारा हो। पेड़ों की फुनगियाँ पंखों-सी खुल जातीं और उनके भीतर से कुछ पक्षी हठात् चौंककर बाहर निकल आते और डाँवाँडोल मुद्रा में पेड़ों के ऊपर ही चक्कर काटने लगते।

"घर नहीं चलोगी?" छोटे भीतर-ही-भीतर ठिठुरने लगे थे।

"चलेंगे।" काया ने कहा, लेकिन वह हिली नहीं। सीढ़ी पर जहाँ बैठी थी, वहीं बैठी रही। ऊपर से मन्दिर के घंटे की गूँज हवा में तिरती हुई उनके पास आ जाती थी।

"छोटे, एक बात मानोगे?"

"कैसी बात, काया?"

"जब मैं चली जाऊँगी, मेरी चीज़ों को सँभालकर रखोगे?"

"पिछले साल की तरह?" छोटे ने पूछा।

काया ने एकटक छोटे को देखा, फिर उसके कन्धों पर अपना सिर टिका लिया।

"तुम कब लौटोगी काया?"

"एक महीने बाद, जब बाबू दिल्ली से आएँगे।" काया ने बहुत धीमे स्वर में कहा, जैसे इन शब्दों में जो लबालब उम्मीद भरी है, वह कहीं बह न जाए। चाचा के घर एक महीना भी रेगिस्तान की तरह फैल जाता था। लेकिन बाबू का लौटना एक घटना थी। शिमला और दिल्ली का फ़ासला सीमित था। अपना कमरा, अपनी चीज़ें ठोस थीं, एक जगह ठहरी थीं। ये सब चीज़ें उसके साथ थीं। उनके सहारे वह कोई भी रेगिस्तान पार कर सकती थी।

"मेरी चीज़ों को सँभालकर रखोगे?"

"हाँ; लेकिन अगर लामा आकर माँगे?"

"वह आएगी नहीं।" काया ने सिर उठाया। अक्तूबर की ग़रीब धूप तार-तार-सी होकर समूची पहाड़ी शहर पर छितर गई थी।

"वह अब कभी नहीं आएगी...!" उसने इतने धीमे से कहा कि छोटे कुछ भी नहीं सुन पाए। लेकिन उनका मन विचलित-सा हो उठा। लगा, जैसे काया अपनी चीज़ें उसे सुपुर्द करके हमेशा के लिए जा रही है। काया समय को बाँट सकती थी—छोटे-छोटे ख़ानों में—यह दिन है, यह महीना है, और इससे उसको तसल्ली मिल जाती थी। लेकिन छोटे के लिए समय असीम था—जो कुछ होता था, वह हमेशा के लिए होता था। जो कभी जाता था, वह हमेशा के लिए जाता था। इसीलिए वह तसल्ली के परे थे...उनके लिए कोई उम्मीद नहीं थी।

भीतर एक ग़ुबार-सा उठा। काया ने झपटकर उसका मुँह अपनी तरफ़ मोड़ लिया। छोटे की बड़ी-बड़ी आँखें चमक रही थीं।

"मैं बहुत जल्दी लौटूँगी। तुम्हें पता भी नहीं चलेगा।" वह एक क्षण हिचकिचाई, जैसे घिरते अँधेरे के मुकाबले में छोटे की चमकदार आँखों को तौल रही हो—"तुम्हें कुछ भी मालूम नहीं होगा।"

"चाचा तुम्हें आने देंगे?" उसने बहुत देर बाद काया को सीधी निगाहों से देखा।

"क्यों नहीं...?" इस बार काया के स्वर में अजीब-सा ग़ुस्सा भर आया—"वह बाबू को नहीं रोक सकते!"

यह ठीक है, छोटे ने सोचा, बाबू को कोई नहीं रोक सकता। दिल्ली से लौटते हुए वह पहले चाचा के घर जाते थे और वहाँ से काया को लेकर लौटते थे। वह बरामदे में खड़ा देखा करता था। बाबू पीछे और उनकी छड़ी पकड़े हुए काया आगे-आगे। यह स्मृति का वह हिस्सा था, जिस पर छोटे पूरे महीना-भर लटके रहा करते थे। यह स्मृति भी नहीं थी, छोटे के लिए यह मील का पत्थर था, जहाँ से घर दुबारा खुलता था, बाबू का कमरा और काया की अलमारी, और मँगतू पहली बार कमरों की अँगीठी में आग जलाना शुरू करता था।

"तुम्हारे जाते ही बर्फ़ गिरेगी।" छोटे ने कहा।

इस बार काया धीरे से हँस पड़ी।

"तुम्हें कैसे मालूम?"

पिछले साल ऐसे ही हुआ था—छोटे को याद आया—बर्फ़ का गिरना नहीं, काया का ख़ाली बिस्तर! वह रात को चौंककर उठ जाते थे। बाहर सफ़ेदी फैली होती थी और उन रातों में सहसा यह भ्रम होता था कि घर के सब प्राणी कहीं चले गए हैं। उनके लिए बर्फ़ का गिरना काया के ख़ाली बिस्तर से जुड़ गया था, किन्तु यह स्मृति इतनी गूँगी थी कि काया को उसके बारे में कुछ नहीं कहा जा सकता था।

"छोटे...!"

काया का स्वर—एकदम जड़ और सूखा। वह भयभीत-से हो गए।

"क्या मुझसे कुछ कहा था?"

"नहीं, कुछ भी नहीं।"

"नहीं, बोलो!" छोटे ने कहा।

"तुम्हें कभी लामा याद आती है?" सन्नाटे की एक गहरी खाई को पार करते हुए काया ने पूछा।

छोटे चुप रहे, जैसे काया ने किसी दुर्गम पहेली का हल माँगा हो! पहाड़ी शाम की रेंगती, पीली धूप में जैसे लामा स्वयं उन दोनों के पीछे खड़ी हो—साँस रोके उनके उत्तर की प्रतीक्षा कर रही हो।

"मैं जब कभी बाहर जाता हूँ।" छोटे ने कहा।

"बाहर कहाँ?"

"नीचे स्टेशन के पास...तब मुझे लगता है, जैसे वह कहीं है... कहीं आसपास।"

"तुम्हारा मतलब है, रेल की लाइन के परे?"

"काया!"

उसने छोटे की ओर देखा।

"गिन्नी क्या सचमुच मर गई थी?"

पीछे आधी धूप के धुँधलके में कोई हँसा था। वे दोनों सिहरते हुए बैठे रहे। अजीब-सा भ्रम हुआ, जैसे कोई वहाँ है—उन दोनों के बीच, लेकिन यह सिर्फ़ धोखा था। ऐसा धोखा पहाड़ी स्टेशनों पर अकसर हो जाता था, जब धूप और अँधेरा कुछ देर तक साथ-साथ टिके रहते थे। कोई भी वहाँ नहीं था। कोई भी वहाँ नहीं आया था।

क्या वह सचमुच मर गई थी? मरना क्या होता है, यह वह जानती थी, लेकिन सबूत कहीं न था। उसे कभी इतना साहस नहीं हुआ कि वह लामा से किसी तरह का आश्वासन, बित्ते-भर का विश्वास खींच सके। न जीने का कोई सबूत था, न मरने का। लामा इन दोनों के बीचवाली लाइन पर घूमती थी। इस लाइन पर चलते-चलते वह एक दिन आँखों से ओझल हो गई थी।

अचानक पल्ला खींचकर उसने उस घर से, उसकी ठंडी दीवारों से छुटकारा पा लिया था।

क्या कभी वह छुटकारा पा सकेगी?

इस ख़याल से, जो पूरा-पका ख़याल भी न था, जो सिर्फ़ एक कौंध की तरह उसके अन्तर को दो थिगलियों में काट गया था, इस ख़याल से वह चौंक गई। अपने से ही डर गई। अपने भीतर जिस गुप्त दरवाज़े को उसने खोला था, उसे झपाट से बन्द कर दिया। छोटे को अपने से, अपने बहुत पास सटा लिया। धूप का अन्तिम किनारा पहाड़ों के छोर पर चला आया था...सुर्ख़ ख़ून में लथपथ, चमकीला, अँधेरे शहर पर फड़फड़ाता हुआ।

अँधेरे में बहुत देर तक दोनों चुपचाप मन्दिर की सीढ़ियों पर बैठे रहे।

"काया...!" कुछ देर बाद छोटे का स्वर सुनाई दिया—"अभी-अभी कौन हँसा था?"

"कोई नहीं," काया ने कहा—"मैं थी, और कोई नहीं।"

और फिर दोनों सीढ़ियाँ उतरने लगे।

7

वे बराबर ऊपर चढ़ रहे थे।

काली का मन्दिर पीछे छूट गया था। वे आख़िरी चढ़ाई पार कर रहे थे। दोनों चुप थे। काया की नाक, आँखों से पानी बह रहा था—बुआ की साँसें धुआँ बनकर उठती थीं। वह एक बहुत ठंडा दिन था।

रिज पर आते ही दोनों ने साँस ली।

अब कोई चढ़ाई बाक़ी नहीं थी। यहाँ सबकुछ खुला था। नीचे माल रोड, ऊपर जाखू की पहाड़ी, रिज की हरी बेंचों पर नवम्बर की कमज़ोर, पीली धूप, जिसकी चमक बाक़ी थी, भीतर का ताप बहुत पहले सूख चुका था। समूचा शहर ठिठुरता-सा जान पड़ता था।

वे शहर के ऊपर खड़े थे।

ऊपर आकाश था—सफ़ेद और पीला—बहुत हल्के छुईमुई-से बादल, जो सुबह दिखाई नहीं देते थे, लेकिन दुपहर होते-होते बर्फ़ की चोटियों पर जमा हो जाते थे। वे नीचे घाटी के खोखल से उठते थे—

उन्हीं रास्तों से गुज़रकर ऊपर आते थे, जिनसे वे दोनों होकर आई थीं। लगता था, समूचा शहर अपनी छतों को समेटकर बादलों के साथ ऊपर उठ रहा है।

अब वे रिज के बीच-बीच चले आए थे—

बुआ थककर एक बेंच पर बैठ गईं। वहाँ बहुत-सी बेंचें थीं। गर्मियों में बैंड बजता था, तो लोग उन्हीं बेंचों पर बैठकर लाल वर्दी में हाथ घुमाते हुए बैंड मास्टर और उसकी फ़ौज को देखा करते थे। अब वे ख़ाली थीं। अब वहाँ कोई भीड़ नहीं थी। सिर्फ़ कुछ कुली और रिक्शेवाले आग जलाकर हाथ सेंक रहे थे। सफ़ेद, साफ़ हवा में नीला धुआँ उठ रहा था।

बुआ नीचे देख रही थीं। काया सामने गिरजे की ओर—जिसकी बगल से जाखू की चढ़ाई शुरू होती थी। बाईं तरफ़ लायब्रेरी थी, हार्डिंग लायब्रेरी—ऊपर की खिड़कियाँ बन्द थीं, सिर्फ़ उनके शीशे धूप में चमचमा रहे थे।

"चलें बुआ?"

"ज़रा ठहरो—अब तो पहुँच ही गए। जल्दी क्या है?" उन्होंने काया का मुँह अपनी तरफ़ मोड़ लिया।

"देखा तूने...इन्हीं रास्तों से हम ऊपर आए हैं!" उनके स्वर में हल्का-सा उल्लास था, जो काया को भी छूने लगा। आँखें नीचे घाटी की तरफ़ मुड़ गईं। लगता था, वह कोई दूसरा शहर है—इस ऊँचाई से बिलकुल अलग। नीचे जो अलग-अलग पेड़ दिखाई देते थे, वही इतनी ऊपर से 'जंगल' बन गए थे। पेड़ों के बीच वही रास्ते, जो अब तक चढ़ाई थे, रिज से देखने पर उतराई जान पड़ते थे, नीचे की तरफ़ दौड़ती हुई गिलहरियाँ, जिनकी पीठ पर मकानों की छतें चमक रही थीं...

"देखो काया—उधर, वह है चुंगीखाना," बुआ ने कहा, जैसे पहाड़ों के बीच बिखरी वह किसी पहेली का हल ढूँढ़ रही हों,

"उधर पहाड़ की ओट में है एननडेल, जो यहाँ से दिखाई नहीं देता, और उधर, उस तरफ़, तुम्हारे बाबू का मकान..."

बुआ चुप हो गईं, आँखें उस एक मकान पर थिर रह गईं।

पीछे छज्जा, नीचे क्वार्टर, बीच में मिस जोसुआ के पेड़, जो यहाँ से सिर्फ़ काले धब्बे दिखाई देते थे।

वहाँ क्वार्टर का जँगला था, जहाँ मँगतू कपड़े सुखाने डाल जाता था। वे रात-भर हवा में फड़फड़ाते रहते थे।

बुआ की अँगुली के परे—फिर भी उसका पीछा करते हुए उसकी निगाहें धूप में डबडबाते उस लाल बिन्दु पर ठहर गईं, जो मरती हुई धूप और उठते हुए अँधेरे पर जादू के टिमकने-सा टिका था।

शहर से ऊपर

1

फ़ाटक खुला था—दोनों पल्ले एक-दूसरे से बेख़बर झाड़ियों में छिपे थे। पता नहीं, कितने अरसे से फ़ाटक के दरवाज़े एक-दूसरे से नहीं मिले थे।

फ़ाटक के ज़रा नीचे ढलान पर वह पेड़ था—पुराने ओक का पेड़। उसकी लम्बी छाया बजरी की सड़क पर गिर रही थी। इसी पेड़ के तने पर एक लम्बी तख़्ती लटक रही थी, जिस पर सफ़ेद अक्षरों में लिखा था—फ़ॉक्सलैंड। ओक के भूरे, भुरभुराए पत्तों ने पहले ढाई अक्षर छिपा लिए थे, इसलिए तख़्ती का सिरा सिर्फ़ 'लैंड' की तरफ़ ही इशारा करता था।

फ़ाटक मेन रोड पर था, लेकिन घर पहुँचने के लिए नीचे उतरना पड़ता था। नीचे जानेवाला रास्ता—सिर्फ़ पत्थरों और गड्ढों से भरा होता, तो भी कोई बात नहीं थी, वह मनमानी मुद्रा में कभी नीचे जाता, कभी ऊपर—नीचे खेतों की दिशा में, ऊपर दूसरे मकानों की ओर—सिर्फ़ एक पगडंडी वफ़ादार रहती, जो सीधे फ़ॉक्सलैंड जाकर ही दम लेती थी।

पगडंडी के दोनों ओर पेड़ों की छायाएँ एक छत की तरह फैल गई थीं। नीचे दिन के समय भी अँधेरा रहता। वहाँ सिर्फ़ झींगुरों का स्वर सुनाई देता—अनवरत और आग्रहपूर्ण—जिसके सहारे सीधे बिना भूले-भटके घर की तरफ़ चला जा सकता था।

पगडंडी के अन्तिम छोर पर अचानक उजाला दिखाई दिया। यहाँ कोई पेड़ नहीं था। सीधा आसमान दिखाई देता था। लाल रोशनी में रँगा हुआ। समूचा मकान एक सुलगती लपट-सा हवा में खड़ा था।

वह बाहर बरामदे में खड़े थे। क्या वह उनकी प्रतीक्षा कर रहे हैं, या सिर्फ़ खड़े हैं, हर शाम की तरह? अब तक वह आगे-आगे चल रही थी—लेकिन चाचा को देखते ही बुआ आगे बढ़ आईं। सीढ़ियाँ चढ़ती गईं, और फिर एकदम पोटली नीचे रखकर चाचा से लिपट गईं।

वह रो रही थीं।

चाचा ने अपना हाथ उनके सिर पर रख दिया—लेकिन कहा कुछ नहीं। बाहर शून्य में ताकते रहे।

वह सीढ़ियों के नीचे खड़ी थी। उसकी ओर किसी का ध्यान नहीं था। वह सूखी खड़ी थी। बुआ का रोना अजीब-सा लगा—वह औरत जो रिक्शेवालों के बीच नेपोलियन जान पड़ती थी, चाचा के सामने इतनी छोटी पड़ जाएगी, उसने कभी नहीं सोचा था।

आख़ीर चाचा की निगाह उस पर पड़ी। वह सीढ़ियाँ चढ़कर ऊपर आई। चाचा एक क्षण उसे देखते रहे। बुआ की देह शान्त पड़ गई थी।

"पैदल आई हो?" चाचा ने बुआ को धीरे से अलग कर दिया।

"रिक्शे कहाँ मिलते हैं?" बुआ ने कुछ असमंजस में कहा। उनकी आँखें, नाक, चेहरा, सबकुछ चमक रहा था—जैसे आँसुओं ने बहुत पुरानी, सूखी झुर्रियों को एकबारगी नहला दिया था।

चाचा के माथे पर शिकन फैल गई।

"तुम कमाल करती हो—अपना नहीं, तो इसका तो ख़याल करतीं!"

उसके मन में आया, वह कह दे कि उसे कोई थकान नहीं है, लेकिन बुआ को बचाने का समय नहीं बचा था। चाचा ने पोटली उठाई—कुछ ध्यान आया तो देहरी पर ठिठक गए।

"घर में सब ठीक हैं?"

इस बार उन्होंने उसकी ओर देखा था, जैसे यह प्रश्न उससे पूछा था, बुआ से नहीं।

"तुम तो जानते ही हो..." बुआ शायद कुछ और कहतीं, अपने शब्दों को उन आँसुओं से जोड़ने की चेष्टा करतीं, जो कुछ मिनट पहले निकल आए थे। लेकिन चाचा रुके नहीं। दरवाज़े के पास आए—लकड़ी का एक तख़्ता उठाया और फिर काया को देखा, "यह बन्दरों के लिए लगाया है..." उन्होंने मुस्कराते हुए कहा, "वे दरवाज़ा खोलकर भीतर आ जाते हैं।"

पहली बार काया ने उन्हें सिर उठाकर देखा, सीधी आँखों से। वह बाबू से छोटे थे, लेकिन उनसे बहुत बड़े लगते थे। उनकी हर चीज़ बड़ी थी—हाथ, टाँगें, सिर—लेकिन भारीपन कहीं न था। जब चलते थे, तो बहुत हल्के ढंग से, जैसे शरीर से कोई बड़ी चीज़ उनके पास हो, और जब दरवाज़ा खोला तो काया दंग-सी रह गई, इतने बड़े हाथों की इतनी हल्की छुअन हो सकती है, उसने पहले कभी नहीं देखा था।

बुआ चाचा के पीछे भीतर चली गईं। वह आगे बढ़ी तो सामने शीशे के नीचे वे शब्द अब भी लिखे थे, जो वह बहुत पहले से देखती आई थी—Attention Please, Steps ahead! सिर्फ़ दो सीढ़ियाँ उतरकर ड्राइंग-रूम आता था। पहले जब आती थी, तो पंजों पर खड़े होकर शीशे में अपना चेहरा देखती थी। इस बार सीढ़ी से उतरते ही वह दिखाई दिया। उसका अपना चेहरा, और न जाने क्यों वह उसे बहुत बदला-सा दिखाई दिया...पिछले दिनों से अलग, जैसे दो बहुत उदास आँखें उसकी तरफ़ घूर रही हों!

कहीं दूर से दम तोड़ती रिरियाहट सुनाई दी। एक चीख़ दूसरी चीख़ का पीछा करती हुई।

"गीदड़ हैं—और कुछ नहीं।" चाचा ने कहा, "अँधेरा होते ही रोने लगते हैं।"

वह वहीं खड़ी रही—ड्राइंग-रूम के बीच। चाचा ऊपर चले गए थे। बुआ दूसरे कमरे में, जहाँ उन्हें रात बितानी थी। उसे समझ में नहीं आया, वह कहाँ जाए। वह वहीं खिड़की के पास एक कुर्सी पर बैठ गई।

उजाला मिट गया था। सिर्फ़ एक सुर्ख़ रेखा पहाड़ों पर खिंच आई थी—आकाश के एक सिरे से दूसरे सिरे तक। कमरों में बत्तियाँ अभी तक नहीं जली थीं। जहाँ वह बैठी थी, वहाँ डूबते सूरज का पीला आलोक सामने दीवार पर गिर रहा था, बाक़ी कमरा अँधेरे में डूबा था।

वह यहाँ क्या कर रही है? बाहर फैले जंगल की साँय-साँय, इतना बड़ा बीहड़ मकान, रोते हुए गीदड़। अचानक उसे लगा, यहाँ से अब कभी बाहर नहीं निकल सकेगी...क्या हर दिन ऐसा ही होगा? उसे याद आया, छोटे इस समय अपने कमरे में अकेले बैठे होंगे। माँ अपने कमरे में लेटी होंगी। नीचे हवा के झोंकों से मिस जोसुआ का लेटर-बॉक्स खुलता होगा, बन्द होता होगा, फिर खुलता होगा। यहाँ कोई ऐसी आवाज़ नहीं, जिसे वह पहचान सके। कोई ऐसे शब्द नहीं, जो किसी स्मृति से जुड़े हों—सिवा उन शब्दों के, जो उसने दरवाज़े के आगे देखे थे—Attention Please, Steps ahead!

ड्राइंग-रूम से सटी लायब्रेरी थी और उसके आगे बीरू का कमरा था। बीच में लम्बी मेज़ थी, जिसके दोनों तरफ़ कुर्सियाँ लगी थीं। चारों तरफ़ लम्बी शीशे की अलमारियाँ थीं, जिनके बीच से सीढ़ियाँ ऊपर जाती थीं, चाचा के कमरे में। कुछ देर तक वह उन सीढ़ियों के पास खड़ी रही। उसे यह चीज़ हमेशा अद्भुत जान पड़ती थी, कि घर के भीतर सीढ़ियाँ हो सकती हैं, बाहर गए बिना ऊपर के कमरे में जा सकते हैं।

ऊपर के कमरे में चाचा होंगे। लेकिन उसने ऊपर नहीं देखा—वह सीधे उस कमरे के सामने चली आई, जो लायब्रेरी से जुड़ा था। दरवाज़ा बन्द था, लेकिन नीचे से रोशनी की शहतीर बाहर लायब्रेरी के फ़र्श तक चली आई थी।

फिर वहाँ अँधेरे में खड़े उसे वह आवाज़ सुनाई दी, और उसके भीतर सबकुछ ठहर गया। आवाज़ भी नहीं—जैसे किसी ने अपने हाथों से बहते पानी को रोक लिया हो, और वह हाथों के ऊपर से छलछलाता हुआ नीचे किसी पत्थर पर गिर रहा है, चमकीला रेंगता स्वर, एक अँधेरे कमरे से दूसरे कमरे में बहता हुआ।

उसका मन हुआ, दरवाज़ा खोलकर भीतर देखे, कौन बत्ती जलाकर बैठा है? पर साहस नहीं हुआ। अजनबी मकानों के बन्द कमरे उसे हमेशा आतंकित कर देते थे। अपने पड़ोस के मकान भी, जो सर्दियों में ख़ाली हो जाते थे, उसे भुतहा-से जान पड़ते थे। वह और छोटे हमेशा उन मकानों से कतराकर निकल जाते थे।

तब बुआ का ध्यान आया—वह उसकी प्रतीक्षा में बैठी होंगी। वह पीछे मुड़ी, तभी धीरे से दरवाज़ा खुला। रोशनी की शहतीर चौड़ी होकर उसकी आँखों को चुँधिया गई।

दरवाज़े की ओट में बीरू खड़ा था।

उसके पाँव ठिठक गए। दोनों एक लम्बे ख़ामोश क्षण तक एक-दूसरे को देखते रहे।

दरवाज़े पर खड़ा वह लड़का बीरू हो सकता है, इस पर विश्वास भी हुआ, सन्देह भी, और इन दोनों के बीच एक पुरानी पहचान फड़फड़ाती रही।

"तुम कब आईं?" बीरू ने पूरा दरवाज़ा खोल दिया।

"आज शाम को।"

"पापा ने कहा था—तुम आओगी," वह एकटक काया को देख रहा था। "मँगतू के साथ आई हो?"

"बुआ आई हैं।"

"लामा की माँ?"

काया ने सिर हिलाया।

"अभी खाने में देर है, भीतर आओगी?"

वह मुड़ा, तो कमरे की रोशनी उसके आधे चेहरे पर पड़ी—बहुत लम्बा, कोमल चेहरा, घनी पलकों की छाया आँखों के नीचे पड़ रही थी—चाचा की ही तरह लम्बा कद, लम्बे हाथ। पिछले साल जिस बीरू को देखा था, वह जैसे कोई दूसरा लड़का था, एक छोटी उम्र की पहचान, जो अब सन्देह में बदल गई थी।

वह भीतर आई, तो बुआ को भूल गई। आँखें सामने अँगीठी पर गईं, जिसमें बहुत-सी अनजली सूखी लकड़ियाँ रखी थीं। एक पलंग, जिसका सिरहाना दीवार पर उठा था। एक आरामकुर्सी जो बिस्तर के सामने थी। खिड़की के सामने एक पियानो था, और उसके आगे एक छोटा-सा स्टूल पड़ा था।

"यह तुम बजा रहे थे?" काया ने पियानो की ओर देखा—वह खुला पड़ा था। उसे हल्का-सा आश्चर्य हुआ, कि ड्राइंग-रूम में जो रेंगता, चमकीला स्वर सुनाई दिया था, वह इतनी बड़ी भारी-भरकम 'चीज़' से बाहर आया था। उसने पहले कभी पियानो नहीं देखा था।

"पापा लाए थे। वह एक अँगरेज़ का था। जाने से पहले वह सबकुछ बेच गया, अपनी किताबें भी," बीरू ने कहा। वह अपने बिस्तर पर बैठ गया था।

"हमारे घर के नीचे भी एक अँगरेज़ औरत रहती है..." काया ने कहा। फिर ख़याल आया, मिस जोसुआ के पास कुछ भी नहीं, जो वह छोड़कर जा सकें—एक पुराना ग्रामोफ़ोन और कुछ रिकॉर्ड।

कुछ देर तक दोनों चुप बैठे रहे। फिर बीरू ने तनिक अनिश्चित भाव से उसकी ओर देखा।

"तुम्हारे बाबू दिल्ली गए हैं?"

"हाँ..." काया ने सिर हिलाया।

"तुम्हारी माँ के बच्चा हुआ था—मरा हुआ।"

काया चुपचाप उसकी ओर देखती रही।

"तुमने देखा था?" बीरू ने कहा।

"किसे?"

"बच्चे को?"

"नहीं," उसने झूठ बोला, जो 'झूठ' नहीं था, क्योंकि उसे कभी ख़याल नहीं आया था कि दाई-माँ के हाथ में उसने जो लिसलिसी लोथ देखी थी, वह बच्चा हो सकता है—बच्चे, जिनके हाथ-पैर होते हैं, जो फ़र्श पर रेंगते हैं। उसने कभी उस दृश्य को शब्द देने की कोशिश नहीं की थी, जो उस रात उसने खिड़की के पीछे से देखा था, और तब उसे गहरा विस्मय हुआ कि बीरू के बने-बनाए शब्दों का उसकी दुनिया से कोई सम्बन्ध नहीं, जो अलग-अलग छितरी, आकारहीन स्मृतियों से बने हैं, जिनमें वह आज तक रहती आई थी। उसे लगा, छोटे के सामने वह जो अपना बड़प्पन महसूस करती थी, वह इस लम्बे, पतले-दुबले लड़के के सामने बिलकुल ढह गया था।

"क्या सोच रही हो?"

बीरू का स्वर सुनकर वह चौंक गई। अनायास मुस्कराने लगी। "कुछ नहीं," उसने कहा।

"तुम कितनी बड़ी हो गई हो—पहले से बहुत ज़्यादा!" बीरू ने कहा।

"मुझे मालूम है," काया ने धीरे से कहा, जैसे वह कोई भेद खोल रही हो, "इस बार जब मैं आई, तो शीशे में मुझे पूरा चेहरा दिखाई दिया था।"

"पहले आधा दिखता था?"

"नहीं, पहले कुछ नहीं दिखता था," उसने कहा। यह कहते ही उसे तसल्ली-सी मिली। वह इस तरह की बात छोटे से नहीं कर सकती थी। और लामा—वह उसकी किसी बात को इतने ध्यान से नहीं सुनती थी।

अचानक उसकी निगाहें बिस्तर के कोने पर पड़ गईं—वहाँ दो छोटी-छोटी सलाइयाँ और सफ़ेद ऊन का गोला रखा था।

"किसका है यह?"

"मोज़ा है...अभी आधा बुना है।"

"तुम बुनाई करते हो?" काया की आँखें फैल गईं।

"हाँ...क्यों?"

"लड़के होकर?"

"इसमें लड़के-लड़कियों की क्या बात है?" बीरू ने शान्त भाव से कहा—फिर ऊन के गोले को बहुत आत्मीय सन्तोष के साथ सहलाने लगा। बीरू की लम्बी, सफ़ेद, मोमबत्तियों जैसी अँगुलियाँ थीं—उन पर हल्के भूरे रोयें उग आए थे, जिन्हें देखकर काया के भीतर एक अजीब-सी बेचैनी उठने लगी।

"तुम्हें बुनना आता है?" बीरू ने पूछा।

काया ने सिर हिलाया।

"मुझे बहुत अच्छा लगता है...तुम बहुत-सी चीज़ें बना सकती हो—मोज़े, दस्ताने, छोटे-छोटे स्वेटर।"

"क्या करते हो इन चीज़ों का?"

"कुछ नहीं। बनाकर उधेड़ देता हूँ," बीरू ने कहा।

काया की आँखें ऊपर उठीं—बीरू के तटस्थ, शान्त, निर्विकार चेहरे को देखकर सहसा लगा—वह बहुत दूर है। काया की दुनिया से बाहर। पियानो, साफ़-सुथरा बिस्तर, ऊन का गोला—ये सब चीज़ें उस बीहड़, घने, लावारिस अँधेरे से बाहर थीं, जहाँ से वह आई थी।

"तुम अकेले यहाँ रहते हो?"

"अकेला माने?" बीरू ने जिज्ञासा से देखा।

"कोई तुम्हारे कमरे में नहीं आता?"

"आते क्यों नहीं...? पहाड़ी आता है। रात को पापा आते हैं। हफ़्ते में दो बार मास्टर साहब आते हैं...क्यों?"

"पहाड़ी कौन?"

"यहाँ काम करता है—तुम अभी रसोई नहीं गईं?"

पहली बार काया ने उसके चेहरे पर हल्का-सा कसाव देखा, एक तनी हुई दुविधा—किसी और के चेहरे पर कुछ पता भी नहीं चलता, लेकिन बीरू के सफ़ेद, शान्त चेहरे पर हर छोटी-बड़ी चीज़ अपना निशान छोड़ जाती थी।

किसी ने दरवाज़ा खटखटाया—लेकिन खोला नहीं। वह उत्सुक होकर बन्द दरवाज़े को देखने लगी।

"तुम्हें खाने के लिए बुलाया है," बीरू ने कहा।

"तुम नहीं आओगे?"

"मैं जल्दी खा लेता हूँ—तुम जाओ।"

उसका स्वर अचानक बदल गया था—रूखा, उदासीन। उसकी ओर से बिलकुल तटस्थ।

वह उठ खड़ी हुई—फिर दरवाज़े पर आकर ठिठक गई। इस तरह जाना कुछ अजीब-सा लगा। उसने एक बार फिर बीरू को देखा—वह एकाग्रचित्त होकर आधे मोज़े को बुन रहा था।

"मैं फिर आऊँगी..." उसने कहा।

बीरू ने सिर उठाया—एक हल्की-सी मुस्कराहट उसके चेहरे पर थी। "मैं इसी कमरे में रहूँगा," उसने कहा और वह काया को उस समय तक देखता रहा, जब तक वह बाहर नहीं चली गई।

जब वह खाने के कमरे में आई, बुआ और चाचा वहाँ पहले से ही बैठे थे। वे जैसे उसके आने की ही प्रतीक्षा कर रहे थे। ख़ाली कुर्सी पर बैठते ही उसका ध्यान बुआ की ओर गया। वह हाथ-मुँह धोकर आई थीं।। साड़ी भी बदल ली थी। उसने पहली बार बुआ को कुर्सी पर बैठे देखा था—घर में वह हमेशा फ़र्श पर ही बैठती थीं। इसका बोध शायद बुआ को भी था—वह बहुत सिकुड़कर चाचा से बातें कर रही थीं।

"बीरू से मिल आईं?" चाचा ने बीच में रुककर उसकी ओर देखा।

"जी हाँ।" उसने ज़ोर लगाकर कौर निगला, तो आँखों में आँसू भर आए और उसे बुआ और चाचा, दोनों के चेहरे पानी में तैरते-से जान पड़ने लगे।

"दिन-भर भटकती थी..." बुआ ने कहा, "अब यहाँ कुछ दिन चैन से रहेगी।"

चाचा ने शायद सुना भी नहीं—न अपना सिर मोड़ा। सिर्फ़ आँखें काया से हटकर बीच मेज़ पर टिक गईं।

"कौन...कौन भटकती है?"

"यह लड़की, और कौन?" किन्तु इस बीच ख़ुद बुआ का मन भटकने लगा था। चढ़ाई की थकान पुरानी हड्डियों में जमने लगी थी। थाली को सामने से हटाकर लम्बी साँस ली।

"कितना सन्नाटा है इस घर में!"

"कैसा सन्नाटा?" चाचा ने कुछ नाराज़गी से बुआ को देखा। बरसों से वह इस घर में रहते आए थे—और अब अपनी पुरानी ज़िन्दगी को भूल चुके थे। वह यह भी भूल गए थे कि कभी उनकी पत्नी—बीरू की माँ—जीवित थी, इस घर के एक कमरे से दूसरे कमरे में जाती थी, उनके बिस्तर के पास अपना बिस्तर बिछाकर सोती थीं। शायद कुछ लोग ऐसे ही होते हैं, जो मरने के बाद अपना अभाव भी नहीं छोड़ते, अपनी देह के साथ अपनी स्मृति भी ले जाते हैं।

"सब ठीक तो है, सन्नाटा कैसा?"

"कभी-कभी सोचता हूँ, इस मकान को ख़रीद लूँ।" चाचा ने बुआ की ओर देखते हुए कहा, "जब यहीं रहना है, तो ज़िन्दगी भर किराया देकर क्या होगा?"

बुआ जैसे सोते हुए चौंक गईं।

"क्या इरादा है तुम्हारा? क्या ज़िन्दगी भर यहीं रहोगे?" बुआ को हमेशा आश्चर्य होता था कि वह पहाड़ों पर क्यों रहते हैं।

बाबू की नौकरी थी, इसलिए उनकी बात समझ में आती थी—लेकिन चाचा आर्मी से बरसों पहले रिटायर हो चुके थे—वह कहीं भी आराम से रह सकते थे। कोई घर-गृहस्थी का बोझ नहीं, जिसे उठाने में कोई दिक्कत हो। सिर्फ़ एक बीरू—वह कहीं भी रह सकता था।

कौन-सा ऐसा मोह था, जो उन्हें जकड़कर बैठा था?

"यहाँ से अब कहाँ जाऊँगा, तुम बताओ!" चाचा ने कहा।

"मैं तुम्हें बताऊँगी? तुम दोनों भाई मुझसे अलग रहते हो—साल में दो-तीन बार भागी-भागी तुम्हारे पीछे आती हूँ—कभी इसके बारे में सोचा है?"

चाचा का चेहरा विवर्ण-सा हो आया, जैसे बुआ ने कोई पुरानी दुखती रग छू दी हो—"कितनी बार तुम्हें यहाँ आने के लिए कहा है—तुम हमेशा मना करती रहीं। पहले लामा का बहाना था, अब कौन-सी चीज़ तुम्हें रोकती है—पहाड़ तुम्हें खाने दौड़ते हैं!"

पहाड़! बुआ ने इतनी लम्बी साँस ली, मानो ख़ुद उनकी ज़िन्दगी पहाड़ हो गई हो। कहीं बहुत दूर शहरों की गर्द और धूप में उनके दिन कटे थे, वे इन पहाड़ों की छुईमुई छलनाओं से डरेंगी?

"मुझे कुछ नहीं होगा..." बुआ ने कहा, "लेकिन एक दिन ये तुम दोनों को खा डालेंगे।"

काया ने सोचा, बुआ की बात सुनकर चाचा हँस पड़ेंगे। कहीं पहाड़ किसी को खा सकते हैं—न दाँत, न जबड़े, न ऐसी निर्ममता, जो उसने आदमियों में देखी थी...किन्तु उसे हैरानी हुई कि बुआ की बात सुनकर चाचा चुप बैठे रहे—काफ़ी आहत, जैसे बुआ ने अपनी अँगुली किसी ऐसी जगह रख दी थी, जहाँ वह सबसे ज़्यादा आरक्षित थे, जहाँ भय न भी हो, हमेशा एक तरह का ख़तरा मँडराता रहता था।

बहुत कातर स्नेह से उन्होंने इस बार बुआ को देखा—"मेरे पास न सही, भाई के पास क्यों नहीं रह जातीं? उनकी अपनी गृहस्थी है, तुम्हारा वहाँ मन भी लगता है।"

"तुम उसे गृहस्थी कहते हो?" बुआ का स्वर एकदम तीखा हो आया। "वह ख़ुद दिल्ली में रहता है, दोनों बच्चे अनाथों की तरह जंगलों में घूमते हैं—एक अकेली औरत, जो दिन-रात ख़ाली कमरों के चक्कर लगाती है—मैं आज तुम्हें बताती हूँ, लामा को मैंने इस घर में भेजा, यह मेरी सबसे बड़ी ग़लती थी। अब तुम चाहते हो, मैं यहाँ आकर रहूँ?"

उनका चेहरा तमतमा आया था। वह शायद कुछ और भी कहतीं, लेकिन काया को देखकर बीच में ही रुक गईं।

किन्तु इस दौरान काया उनकी बातों से बाहर चली गई थी। बाहर उन बादलों की तरफ़, जो दरवाज़ों, खिड़कियों, रोशनदानों से भीतर चले आ रहे थे। बारिश होगी, उसने सोचा। जब कभी बादल इस तरह घर के भीतर चले आते थे, हमेशा पानी बरसता था। सामने लायब्रेरी के अँधेरे में बिजली की कौंध दिखाई देती थी, किताबों और कुर्सियों पर लपकती हुई—बीरू का बन्द दरवाज़ा बार-बार चमक जाता था।

और इन सबके बीच एक छोटा-सा लड़का हाँफता हुआ आता था, मेज़ पर रोटियाँ या सब्ज़ी रख जाता था, फिर अँधेरे में ग़ायब हो जाता। काया को लगता था, जैसे नींद के कुहरे में वह उस लड़के को देख रही है—नेपाली, गोल-मटोल चेहरा, बहुत छोटे-छोटे बाल, सुर्ख़ सेब-से कपोल, जिनके नीचे मैल की असंख्य परतें जमी थीं। वह शायद वही पहाड़ी था, जिसके बारे में बीरू ने उसे बताया था। वह एक मिनट भी साँस लेने नहीं रुकता था, न ही किसी की तरफ़ देखता था—काया की तरफ़ भी नहीं, हालाँकि वह यहाँ सबसे नई थी—जल्दी-जल्दी एक प्लेट से दूसरी प्लेट में रोटियाँ ठेलकर वह लौट जाता था, और फिर सीढ़ियों पर सिर्फ़ उसके पैरों की खटखटाहट सुनाई देती और काया अनजाने में फिर उस क्षण की प्रतीक्षा करने लगती, जब वह दुबारा हाँफता हुआ सामने आ खड़ा होता—जैसे बाहर के अँधेरे से अचानक कोई बौना प्रेत प्रगट हो जाता हो—नींद में वह कभी छोटा दिखाई देता, कभी बहुत बड़ा।

बुआ और चाचा की बातें पता नहीं कब ख़त्म हो गई थीं। सिर्फ़ ऊपर छत पर खिड़की के शीशों पर बहुत धीमी-सी टप-टप सुनाई दे रही थी और तब काया को अजीब-सा भ्रम हुआ कि वह अपने कमरे की खिड़की से उस पहाड़ी को देख रही है, वह बहुत-सी रोटियों को लेकर भागता हुआ आ रहा है, और वे सब एक-एक करके पानी में भीगती जा रही हैं...

"यह सो रही है।"

उसे अपने ऊपर चाचा का स्वर सुनाई दिया। वह कुर्सी के पास खड़े उसे हिला रहे थे। वह अचानक जाग गई—लेकिन वह सो नहीं रही थी। उसे लगा, वह जागने के अन्तिम छोर पर चली गई थी, जहाँ आसपास की चीज़ें घुलने लगती हैं, एक-दूसरे में खोने लगती हैं।

बाहर बारिश हो रही थी। बुआ ने खाने के बर्तन बटोरकर अलग रख दिये। चाचा कुछ देर तक असमंजस में खड़े रहे, धीरे से काया के बालों को सहलाया। फिर वह मुड़ गए। छतरी उठाई, नीचे सीढ़ियाँ उतरने से पहले एक बार बुआ को देखा, "मैं अभी आता हूँ। तुम जाकर सो रहो—दिन-भर की थकी हो। मेरा इन्तज़ार मत करना।"

इतनी बारिश में बाहर?

लेकिन बुआ ने कुछ पूछा नहीं। काया को हाथ पकड़कर कुर्सी से उतारा और अपने कमरे की तरफ़ चलने लगीं।

उन दोनों को एक ही कमरे में जाना था।

वह पूरी तरह जाग गई थी। लायब्रेरी को दुबारा पार करते हुए आँखें बीरू के कमरे पर टिक गईं। दरवाज़ा बन्द था। कोई आवाज़ नहीं थी। वह शायद सो रहा होगा। वह रुकी नहीं। बुआ उसका हाथ पकड़कर घसीट रही थीं।

कमरे में घुसते ही पैर गर्म, मुलायम कालीन पर पड़े। एक क्षण के लिए भ्रम हुआ, वह चाचा के घर नहीं, मिस जोसुआ के कमरे में चली आई है। वही दीवारों पर चिपके बेल-बूटोंवाले काग़ज़, वही गन्ध, जो बासी हवा में बन्द कमरों से आती है—पता नहीं, वह कमरा किसका था, कितनी मुद्दत बाद उसे खोला गया था?

कमरे में दो बिस्तर लगे थे—आमने-सामने, बीच में तिपाई थी, जिस पर पानी का जग और दो गिलास रखे थे। पलंगों के नीचे पुराने सन्दूक़-बक्से थे, जहाँ से कभी-कभी चूहों की खटर-पटर सुनाई दे जाती थी। दीवारें ख़ाली थीं—सिर्फ़ कोनों से मकड़ी के जाले लटक रहे थे। लगता था, बरसों से उस कमरे में कोई नहीं रहा था।

बुआ भी कुछ देर तक निस्तब्ध-सी खड़ी रहीं। फिर उन्होंने काया की ओर देखा, "यहाँ जब कभी आती हूँ, हमेशा तेरी चाची की याद आ जाती है..."

"वह यहाँ पर रहती थीं?" काया ने पूछा।

"हाँ, यह उनका कमरा था—तुम्हें तो क्या याद होगा? तुम उन दिनों बहुत छोटी थीं।"

बुआ ने पोटली खोली। अपने और काया के कपड़ों को अलग किया। ऊपर टीन की छत बराबर चीख़ रही थी। वह बारिश थी। बाहर अँधेरे में पानी बरस रहा था। पराये घर में बारिश भी अजनबी हो जाती है—वैसी नहीं, जैसी अपने घर की छत पर सुनाई देती है।

बुआ कुछ देर तक काया को देखती रहीं। फिर हाथ के कपड़े पलंग पर छोड़कर उसके बिस्तर के पास चली आईं। धीरे से उसके कन्धे पर हाथ रखा।

"काया, यह तुम्हें क्या हो जाता है?"

"क्या बुआ?"

भयभीत आँखों से उसने बुआ को देखा।

"तुम हवा में क्या ताकती रहती हो?" बुआ का स्वर एकाएक बहुत कोमल हो आया—"मैं कई दिन से तुम्हें देखती आ रही हूँ...कभी-कभी तुम्हें देखकर लगता है, जैसे तुम आँखें खोलकर सो रही हो, जैसे..." वह चुप हो गईं, किसी बहुत नीचे दबी बात को उखाड़कर बाहर लाईं—"जैसे तुम सामने होकर भी कहीं और चली गई हो...तुम ठीक तो हो?"

काया पीछे हट गई। बुआ का हाथ उसके कन्धे से छूट गया।

वह हँसने लगी।

"मैं यहाँ हूँ बुआ—तुम्हारे सामने!"

बुआ ने अजीब हताशा से उसे देखा, फिर एक लम्बी साँस खींचकर अपने बिस्तर की तरफ़ मुड़ गईं, जैसे वह न केवल काया से, बल्कि समूची दुनिया से मुँह मोड़कर छुटकारा पा लेना चाहती हों।

काया भी लेट गई। देर तक छत पर बूँदों की टप-टप सुनाई देती रही। खिड़की से बाहर कुछ भी दिखाई नहीं देता था, अँधेरे पर बादलों की परतें जमा हो गई थीं, जिसमें अँधेरा भी छिप गया था—सिर्फ़ एक सपाट, धूमिल परदा लटक रहा था। जब कभी बिजली चमकती, चाकू की एक लम्बी, चमकीली धार उसे आर-पार काट जाती। एक क्षण के लिए दूर पहाड़ों की झलक दिखाई दे जाती—और वे भी काया को अजनबी लगते, मानो वे उन पहाड़ों से बिलकुल अलग हों, जो अपने घर के छज्जे से दिखाई देते थे।

"सुना तुमने?"

"क्या बुआ?"

"कोई सीढ़ियाँ चढ़ रहा है?"

शुरू में कुछ भी सुनाई नहीं दिया, फिर उसे घर हिलता-सा जान पड़ा। वह बैठकर दरवाज़े की तरफ़ देखने लगी। ड्राइंग-रूम में रोशनी दिखाई दी, और वह रोशनी भी हिल रही थी, जैसे कोई टॉर्च लेकर चल रहा हो!

"लेट जाओ..." बुआ का स्वर पूर्ववत शान्त हो आया था, "तेरे चाचा होंगे।"

"वह बाहर गए थे?"

इस बार सिर्फ़ बुआ की साँस सुनाई दी। वह पहले शायद डर गई थीं, अब उनमें कोई जिज्ञासा नहीं थी।

अब कुछ नहीं था। घर ठहर गया था। रोशनी का होना, न होना बराबर लग रहा था। वह दुबारा लेट गई। इस बार बिस्तर ठंडा-सा जान पड़ा। घर में होती तो छोटे को अपने पलंग पर खींच लेती—उसकी देह हमेशा गर्म होती थी, जब वह सो रहा होता था। वह अपने ठिठुरते अंगों को हमेशा उसकी देह की गरमाई में सेंकने लगती थी। यहाँ कोई न था। पहली बार उसे छोटे का न होना एक पाप-सा जान पड़ा—शायद पहले-पहल 'पाप' का सामना भी अपने अकेलेपन में होता है। फिर ख़याल आया, कल बुआ भी घर लौट जाएँगी। और यह सोचते ही उसे अपने भीतर एक गुठली-सी उठती महसूस हुई—ठंडी देह की दीवारों पर छिपकली की तरह सरकती हुई—पेट से गले तक—उसने दोनों बाँहों से अपने को भींच लिया।

"तुम्हें ठंड लग रही है?" बुआ ने पूछा।

वह चुप लेटी रही, ताकि बुआ समझ लें कि वह सो रही है। किन्तु बुआ ने उसका ठिठुरना सुन लिया था—अँधेरे में चाहे कुछ और दिखाई न दे, भीतर की हर कराह और करवट सुनाई दे जाती है। बुआ उठीं और अपने पलंग से एक कम्बल उठाकर काया पर डाल दिया। फिर वापिस अपने बिस्तर पर जाने के बजाय उसके पलंग पर ही बैठ गई, "काया, तुझे यहाँ अकेला तो नहीं लगेगा?"

वह कुछ नहीं बोली। चुप लेटी रही।

"मैं कुछ दिन यहाँ रह जाती, लेकिन वहाँ तेरी माँ अकेली होंगी—वह तो मुझे भेजती ही नहीं थीं..."

लेकिन वह मुझे भेज सकती थीं...काया के भीतर एक गुमसुम-सा ग़ुस्सा उमड़ने लगा—माँ के ऊपर नहीं, जितना उन भेद-भरी चीज़ों पर, जो उसे अकेला छोड़ जाती थीं। लेकिन बुआ से क्या कहे? वह ख़ुद ऐसी चीज़ों से घिरी थीं, जिनके बारे में वह चुप रहती थीं।

बुआ ने सोचा, वह सचमुच सो रही है। अपने बिस्तर पर आकर लेट गईं, "पता नहीं, यह बारिश कब रुकेगी, इस टप-टप में नींद भी नहीं आती..." वह देर तक बुड़बुड़ाती रहीं, फिर करवट ली, अँधेरे में उस जगह देखा, जहाँ काया का चेहरा था।

वह भी जाग रही थी—आँखें मूँदकर। पता नहीं, इतनी रात चाचा कहाँ गए थे, कहाँ से लौटे थे? फिर सहसा वह लड़का याद हो आया, जो नीचे से रोटियाँ लाता था। रसोई शायद नीचे होगी, उसने सोचा। नीचे कहीं कोठरी में रहता होगा, जैसे मँगतू अपने क्वार्टर में रहता था। उन दिनों सब नौकरों के घर एक ही जैसे लगते थे—अँधेरे, रहस्यमय, बीड़ियों की गन्ध और गरमाई में ढके हुए। लेकिन वह पहाड़ी बहुत छोटा था, बिलकुल छोटे जितना, बाहर कोठरी में अकेले कैसे रहता होगा? और छोटे? वह अब माँ के कमरे में सो रहे होंगे। इन दिनों घर बिलकुल ख़ाली होगा, वह यहाँ, बाबू दिल्ली में, लामा मेरठ में—हॉल कमरे में दरी ऊपर उठती होगी, फिर बैठ जाती होगी। मिस जोसुआ का लेटर-बॉक्स खुलता होगा, बन्द होता होगा। नींद के छोर पर वह सबकुछ देख सकती थी, और तब उसे लगा, आँखें मूँदकर दूसरा अँधेरा आता है, जो कमरे के अँधेरे से बाहर है—इस दूसरे अँधेरे पर वह मुक्त हो गई है, ख़ुद अपने पर निर्भर है, सब दूरियों की सरहद पार करके जहाँ चाहे जा सकती है, हाथ बढ़ाकर छोटे के बिस्तर को छू सकती है, बाबू को अपने पलंग के सामने देख सकती है—वहाँ पर वह ख़ुद अपनी मालकिन थी, बिना शर्म के रो सकती थी, ख़ुद अपने रोने में तसल्ली पा सकती थी, सोच सकती थी...

नींद आने से पहले भी कितना सोचना होता है!

2

बुआ अगले दिन नहीं जा सकीं। कुछ चाचा का आग्रह, कुछ बारिश का ज़ोर—उस रात जो बारिश शुरू हुई थी, वह बराबर दो दिन तक चलती रही।

तीसरे दिन आसमान दिखाई दिया। बुआ बहुत मना करती रहीं, लेकिन चाचा ने एक नहीं सुनी। उनके लिए रिक्शा मँगवाया गया था। वे सब पगडंडी के ऊपर गेट तक आए थे। सबके सामने रिक्शा में बैठते हुए उन्हें काफ़ी शर्म-सी आ रही थी। शायद इसी कारण आख़िरी मौक़े पर वह किसी से नहीं बोलीं—न किसी की तरफ़ देखा। पोटली रिक्शा में रखकर सीधी पीठ करके बैठ गईं। चाचा उनके साथ मॉल तक जा रहे थे। जब वह कुछ आगे निकल गए, तो बुआ ने अचानक रिक्शे को रुकवा लिया। काया ने सोचा, वह शायद उससे कुछ कहना चाहती हैं। वह भागती हुई रिक्शा के सामने आई, लेकिन तब तक शायद बुआ ने अपना इरादा बदल दिया था। उसके पहुँचने से पहले ही रिक्शा पक्की सड़क पर आ गया। वह कुछ रास्ते तक भागती रही—फिर रुक गई।

उस पेड़ के पास रुक गई, जिस पर बोर्ड लगा था—फ़ॉक्सलैंड—पानी में भीगा हुआ।

वह आँखों से ओझल हो गईं, लेकिन रिक्शा की घंटी देर तक साफ़ हवा में सुनाई दे जाती थी।

उसे यह अविश्वसनीय जान पड़ा कि वह घर लौटेगी—और बुआ वहाँ नहीं होंगी। उसके कपड़े पलंग पर होंगे, बुआ का पलंग ख़ाली होगा।

वह दुबारा उस पगडंडी से नीचे उतरने लगी। कीचड़ में साफ़ नुकीले पत्थर उभर आए थे। कभी पेड़ हिलते तो डालों से पानी की बूँदें उसके सिर पर झरने लगतीं। मन हल्का-सा हो जाता। बुआ का जाना जैसे बहुत-से गड़हों में एक गड़हा-सा दिखाई पड़ता—जिसे सिर्फ़ लाँघ जाना होगा। फिर वह पीछे मुड़कर भी नहीं देखेगी। कितनी चीज़ों को वह पीछे छोड़ आई थी—बाबू का रिक्शा भी तो इसी तरह चला जाता था। सीधी चढ़ाई पर, एक काले, रेंगते कीड़े-सा। वह बरामदे में खड़ी रहती—और हैरानी से देखती कि रिक्शे के साथ-साथ उसकी पीड़ा भी धुँधली पड़ती जाती है, जब तक उसे दुबारा न कुरेदा जाए, पीछे मुड़कर गड़हे में जान-बूझकर न झाँका जाए—तो फिर कुछ नहीं होता। वह सोचती भी न थी, या उतना ही सोच पाती थी, जितना सह सकती थी।

यह एक तरह का सुख था—तसल्ली नहीं—सिर्फ़ सुख। वे सुखी दिन थे, लेकिन उसे इसके बारे में कुछ भी मालूम नहीं था। बड़ी उम्र में सुख को पहचाना जाता है—छोटी उम्र का दुख भूल जाता है—जिस उम्र में काया थी, वहाँ पीड़ा को लाँघकर कब सुख का घेरा शुरू हो जाता था, या ख़ुद एक तरह का सुख पीड़ा में बदल जाता था—यह जानना असम्भव था।

वे असम्भव दिन थे।

रात की बारिश से रास्ता सिकुड़ गया था। पहाड़ों की मिट्टी सरककर पगडंडी पर बह आई थी—गीली, सुर्ख़ और दलदली, जिस पर पाँव रखते ही फिसलने लगते थे। ऐसी जगह वह रुक जाता था। पीछे आनेवाले पैरों को सुनने लगता था।

"बीरू?"

"मैं यहाँ हूँ।" घने पेड़ों के बीच उसका चेहरा दिखाई देता।

यह साफ़ चमकीला दिन था, जैसा अकसर बारिश के बाद पहाड़ों पर दिन हो जाते हैं। नीचे खेतों में बारिश का पानी भर आया था। लगता था, एक रात में ही बहुत-सी छोटी-छोटी झीलें पहाड़ों के खोखल में उतर आई हैं।

उस दिन दुपहर को बीरू उसके कमरे में आया था। वह कुछ देर तक देहरी पर खड़ा रहा। देर तक उसके कमरे को देखता रहा—उसका बिस्तर, बिस्तर पर रात के कपड़े, कुछ किताबें जो वह घर से लाई थी, मेज़ पर बिखरे उसके रिबन और क्लिप—हर चीज़ पर उसकी शान्त, गहरी आँखें ठहरतीं, फिर घूमने लगतीं।

"तुम बाहर चलोगी?" बीरू ने कहा।

"बाहर कहाँ?"

"यहाँ बहुत-सी चीज़ें हैं..." बीरू की लम्बी, घनी पलकें ऊपर उठीं—"तुम कमरे में ही बैठी रहती हो।"

"मुझे यहाँ के रास्ते भी नहीं मालूम!" उसने कहा।

"यहाँ एक बहुत पुराना गिरजा है—अँगरेज़ों ने बनवाया था।"

"क्या बहुत दूर है...मैं इन्हीं कपड़ों में जा सकती हूँ?"

बीरू ने उसे ध्यान से देखा—सलवार के ऊपर गिरती हुई लम्बी हरी कमीज़, चप्पलों के बाहर निकले हुए पैर, छोटे, पीले चेहरे पर दो बहुत तेज़,

भूखी-सी आँखें—और ढेरों बाल, ऊपर-नीचे, एक बवंडर की तरह फैले हुए—ढीले, खुलने और न खुलने के बीच लटकते हुए।

"ऊपर ठंड होगी—तुम्हारे पास कोई कोट है?"

वे ऊपर चढ़ रहे थे। खेतों के बीच...पगडंडियाँ चढ़ते हुए, कीचड़ और पानी से अपने को बचाते हुए, वे पक्की सड़क बहुत पीछे छोड़ आए थे। कभी-कभी नीचे किसी बस या लॉरी की आवाज़ सुनाई देती तो वे रुक जाते—नीचे झाँककर देखते, पेड़ों के बीच पक्की सड़क पर खिलौने-सी मोटर दिखाई देती, नीचे शहर की तरफ़ जाती हुई। आसपास का सन्नाटा कुछ देर तक गूँजता रहता। फिर सबकुछ पहले की तरह निस्तब्ध हो जाता।

"तुम और आगे जाओगे?"

"तुम थक गईं?"

बीरू के लिए यह सोचना भी असम्भव था कि कोई थक सकता है। वह कई बार इन पगडंडियों से चढ़कर जाखू तक चला जाता था—वह बिना रुके घंटों चल सकता था।

वे पहाड़ी से सटकर चल रहे थे—मोटर रोड से ऊपर, लेकिन जाखू की चोटी से नीचे। ऊपर पीला धब्बा सरक रहा था। वह सूरज था—लेकिन लगता नहीं था। नवम्बर की झीनी धुंध में वह सिर्फ़ रोशनी का पीला बल्ब-सा दिखाई देता था—नीली छत पर लटका हुआ।

कभी-कभी वह बीरू को बिलकुल भूल जाती थी। लेकिन मोड़ पर अचानक बीरू की झलक मिल जाती—तब आँखें वहीं टिकी रहतीं, पूरी बाँहों का ब्राउन स्वेटर, जो उसके गले को भी घेरे रहता, माथे पर झूलते भूरे बाल, जापानियों की-सी सपाट कटी हुई आँखें, लेकिन घनी लम्बी पलकें, इतनी लम्बी कि जब वह आधी पीठ मोड़े होता तो भी उनका एक हिस्सा दिखता रहता। और जब वह रुककर उससे पूछता, तुम थक तो नहीं गईं?—तो अपने प्रति उसकी चिन्ता उसे परेशान-सा कर देती—

क्योंकि तब उसे वे रातें याद हो आतीं, जब बाबू उसके कमरे का दरवाज़ा खटखटाकर भीतर आते थे, उसकी ओर वैसे ही अजीब आतुर अपनापे से देखते थे, जैसे वह कभी-कभी बीरू की शान्त, निश्चल आँखों में देखती थी—और तब उसके भीतर वैसी ही एक झुलसती, रेतीली उसाँस उठने लगती, जैसे कभी शान्त दुपहर को घने पेड़ों पर हवा उठ जाती है—केवल फुनगियों के हिलने से ही भीतर के कम्पन का अन्दाज लग जाता—वरना सबकुछ शान्त रहता—कोई देख भी नहीं सकता कि कोई चीज़ एक जगह से हिलकर दूसरी जगह सरक आई है...

अचानक आँखें हवा पर ठहर गईं। वह एक बहुत पुरानी, काली लकड़ियों की इमारत के सामने खड़ी थी।

पगडंडी एक मैदान पर ख़त्म हो गई थी। मैदान से ज़रा ऊपर पत्थरों का एक चबूतरा था, जैसे ड्रामे का कोई स्टेज हो—वहाँ, उस स्टेज पर वह गिरजा खड़ा था।

मैदान में चारों तरफ़ पेड़ थे—एक लाइन में खड़े हुए। पेड़ों के नीचे कीचड़, पानी और दलदल में लिथड़े फूल। दूर-दूर तक फैले फूल—लाल सुर्ख़, मखमली नीले, जिनका कोई नाम नहीं था, किन्तु जो नवम्बर की सर्दी, बारिश और कुहरे का सामना करते हुए सिर उठाए खड़े थे।

उसने इतनी ऊँचाई पर कभी इतने फूल नहीं देखे थे।

काठ की चार सीढ़ियों को चढ़कर चबूतरे पर पहुँचना पड़ता था। ऊपर आई, तो बीरू दिखाई दिया। वह गिरजे के खुले दरवाज़े को पकड़कर खड़ा था—दरवाज़े का दूसरा पल्ला पत्थरों पर गिरा पड़ा था—मिट्टी और घास के बीच—किसी पक्षी के लम्बे टूटे पंख जैसा, जिसे शायद बरसों से नहीं उठाया गया था।

"यह गिरजा है?" उसने बीरू को देखा।

"तुमने क्या सोचा था?" बीरू को उसकी निराशा पर कुछ हैरानी-सी हुई।

"नहीं—कुछ नहीं!"

उसने कुछ और सोचा था—चार सफ़ेद मीनारें, बीच में चौड़ी घड़ी, स्टेनग्लास की लम्बी खिड़कियाँ—इससे बिलकुल अलग गिरजा जो उसके सामने था।

वे भीतर आए, तो 'भीतर' कहीं न था। समूची इमारत कंकाल-सी खड़ी थी, चारों तरफ़ दीवारें, बीच में ख़ाली, सूना खोखल। बहुत पहले जहाँ ऑल्टर रहा होगा, वहाँ अब सिर्फ़ आधी कटी, आधी उखड़ी चिप्पियों का तहख़ाना-सा दिखाई देता था। एक काली बिल्ली उनके बीच दुबकी बैठी थी—काया को देखते ही एक झपाटे से छलाँग लगाकर वह दरवाज़े के बाहर भाग गई।

"बस, यही है...आगे कुछ भी नहीं।" बीरू ने कहा। वह शायद पछता रहा था। काया को वहीं रोक देना चाहता था।

लेकिन उसने बीरू को देखा भी नहीं। वह आगे बढ़ गई—ऑल्टर की दाईं तरफ़, जहाँ एक छोटा-सा चेपल रहा होगा। नीचे का फ़र्श ऊँचा-नीचा था—कभी उसके पाँव नंगी ज़मीन पर पड़ जाते, कभी साबुत लकड़ी के तख़्तों पर। लगता था, आस-पड़ोस के लोग गिरजे की लकड़ियों को इसी तरह नोच-भकोसकर ले गए थे जिस तरह मरे हुए जानवर की बोटियों को गिद्ध ले जाते हैं—सिर्फ़ एक नंगा कंकाल रह गया था। कुछ तख़्ते, कुछ चिप्पियाँ अब भी बचे रह गए थे—गिरजे के अन्तिम अवशेष—जिन पर पाँव रखा जा सकता था, हाथ टिकाया जा सकता था।

कोई चीज़ झपाक से उठी। बासी, अँधेरी हवा पर फड़फड़ाती हुई—काया को लगा, जैसे कोई गिलगिली-सी चीज़ उसके गालों पर सरकती हुई उड़ गई हो। वह बीरू को अपने पास बुलाना चाहती थी—लेकिन होंठ सूखे के सूखे खुले रहे। वह वहीं एक तख़्ते पर बैठ गई—उसका सिर चकराने लगा था।

"तुम ठीक हो..." बीरू ने झिझकते हुए उसकी ओर देखा। वह चेपल की खिड़की के सामने खड़ा था। बाहर की मन्द, फीकी धूप उसके चेहरे पर गिर रही थी।

"कोई चीज़ मेरे चेहरे से टकरा गई।" काया ने मुस्कराने की कोशिश की।

"चिमगादड़ होंगे..." बीरू ने कहा, "डरने की कोई बात नहीं—वे कुछ भी नहीं करते।"

चिमगादड़! उसने नाम सुना था, देखा कभी न था।

"तुम रोज़ यहाँ आते हो?" काया ने पूछा।

"कभी-कभी—किसी को नहीं मालूम, मैं यहाँ आता हूँ—उन्हें यह भी नहीं मालूम कि यहाँ कोई गिरजा है।"

वह अब भी खड़ा था। बाहर देखता हुआ, जहाँ पेड़ों पर धूप उतर आई थी—गिरजे की अँधेरी, बासी हवा से बिलकुल अलग, एक अलग दुनिया, पर चमकती हुई।

"अब यहाँ कोई नहीं आता?"

"अब कौन आएगा?" बीरू ने तनिक हताश भाव से कहा, "पहले अँगरेज़ आते थे—हम झाड़ियों में छिपकर उन्हें देखते थे।"

"क्या देखते थे?"

"वे रिक्शों में बैठकर यहाँ आते थे। लड़कियाँ छतरी खोले रखती थीं..." बीरू कुछ झिझका फिर धीरे से कहा, "उनकी टाँगें नंगी रहती थीं—बिलकुल सफ़ेद। एक बाल भी नहीं। हमारी टाँगों की तरह नहीं—वे एकदम मोम की तरह सफ़ेद होती थीं।"

"वे नायलोन की जुराबें पहनती हैं—इसीलिए," काया ने कहा।

"इसीलिए क्या?"

"बाल दिखाई नहीं देते," काया ने कहा।

"तुम्हें कैसे मालूम?" बीरू ने सन्देह से उसकी ओर देखा।

"हमारे घर के नीचे मिस जोसुआ रहती हैं, उनकी टाँगें भी बिलकुल सफ़ेद रहती हैं।"

गिरजे का पुराना अँधेरा और सफ़ेद टाँगें—इन दोनों में शायद कोई सम्बन्ध नहीं था, इसीलिए कुछ देर तक वे चुप बैठे रहे।

हवा में जाला हिला था। बाहर की चमक खिड़कियों के टूटे शीशों पर सरकने लगी थी।

"तुमने यह देखा?" बीरू दरवाज़े से हटकर एक लम्बे आले की तरफ़ चला आया।

एक दीवार—उससे चिपटी दो लकड़ियाँ, एक नंगी देह, ऊपर से नीचे टँगी हुई—दो बाँहें, जिन पर कीलों के सूराख़ दिखाई देते थे। धूप का धब्बा धीरे-धीरे एक छलनी पैर पर सरक रहा था, उसके ऊपर दूसरा पैर, और उस पर भी कीलों के सूराख़ बाहर झाँक रहे थे।

एक पुरानी लकड़ी का फ्रेम, जिस पर लाल-सुर्ख़ धब्बे इधर-उधर छिटके थे—पैरों पर, हाथों पर, छाती पर। नीचे एक सिर, अधर, लुढ़का हुआ।

काया मंत्रमुग्ध-सी देखती रही, अपलक, एकटक छिदी हुई देह पर मुँह खोले घावों को, जहाँ अब धूप सरक आई थी।

मन हुआ, हाथ आगे बढ़ाकर छुए, उन सूराख़ों को, जो घुन-खाई लकड़ी पर चमक रहे थे। लेकिन वह रोके रही। अपने को रोके रही। हवा में एक इशारा था, जो 'नहीं' की तरफ़ जाता था। उसे हैरानी हुई, पहली बार उसने इस इशारे को देखा था—और वह भी इस टूटे, पुराने, जर्जरित गिरजे में—जहाँ उसे रोकनेवाला कोई न था।

सहसा काया का ध्यान भटक गया। उसे लगा, एक महीन-सी छाया फ्रेम पर सरकती आ रही है। उसने सिर मोड़कर गिरजे के दरवाज़े की ओर देखा, मानो वहाँ से कोई भीतर आया हो, लेकिन वहाँ कोई न था।

"तुम यहाँ हो? मैं तुमसे कुछ कहना चाहती थी—अभी कोई चीज़ भीतर आई थी। तुमने उसे देखा था?"

फिर बीरू की शान्त, तटस्थ, निर्भीक आँखों को देखकर सब शब्द सूख गए—चिमगादड़, बासी हवा, दीवार पर टँगी, छितरी देह—ये सब जो एक ज़माने में उसे आतंकित कर देते थे, अब उस लड़के के आगे तुच्छ पड़ गए, पीछे हटते गए। क्या ऐसा होता है, जब अचानक कोई आदमी उन जगहों को घेर लेता है, जहाँ पहले डर था, बेचैनी थी?

"हमें चलना चाहिए।" बीरू दरवाज़े से हटा, तो बहुत-सी धूप एकसाथ गिरजे में चली आई। टूटी हुई शहतीरों के बीच रोशनी का एक सैलाब-सा भीतर बह आया।

"इतनी जल्दी?" उसने निराशा से बीरू को देखा, "क्या कुछ और देर नहीं रुक सकते?"

"वे राह देख रहे होंगे—तुम अब यहाँ रहोगी, किसी भी दिन आ सकती हो।"

काया का सिर हिला—एक बार, दो बार, एक मन्द, अनमनी गति में। उसने ऊपर देखा।

"मैं यहाँ नहीं रहूँगी।"

पहली बार बीरू के शान्त चेहरे पर हल्की-सी चिन्ता उभर आई थी।

"कैसे जाओगी—जब तक तुम्हारे बाबू नहीं आते?"

"मैं भाग जाऊँगी," काया ने कहा।

"तुम भाग जाओगी?" बीरू को केवल उसके शब्दों को दुहराने के अलावा कोई अपना शब्द नहीं सूझ सका।

काया भी विस्मित-सी उसे देखती रही। उसने ये शब्द बिना सोचे-समझे कह दिये थे—लेकिन एक बार कह देने पर उसे लगा, गिरजे की ठहरी हवा के बीच वह जो चाहे कह सकती है, कर सकती है।

"तुम डर गए बीरू?"

"किससे?"

"मेरे भागने से?"

आँखें लौट आईं—एक सूखी हँसी की तरफ़। बीरू भी लौट आया—काया के बीहड़ ख़तरे से अपने सुरक्षित कोने में, जहाँ उसका कमरा था, अँगीठी में जलती आग, पियानो, किताबें। वहाँ कोई ख़तरा नहीं था। कोई भाग-दौड़ नहीं थी।

जब कभी काया उसे वहाँ से खींचकर अपने रेगिस्तान में ले आती, वह बेचैन-सा हो जाता। वापिस मुड़ जाता, बिना पीछे देखे कि काया कहाँ है!

और वह सचमुच उसकी आँखों से ओझल हो जाती—एक दूसरे शहर में—जहाँ लाल टीन की छत थी, और छतों से बिलकुल अलग और अकेली जहाँ रेलवे लाइन थी, धूप में लेटी हुई—ऊपर मिस जोसुआ का लेटर-बॉक्स आँख खोले सबकुछ देखता था। उसे यह चीज़ असम्भव-सी जान पड़ी कि इस क्षण गिरजे के धुँधले आलोक में बीरू उसके सामने खड़ा है, लेकिन फिर भी उसे इन चीज़ों का कोई गुमान नहीं, और तब उसे एक भयभीत-सी आशंका हुई कि वह शहर कोई सपना था, हवा में छुई-मुई-सी छलना, एक धोखा, धोखा भी नहीं, कुछ भी नहीं—सच यह गिरजा है, यह लड़का, आले के अँधेरे में यह कीलों से छितरी हुई देह, यह ऐसा सच है, जिसके भीतर बुआ उसे हमेशा के लिए छोड़ गई हैं।

मैं भाग जाऊँगी? नहीं, यह तमाशा था, जैसा तमाशा वह घर के छज्जे पर नंगी होकर करती थी और तब उसे अपने पर ही शर्म आने लगी। उसे मालूम था, वह जाएगी कहीं नहीं। इस सच को वह जानती थी, और उसका बस होता तो वह बीरू का हाथ पकड़कर कहीं अपने भीतर खींच लेती, कहती, देखो, इसे छूकर देखो, यह सच है, मैं भागूँगी कहीं नहीं, क्योंकि मैं अब इसे सँभाल सकती हूँ और इसमें तमाशा कहीं नहीं है। इसमें ऐसा कुछ नहीं है, जो सहा न जा सके...

वह कहने को मुड़ी, तो आँखें थिर रह गईं। बीरू कहीं न था। काली शहतीरों पर एक मैली-सी सफ़ेदी फैल गई थी। छोटे-छोटे बादलों के टुकड़े खिड़कियों से भीतर आ रहे थे। "बीरू"—उसने दबे स्वर में कहा, और तब उसे लगा, गिरजे के चारों कोनों से उसकी आवाज़ उसी के पास लौट आती है—बीरू...बीरू...और वह देर तक अधजली, टूटी लकड़ियों के बीच अपनी ही आवाज़ सुनती रही...फिर वह दौड़ती हुई बाहर आई। बीरू नीचे ढलान पर खड़ा था, पेड़ों और पत्थरों के बीच—गिरजे की तरफ़ ताक रहा था।

वह नीचे उतरने लगी।

दुपहर की धूप मिटने लगी।

वे चुपचाप नीचे उतरने लगे। आकाश मेघाच्छन्न हो गया था। पहाड़ों पर काली, लम्बी छायाएँ उतर आई थीं।

"तुम चले क्यों आए?" काया ने पूछा।

"ऐसे ही..."

बीरू चुप था। उसकी आँखें रास्ते पर टिकी थीं। हवा में बार-बार उसके बाल आँखों पर गिर आते थे।

"तुम नाराज़ हो?" काया का स्वर हल्के से काँप गया।

बीरू रुक गया—उसकी ओर झिझकते हुए देखा, "तुम गिरजे में क्या सोच रही थीं?"

"कुछ नहीं बीरू!"

"तुम इतनी चुप थीं कि मुझे लगा, तुम प्रार्थना कर रही हो!"

"प्रार्थना कैसी—किसके लिए?" वह हँसने लगी।

"आले के सामने—जहाँ दीवार पर तुमने..." वह रुक गया। दो काली लकड़ियों पर टँगी देह, उसके बारे में क्या कहे?

"बीरू, वह कौन थे?"

"तुम्हें नहीं मालूम...उन्हीं की तो प्रार्थना होती है।"

"लेकिन वह कौन थे?"

"उन्हें सूली पर टाँगा गया था—वे सबके लिए मरे थे।"

"सबके लिए?" काया ने तनिक विस्मय से बीरू को देखा, "क्या मतलब?"

"पता नहीं, मैंने किताब में पढ़ा था।" उसके बाद बीरू बहुत देर तक नहीं बोला—और काया नीचे पगडंडी पर उतरते हुए सोचने लगी, एक दिन वह दुबारा गिरजे जाएगी, अच्छी तरह से उस आदमी को देखेगी, जो आले के अँधेरे में लकड़ियों पर टँगा था—सबके लिए मरा था।

पक्की सड़क से नीचे उतरते हुए देखा, बादल नीचे से ऊपर आ रहे हैं। अचानक सर्दी बढ़ गई थी। बादलों में ओक का वृक्ष भी छिप गया था, सिर्फ़ वह बोर्ड दिखाई दे रहा था, जिस पर लिखा था—फ़ॉक्सलैंड।

3

दरवाज़ा झिझकता-सा खुला—उसकी आँखें भी खुल गईं। इस समय कौन हो सकता है? वह कुछ देर प्रश्न-भरी निगाहों से दरवाज़े को देखती रही।

शायद कोई नहीं था—उसने हल्की-सी खड़खड़ाहट सुनी थी। दिन की नींद शाम तक आते-आते अपने-आप ख़त्म हो गई थी। एक क्षण तक पता नहीं चला, वह कहाँ है—अनायास हाथ पासवाले बिस्तर पर गया, तो ख़ाली हवा को छूकर वापिस लौट गया था।

उसे अजीब-सा लगा—घर छोड़े इतने दिन बीत गए थे, लेकिन जागते ही हाथ छोटे के बिस्तर पर उठ जाते थे।

नहीं, यह उसका भ्रम नहीं था। कोई था। कोई बराबर दरवाज़ा खटखटा रहा था।

कौन होगा—बीरू या चाचा? लेकिन दरवाज़े के पीछे से जो चेहरा बाहर दिखाई दिया, वह उन दोनों में से कोई न था।

"आप खाना अभी खाएँगी या देर से?"

उसकी पतली आवाज़ समूचे कमरे में गूँज गई। सोने के बाद जो रंगीन-सा झिलमिला इकट्ठा हुआ था, वह बिखर गया। रात है या दिन?

दरवाज़े पर पहाड़ी खड़ा था। उसकी आँखें शाम के धुँधलके में चारों तरफ़ घूम रही थीं, जैसे अभी तक उसे पता न चला हो, वह किस कोने में लेटी हैं।

"भीतर आओ!"

वह खड़ा रहा—दरवाज़े के सहारे। शायद उसने सुना भी नहीं कि काया ने उसे बुलाया है।

"आप सो रही थीं?"

उसने विस्मय से काया को देखा—दो फैली हुई पहाड़ी आँखें, समूचे चेहरे को घेरती हुई। उसने सिर्फ़ एक कमीज़ पहन रखी थी, जिसके सब बटन टूटे थे। सिर पर एक कत्थई रंग की फुन्देदार टोपी थी—जो ठुड्डी तक नीचे जाकर दोनों कानों को समेट रही थी।

"साहब लौट आए?" उसने पूछा।

"वह आज देर से आएँगे।"

"और बाबा?"

वह बीरू को इसी नाम से बुलाता था।

"वह अपने मास्टर के साथ गए हैं।"

उसे याद आया, हर शाम बीरू अपने म्यूज़िक टीचर को उनके घर तक पहुँचाने जाता था।

घर में कोई न था।

पहाड़ी जाने लगा तो वह झपटकर उठ बैठी। "ठहरो..." उसने कहा, वह रुकता नहीं, तो दौड़कर उसे रोक लेती। वह घंटों अकेले कमरे में बैठ सकती थी, लेकिन ज्योंही पता चल जाता कि सारा घर ख़ाली है तो अपना ख़ाली कमरा भी खाने दौड़ने लगता।

"छोटी बीवी..." उसने असमंजस में पड़कर कहा, "बत्ती जला दूँ?"

"नहीं, अभी नहीं..." उसने कहा, "बाहर देखो, अभी कितना उजाला है।"

सचमुच बाहर उजाला था, जो अँधेरा होने से पहले पहाड़ों पर रेंगता रहता है। अपने घर में बहुत जल्दी अँधेरा हो जाता था, लेकिन चाचा का घर ऊँचाई पर था—पहाड़ों का आलोक देर तक खिड़कियों पर पड़ता रहता था।

"मैं अब चला जाऊँ?" पहाड़ी की गोल, भोली आँखें उसे निहार रही थीं। वह कभी एक टाँग पर खड़ा होता था, कभी दूसरी टाँग पर—जैसे अपनी झिझक प्रगट करने का यही एक रास्ता हो!

"कहाँ जाओगे?"

पहाड़ी ने हैरानी से उसकी ओर देखा।

"अपने क्वार्टर में।"

"कहाँ है तुम्हारा क्वार्टर?"

"आपको नहीं मालूम?" इस बार वह दोनों पैरों पर स्थिर खड़ा हो गया। "नीचे सीढ़ियाँ उतरकर जाना पड़ता है—बिलकुल पास—सिर्फ़ एक पगडंडी पार करनी पड़ती है।"

काया कुछ देर तक उस लड़के को देखती रही।

"मैंने कभी नहीं देखा।"

"आप आएँगी?"

'मैं आ सकती हूँ?"

"क्यों नहीं..."

उसने अचानक निर्णय ले लिया था, फिर लगा, यहाँ कुछ ग़लत है, ऐसा कुछ, जो बिना चाचा से पूछे नहीं करना चाहिए। लेकिन फिर अकेले घर का ध्यान आया, अपने अँधेरे कमरे का—जिसे वह दूर से दूर, देर से देर तक टाल देना चाहती थी, अगर बीरू इस समय घर होता।

लेकिन उसके कमरे में अँधेरा था। पहाड़ों की धूप अब समूचे शहर से उड़ गई थी—सिर्फ़ कुछ रंगीन धब्बे निशानी के तौर पर बचे रह गए थे—जो अँधेरे में भी दिखाई देते थे।

"आप नहीं आएँगी?" पहाड़ी ने सशंकित दृष्टि से उसे देखा—उसे डर था, वह अपना इरादा बदल देगी।

"तुम चलो, मैं आती हूँ।"

उसने झटपट अपने कपड़े बदल डाले। जब घर में थी, माँ हमेशा उसे सलवार-कमीज़ पहनने को कहती थीं। यहाँ अब कोई रोकनेवाला नहीं था। उसने अपनी नीली फ्रॉक बाहर निकाली—अकेली एक फ्रॉक, जो वह अपने साथ लाई थी। उसे पहनते हुए कुछ अजीब-सा लगा कि स्कूल की फ्रॉक इन छुट्टियों में पहन रही है...अब भी उस फ्रॉक से क्लास-रूम की बेंचों और बस्तों की गन्ध आ रही थी। दोनों तरफ़ लम्बी ज़ेबें थीं, जो घुटनों तक आती थीं, जिनमें पेंसिल और चॉक के टुकड़े अब भी रखे थे।

बाहर आई, तो पहाड़ी सीढ़ियों के पास खड़ा था।

"आप ठहरिए—मैं बैटरी ले आता हूँ। नीचे कहीं बत्ती नहीं है।"

"नहीं, नहीं, बैटरी नहीं...मैं सबकुछ देख सकती हूँ।" उसने जल्दी से कहा। उसे टॉर्च से बहुत डर लगता था—कमरे में खोलो तो कुछ नहीं, लेकिन बाहर उसके घूमते धब्बे को देख ख़ुद उसका सिर घूमने लगता था। यों भी रोशनी की कोई ज़रूरत नहीं थी—बरामदे की बत्ती का आलोक नीचे ढलान तक आता था, उससे कुछ दूर क्वार्टर की बत्ती दिखाई देती थी—सिर्फ़ बीच में अँधेरे का एक छोटा-सा द्वीप फैला था जो न कोठी का हिस्सा जान पड़ता था, न क्वार्टर का।

नीचे पत्ते थे, नवम्बर के सूखे करारे पत्ते, लम्बे-लम्बे ढेरों में जमा किये हुए। दूर से लगता था, जैसे हर जगह अँधेरे में कोई खड़ा हो। पेड़ों की लम्बी कतार क्वार्टर तक चली गई थी—लेकिन वे बिलकुल सुन्न खड़े थे, न किसी पक्षी के उड़ने की फड़फड़ाहट, न टहनियों की

सर्र-सर्र, जैसे वह अपने घर में सुनती थी। सिर्फ़ आकाश के तारों को देखकर लगता था, वे वैसे ही साफ़ और चमकीले हैं, जैसे अपने छज्जे से दिखाई देते थे।

पहाड़ी बीच रास्ते में रुक गया।

सामने दुमंज़िला क्वार्टर था। नीचे की मंज़िल अँधेरे में डूबी थी। सिर्फ़ ऊपर क्वार्टर में दो बत्तियाँ दिखाई दे रही थीं—दो अलग-अलग कोठरियों में, जो एक-दूसरे से सटी थीं।

"चलो, रुक क्यों गए?"

उसने पहाड़ी को हल्के-से धक्का दिया—लेकिन वह अपनी जगह पत्थर-सा खड़ा रहा। फिर सहसा उसने काया का हाथ पकड़ लिया और उसे घसीटता हुआ नीचे की मंज़िल की ओर ले चला, जहाँ घुप्प अँधेरा था।

वह घिसटती गई। हड़बड़ाहट में उसे कुछ भी पता न चल सका कि पहाड़ी उसे कहाँ ले जा रहा है। वह हाँफ रहा था और उसकी गर्म साँसें बार-बार उसके गालों को छू जाती थीं।

ऊपर धीमी-सी खटपट हुई। वे जिस शेड के नीचे खड़े थे, वह हिल रहा था। किन्तु वे ऊपर कुछ नहीं देख सकते थे। पहाड़ी कुछ आगे सरक आया—वह क्वार्टर की सीढ़ियों को देख रहा था।

कोई ऊपर की मंज़िल से नीचे उतर रहा था।

वह आँखें फाड़े देखती रही, जहाँ पहाड़ी की निगाह थी। ऊपर और नीचे की मंज़िल में ज़्यादा फ़ासला नहीं था—सिर्फ़ पाँच-छह सीढ़ियाँ थीं, जिन्हें एक छलाँग में फाँदा जा सकता था।

"पहाड़ी...कौन है?"

"ठहरो, छोटी बीवी, ज़रा ठहरो..."

कोठरी की बत्ती ज़ीने पर पड़ रही थी। चाचा सीढ़ियाँ उतर रहे थे।

वह एकटक देखती रही। इतनी रात चाचा क्वार्टर में क्या कर रहे हैं? वही लम्बा-चौड़ा शरीर, हाथ में छड़ी, जिससे वह सीढ़ियाँ टटोल रहे थे।

वह नीचे अँधेरे में खड़ी थी।

वह सीढ़ियों से उतरकर कोठी की तरफ़ चलने लगे। दूर तक उनकी लम्बी छाया पेड़ों पर दिखाई देती रही। जब वह आँखों से ओझल हो गए, तो भी देर तक उनकी छड़ी की खट-खट सुनाई देती रही।

"अब चलेंगी?" पहाड़ी ने कहा।

वह शेड से निकलकर बाहर आ गया था। बाहर भी उतनी ही शान्ति थी, जितनी उसके चेहरे पर। कुछ मिनटों पहले की घबराहट अब कहीं न थी।

"तुम यहाँ भाग क्यों आए?" उसने पूछा।

उसने कुछ नहीं कहा, सिर्फ़ एक आत्मतुष्ट-सी मुस्कान उसके चेहरे पर फैली रही। उसे पहली बार आशंका हुई कि वह जितना भोला दीखता है, उतना है नहीं—यह आशंका कभी-कभी मँगतू के सामने भी होती थी, जैसे ये पहाड़ी लोग अपने साथ जो दुनिया लाते थे, वह न छलावे की थी, न भोलेपन की, बल्कि दोनों से अलग एक निर्दोष भेद से भरी थी, और इस भेद को वह कभी नहीं समझ पाती थी।

एक बार मन हुआ, पीछे मुड़ जाए—चाचा को वहाँ देखकर न जाने क्यों आगे चलने का उत्साह मर गया था। टाँगों में एक अजीब-सी शिथिलता उभर आई थी। वह तुरन्त, पहाड़ी को वहीं छोड़कर, जल्दी से जल्दी अपने कमरे में चली जाना चाहती थी।

वह यहाँ क्या कर रही है—इस अँधेरे शेड के नीचे, अकेले, इस पहाड़ी नौकर के साथ?

"आप आएँगी नहीं?"

पहाड़ी का स्वर सुनाई दिया—उसमें एक ऐसी उज्ज्वल निश्छलता थी, कि काया को लगा कि वह उस स्वर को न केवल सुन सकती है—अँधेरे में देख भी सकती है। उसमें एक उत्सुक-सा आग्रह था—जिसे फेंका नहीं जा सकता था।

सीढ़ियाँ चढ़ने में देर नहीं लगी। ऊपर छोटा-सा सँकरा छज्जा था—जिसके किनारे लकड़ी का जँगला लगा था। पीछे की तरफ़ दो कोठरियाँ थीं—एक रसोई, दूसरा रहने का कमरा। रसोई की बत्ती जल रही थी, लेकिन वहाँ कोई न था। दूसरी कोठरी के आगे चिक लगी थी, जिसके भीतर रोशनी थी, लेकिन दिखाई कुछ नहीं देता था।

"कोई नहीं है यहाँ?"

काया ने असमंजस में पहाड़ी को देखा, लेकिन वह ठहरा नहीं। चिक उठाई और भीतर चला गया।

वह ठिठकी खड़ी रही।

क्वार्टर के पीछे से गीदड़ों की रिरियाती चीख़ें सुनाई दे जाती थीं, और सिर्फ़ कहीं पास से दो-चार कुत्ते एकसाथ भूँकने लगते थे।

पहाड़ी ने चिक उठाई। वह अब भी मुस्करा रहा था।

"भीतर नहीं आएँगी?"

उसने उत्सुकता से भीतर झाँका—पहाड़ी आदमी का कमरा बिलकुल वैसे ही होगा, जैसे वह बचपन से मँगतू की कोठरी देखती आई थी—बोरियों के आसन, आग तापने की अँगीठी, चारों तरफ़ बिखरी राख—और एक कड़वी-सी जानी-पहचानी तमाखू की गन्ध—जो चारों तरफ़ हवा में फैली रहती थी।

लेकिन भीतर झाँकते ही उसकी आँखें जम गईं। दीवार के सहारे एक औरत बैठी थी। वह काया को उतनी ही गहरी जिज्ञासा से देख रही थी, जितनी काया उसकी ओर। उसके दोनों हाथ जुड़े हुए थे, वह जैसे उन्हें उठाना भूल गई हो। वे उसके लाल लहँगे पर निढाल-से पड़े थे। उसने चौड़ी-सी नथ पहन रखी थी—एक सफ़ेद फूल की तरह, जो रोशनी में बार-बार चमक जाती थी।

"इधर आओ।" उसने हाथ से संकेत किया—चटाई की तरफ़, जो बीच फ़र्श पर बिछी थी।

उसने पीछे मुड़कर देखा—पहाड़ी पाँव पसारे देहरी पर बैठा था, दोनों के प्रति तटस्थ, जैसे अँधेरे में गीदड़ों की चीख़ों को गिन रहा हो।

वे बराबर चीख़ रहे थे।

"बैठो..." उसने दुबारा कहा—महीन पतला स्वर, लेकिन भरा-भरा-सा और इस बार काया भीतर चली आई। चटाई पर बैठ गई।

वह कमरा बिलकुल अलग था—एक कोने में बिस्तर था, जिस पर नीली चादर बिछी थी। उसके सामने रसोई का दरवाज़ा खुलता था, और इस दरवाज़े पर फ़िल्मी एक्टरों की रंग-बिरंगी तसवीरें चिपकी थीं। चटाई के पास ही सिलाई की मशीन थी—काले कपड़े से ढकी हुई। बिस्तर के पीछे सफ़ेद टीन का भारी बक्सा था, जिस पर पीतल का बड़ा ताला लगा था। मँगतू की कोठरी? उसका कोई निशान यहाँ नहीं था। उसे लगा, वह बहुत ग़लत जगह चली आई थी—लेकिन उठना अब असम्भव जान पड़ा। नथवाली औरत बराबर उसकी ओर देख रही थी।

काया ने अपनी फ्रॉक को पैरों तक खींच लिया। उसकी निगाहों में कुछ ऐसा था कि अपने पर अकारण शर्म-सी आने लगी थी, कुछ ऐसी शर्म जिसे उसने पहले कभी नहीं जाना था।

"बड़ी बीबी लौट गईं?" उसका स्वर इस बार काफ़ी नम्र हो आया था।

"कौन बड़ी बीवी?" काया ने आश्चर्य से उसकी ओर देखा।

"तुम्हारे साथ जो आई थीं?"

"बुआ? आपने उन्हें देखा था?"

"कई बार! यहाँ से सब दिखाई देता है।"

वह हँसी, तो नथ धीरे से काँप उठी। उनका चेहरा बिलकुल पहाड़ी की तरह था, सिर्फ़ माथा ऊँचा था और चेहरे का पीलापन दूर से इस तरह चमकता था, जैसे रंग हो, पानी लगाते ही धुल जाएगा।

काया को पता नहीं चला, वह कितनी तेज़ी से उनकी तरफ़ खिंचती जा रही है।

"अभी कुछ दिन रहोगी?"

"दिसम्बर तक—बाबू लेने आएँगे," उसने कहा।

नथवाली औरत ने सिर हिलाया, जैसे वह सबकुछ समझती हों।

"उसी कमरे में रहती हो, जहाँ पुरानी बीवी रहती थीं?"

"आपको मालूम है?"

"मालूम है, देखा नहीं।" इस बार उनका स्वर धीमा-सा हो आया।

"आप कभी चाचा के मकान नहीं गईं?"

"नहीं, मैं वहाँ नहीं जाती।"

काया ने अविश्वास से उन्हें देखा—क्वार्टर और घर के बीच सिर्फ़ एक छोटी-सी सड़क थी—उसे पार करना इतना दूभर हो सकता है, उसने कभी नहीं सोचा था।

लेकिन अगले क्षण ही वह मुस्कराने लगीं—वह मुस्कराहट इतनी खुली और मुखर थी कि काया को पहली बार वह बहुत जवान औरत जान पड़ीं—बिलकुल लड़की-सी।

"मैंने देखा नहीं, मुझे मालूम सब रहता है। तुम जिस कमरे में ठहरी हो, वहीं तुम्हारे बाबू रहते थे। उन्हें वह कमरा बहुत पसन्द था। जब कभी यहाँ आते थे, हमेशा उसी कमरे में ठहरते थे। मैंने तुम्हारी माँ को कभी नहीं देखा, वह यहाँ कभी नहीं आईं।"

"आप बाबू से मिली थीं?"

"मिली कहाँ? मैं हमेशा क्वार्टर में रहती हूँ..."

"वह रिक्शा में बैठकर आते थे..." पहाड़ी ने कहा। वह अब भी देहरी पर बैठा था। काया उसे बिलकुल भूल गई थी।

"यह मेरा लड़का है..."

नथवाली औरत ने कहा, तो वह मुस्कराने लगा—और तब उस क्षण काया को उनके बीच बैठना एक विस्मयकारी-सा अनुभव जान पड़ा—बाहर अँधेरे में चीख़ते गीदड़, पेड़ों के बीच घिरा यह क्वार्टर—

और सामने बैठी एक अनजान, अजनबी औरत, जो उसके बारे में सबकुछ जानती थी, लेकिन उसने जिसे कभी देखा भी न था।

उसे अजीब-सा ख़याल झिंझोड़ गया—अगर आज वह पहाड़ी के साथ न आती, तो शायद कभी उनसे न मिल पाती, न उन्हें देख पाती, आख़ीर तक पता नहीं चलता कि वह यहाँ रहती हैं।

जब वह बोल रही थीं, काया एकटक उन्हें निहारती रही। होंठों के बीच एक छोटी-सी खाई थी, जो नथ के नीचे बार-बार चमक जाती थी। वह हमेशा भरे गले से बोलती थीं—तीखा, साफ़, लेकिन कुछ डरा-सा स्वर, जैसे उन्हें ख़ुद अपने शब्दों पर विश्वास न हो। हाथ दुपट्टे के नीचे छिपे थे, लेकिन लहँगे से बाहर निकले पैर दिखाई देते थे—मेहँदी में रँगे हुए लाल, जिन पर चाँदी के कड़े झूल रहे थे। उन्हें देखकर उसे मँगतू की बात याद हो आई, जो उस रात अपने क्वार्टर में कही थी—कड़ों के बारे में।

"आप दिन-भर यहीं रहती हैं?" काया ने अचानक पूछ लिया।

"और कहाँ?" उन्होंने विस्मय से काया को देखा।

"बाहर नहीं जातीं?"

"बाहर?"

उन्होंने सिर हिलाया, जैसे वह कोई बेतुका अर्थहीन प्रश्न हो। रसोई और कोठरी की दुनिया भी बहुत बड़ी हो सकती है, यह शायद वह काया को नहीं समझा सकती थीं।

"एक बार नीचे झरना देखने गई थी..." उन्होंने हँसते हुए कहा, "तुमने देखा है?"

"यहाँ कोई झरना है?"

"हाँ—तुम्हारे चाचा ने तुमसे नहीं कहा?"

काया को लगा, जैसे यह प्रश्न और प्रश्नों से अलग है, चाचा का नाम बहुत धीमे स्वर में लिया गया है—चिन्ता की एक हल्की-सी झाँईं उनके पीले चेहरे पर सिमट आई थी।

"अब तुम जाओ—वे तुम्हारा इन्तज़ार कर रहे होंगे।"

उनके स्वर में आदेश नहीं था, फिर भी काया उठ खड़ी हुई। पहले क्षण समझ में नहीं आया कि वे कौन हो सकते हैं, कौन उसका इन्तज़ार करता होगा? यहाँ बैठकर वह सबकुछ भूल गई थी। यहाँ वह रात-भर रह सकती थी।

"मैं यहाँ फिर कभी आ सकती हूँ?" काया ने झिझकते हुए पूछा।

"तुम आना चाहोगी?" उन्होंने तनिक कौतूहल से काया को देखा, "यहाँ कोई आता नहीं..."

पहाड़ी ने सिर उठाया, पहली बार सन्दिग्ध निगाहों से माँ को देखा—कुछ वैसे ही असमंजस में—जब बच्चे अपने बड़ों को झूठ बोलता देखते हैं, फिर भी उन पर सन्देह नहीं करते, ख़ुद अपने सच पर शंका करने लगते हैं। यह शायद पहली पीड़ा होती है—लेकिन पहाड़ी के चेहरे पर पीड़ा उतनी नहीं, जितनी शर्म थी। वह मुँह मोड़कर दरवाज़े के बाहर देखने लगा।

वह काया के पास आईं, इतनी पास कि उसे लगा, वह उसके सामने से गुज़रकर रसोई की तरफ़ जा रही हैं—किन्तु उसके सामने से जाते हुए वह क्षणभर ठिठक गईं। "यहाँ आने की बात किसी से न कहना।" और फिर वह तेज़ क़दमों से उस तरफ़ मुड़ गईं, जहाँ रसोई का दरवाज़ा खुलता था।

उसे लगा, यह आख़िरी बात सिर्फ़ उसके लिए है—शायद पहाड़ी ने उसे सुना भी न था। वह होंठों के बीच सीटी बजाता हुआ बाहर अँधेरे में देख रहा था।

मकान के सामने आकर पहाड़ी ठहर गया।

"मुझे लौटना है, छोटी बीवी, अब आप चली जाएँगी?"

"तुम मेरे साथ नहीं आओगे?"

"मुझे खाना तैयार करना है," उसने कहा।

"अच्छा, तुम जाओ, मैं अब ख़ुद चली जाऊँगी।" पेड़ों के बीच उसकी छाया क्वार्टर तक दौड़ती गई।

वह ज़ीने के पास आई, तो पाँव ठिठक गए। सब कमरों की बत्तियाँ जल रही थीं।

काया को एक बहुत पुरानी किताब की फ़ोटो याद हो आई—अँधेरे पानी में खड़ा जहाज़। नवम्बर की रातों में, जब हवा साफ़ होती, वह मकान सचमुच जहाज़ जैसा लगता था। लम्बा गलियारा डेक-सा दिखाई देता—वहाँ हमेशा एक मेज़ और कुछ आराम-कुर्सियाँ पड़ी रहती थीं। गर्मी के दिनों में वहाँ चाचा के मित्र ताश खेलते थे, खाना-पीना भी वहीं होता था। लेकिन सितम्बर के महीने में वे शहरों की तरफ़ चल देते। गलियारा उजाड़ पड़ जाता। मेज़, कुर्सियाँ, फूलों के गमले बीती हुई गर्मियों के खँडहर-से दिखाई देते। सर्दियाँ शुरू होते ही पहाड़ी उन्हें कैनवस और टाट के टुकड़ों से ढक देता—बर्फ़ से बचाने के लिए। लेकिन उस साल पतझड़ खिंचता गया—गर्मियों और जाड़े के बीच का मौसम—जब सर्दी बढ़ जाती लेकिन इतनी ज़्यादा नहीं कि गलियारे में बैठा न जा सके। चाचा जब कभी बाहर न जाते, तो देर शाम तक वहाँ बैठे रहते। बिलकुल अकेले। मेज़ पर एक बोतल, एक गिलास, पानी का एक जग...और सामने सँजौली की बत्तियाँ...जो दो पहाड़ों के बीच जगमगाती रहतीं।

यह गलियारे का सबसे बड़ा आकर्षण था।

वहाँ से तीन पहाड़ एकसाथ दिखाई देते थे। दाईं तरफ़ जाखू की चोटी, सामने सँजौली का कस्बा और बाईं तरफ़ इलीशयम-ग्राउंड की पहाड़ी जो खिंचती हुई कैथू तक चली जाती—तीनों के बीच घाटी कभी ऊँची हो जाती, कभी बिलकुल नीची—कहीं नंगी, कहीं पेड़ों से ढकी हुई।

उनके बीच मकान इस तरह बिखरे रहते जैसे किसी ने जल्दी में ताश के पत्तों को बिखरा दिया हो—कोई ऊपर, कोई नीचे। शाम होते ही वे जगमगाने लगते, मानो एकसाथ जुगनुओं का लश्कर पहाड़ों पर उतर आया हो! कभी जब धुंध गहरी हो जाती (और उन दिनों अकसर हो जाती) तो आँखों के सामने सबकुछ एक सफ़ेद झील में तैरता-सा दिखाई देता—जुगनू, मकान, पहाड़ियाँ—लेकिन धुंध छँटते ही वे फिर बाहर निकल आते—साफ़ और चमकीले और बेधड़क—और जब तक यह खेल जारी रहता, चाचा गिलास और बोतल के बीच उसे चलता हुआ देखते रहते।

जहाज़ के डेक पर बैठे हुए।

वह आज भी वहाँ बैठे थे।

"कौन है?"

उनकी आवाज़ गलियारे के एक सिरे से उठकर दूसरे सिरे तक गूँज गई।

पीछे मुड़ने का कोई रास्ता नहीं था। न वह मुड़ना चाहती थी—सीधे-सधे क़दमों से वह उनकी कुर्सी के सामने चली आई।

"ओह—तुम!" उन्होंने सिर उठाया तो समूचा चेहरा रोशनी में सरक आया। "कहीं बाहर गई थीं?"

"जी..." उसने कहा—चाचा की छाया दिखाई दी, क्वार्टर से नीचे उतरते हुए—और वह सोचने लगी, क्या वह सचमुच चाचा थे, जो यहाँ कुर्सी पर बैठे हैं, या उसके मन की छलना थी, जो अँधेरे में पेड़ों के नीचे भटकती है, असल में होती कुछ नहीं।

"अकेली गई थीं?"

"नहीं...पहाड़ी मेरे साथ था।"

उन्होंने अपना गिलास उठाया, भीतर जितना कुछ बचा था, उसे धीरे-धीरे पीने लगे।

"यहाँ मन लग गया तुम्हारा?"

"जी।"

"अपना घर तो याद नहीं आता?"

वह उन्हें देखती रही—चुपचाप, सतर्क। एक बार इच्छा हुई, कह दे, नहीं, अब कुछ याद नहीं आता—पर वह उनसे बाहर जाने के बारे में एक झूठ बोल चुकी थी। उसके बाद दूसरा झूठ अपने-आप गले में सूख गया।

"तुम्हारे बाबू का मन यहाँ नहीं लगता—कुछ दिन के लिए आते हैं, फिर भाग खड़े होते हैं।"

वह धीरे से हँसे—बाबू उनके बड़े भाई थे, लेकिन उनका नाम लेते ही उनका स्वर इतना कोमल हो जाता, जैसे अपने छोटे भाई को याद कर रहे हों! आर्मी में रहने के कारण वह हमेशा घर से बाहर रहे थे—एक बाहर के आदमी—इसलिए बुआ और बाबू से उनका लगाव कुछ ज़रूरत से ज़्यादा ही था, जैसे ज़िन्दगी भर की कमी वह इन आख़िरी दिनों में पूरा करना चाहते हों!

"तुम्हें याद है, जब तुम पहली बार यहाँ आई थीं?"

"पहली बार कब?" उसने उत्सुकता से चाचा को देखा।

"तब तुम सिर्फ़ दो बरस की थीं। भाई तुम्हें टट्टू पर बिठाकर लाए थे। तब तुम्हारी चाची ज़िन्दा थीं...उन्होंने ही तुम्हारा नाम रखा था। तुम इतनी पतली थीं कि सिर्फ़ हड्डियों का ढाँचा दिखाई देता था..."

नहीं, यह पीने का असर नहीं था। चाचा हमेशा उससे ऐसे बात करते थे, जैसे वह बड़ी हो! 'एक ज़िम्मेवार लड़की,' मिस जोसुआ कहती थीं—और एक अजीब बोझिल, रुआँसा बादल उसके भीतर उठने लगा।

कितने दिनों बाद उसे घर याद आया था।

"आपको मिस जोसुआ याद करती थीं," उसने धीरे से कहा।

चाचा ने गिलास से अपनी आँखें उठाईं, "मिस जोसुआ? वह अब भी ज़िन्दा है?"

वह मुस्कराए—और तब काया ने पहली बार देखा कि उनकी आँखों के नीचे झुर्रियों की मकड़ियाँ खिंच आई थीं, जैसे अब तक वे कहीं छिपकर बैठी थीं और चाचा के मुस्कराते ही बाहर निकल आई हों।

"कुछ लोगों की कितनी लम्बी ज़िन्दगी होती है!" उन्होंने लम्बी साँस ली।

बाहर धुंध उड़ रही थी। पहाड़ों पर तारे दिखाई देते थे—पीले, निष्प्रभ, किसी परदे के पीछे मैले मोतियों-से टँगे हुए।

"तुम्हें सर्दी तो नहीं लग रही?" चाचा का ध्यान उसकी तरफ़ भटक गया।

उसने ज़ोर से सिर हिलाया। भीतर जाने के ख़याल से ही उसका दिल आतंकित हो उठा। फिर यह देखकर तसल्ली हुई कि चाचा ने भी उठने का कोई उपक्रम नहीं किया—जैसे बैठे थे, वैसे बैठे रहे।

"बीरू अभी नहीं लौटा?" काया ने पूछा।

"वह देर में आएगा...उसके टीचर सँजौली में रहते हैं..." फिर उन्हें कुछ याद आया, काया की तरफ़ देखा।

"तुमने बीरू का पियानो देखा?"

"जी..."

"जब उसे ख़रीदा था तो बीरू के लिए नहीं, वह मुझे मुफ्त मिला था।"

उनका स्वर अचानक बहुत हल्का-सा हो आया। वह काया से वैसे ही बातें करने लगे, जैसे वे गर्मी के दिन हों और वे अपने मित्रों से बातें कर रहे हों, काया से नहीं।

"कलकत्ता से आया है यह पियानो!"

"आप लाए थे?"

"मैं नहीं...मेरी चिट्ठी!" उन्होंने चमकती आँखों से काया को देखा। "यहाँ मुझे कुछ भी करने को नहीं है, इसलिए मैं चीज़ें इकट्ठा करता रहता हूँ। *स्टेट्समैन* में वह विज्ञापन देखा था—एक अँगरेज़ मि. वुड

अपनी सारी लायब्रेरी बेचना चाहते थे, और उसके साथ पियानो मुफ्त। वह इंग्लैंड जा रहे थे। बाक़ी चीज़ें बेच चुके थे, लेकिन पियानो उसी आदमी को देना चाहते थे, जो उनकी किताबें ख़रीद सके—एक ही आदमी को!"

वह रुक गए। हँसने लगे। फिर चुप हो गए और पीने लगे।

"पियानो बिलकुल नया था, लेकिन किताबें, वे इतनी पुरानी थीं कि कलकत्ता से यहाँ आते-आते उनके पन्ने झरते गए—बिलकुल पतझड़ के पत्तों की तरह!"

वह सुनती रही। जग, बोतल और गिलास—इन तीनों के बीच चाचा का हाथ एक बड़े ज़िद्दी पतिंगे की तरह ऊपर उठता था—जब हाथ उठता था, तो लगता था, वह पतिंगा भी ऊपर उठा है, जब नीचे आता था, तो वह भी नीचे डोल जाता था—और उस छोटी-सी गति के घेरे में गलियारे की स्तब्धता एकाएक चौंक जाती थी।

एक विचित्र-सी आकांक्षा ने उसे पकड़ लिया। शायद बाहर की धुंध थी—या दिन-भर की थकान—वह उनके निकट आना चाहती थी। चाचा इतने अकेले बैठे थे—उससे इतनी दूर कि उन तक पहुँचने की बात तो अलग, रास्ते का शुरू भी उसे नहीं मालूम था। फिर भी उसने क़दम उठाया—अँधेरे में ही—और धीरे से पूछा, "आप क्वार्टर गए थे चाचा?"

वह न हिले, न आवाज़ ऊँची की। बहुत सहज स्वर में कहा, "तुमने देखा था?"

"जब आप सीढ़ियाँ उतर रहे थे।"

वह चुप रहे, फिर काया को देखा, लेकिन इस बार गिलास दुबारा नहीं उठाया—सिर्फ़ काया को देखते रहे।

"तुम उनसे मिली थीं?"

"जी हाँ।" काया समझ गई, वह झूठ नहीं चाहते थे और वह हल्की हो गई थी।

"तुम कितनी बड़ी हो गई हो काया!" चाचा उठ खड़े हुए, रेलिंग के पास खड़े होकर बाहर देखने लगे। बाहर अब कुछ दिखाई नहीं देता था। पहाड़, बत्तियाँ, पेड़—सब पर एक सफ़ेद परदा उतर आया था।

ज़ीने पर पैरों की आहट सुनाई दी। बीरू ऊपर आया था, एक क्षण तक वह विस्मय से उसे और चाचा को देखता रहा। फिर चुपचाप, बिना एक शब्द कहे, वह अपने कमरे की तरफ़ चला गया।

चाचा ने पीछे मुड़कर उसे देखा भी नहीं।

खाने के बाद वह सीधा अपने कमरे में आ गई। उसने सोचा था, बिस्तर पर लेटते ही नींद आ जाएगी—वह लेट गई। धीरे-धीरे सब कमरों की बत्तियाँ बुझ गई थीं। पहाड़ी अपने क्वार्टर लौट गया था और चाचा ऊपर के कमरे में।

सिर्फ़ बीरू के बन्द दरवाज़े के नीचे रोशनी दिखाई देती थी—एक पीली लकीर, जो लायब्रेरी की सरहद तक खिंच आई थी। वह पियानो पर प्रेक्टिस कर रहा था। हर रात सोने से पहले वह आवाज़ उसके कमरे से आती थी। वह अकेली आती थी—सब रिश्तों को फाँदकर—उसके ख़ून में अपनी धड़कन पिरोती हुई। मुझे यह क्या होता है—वह सोचने लगती—यह बेचैनी, फिर बेचैनी पर छिलके-सा लिपटा हुआ सुख। वह छिलका हटाती, तो भीतर छिपी हुई एक चाहना सिर उठाती—गले में फँसी हुई सुबकी, जो तय न कर पाती कि सुख की तरफ़ जाए या बेचैनी की तरफ़, और बीच गले में फँसी रहती। मैं कितनी बड़ी हो गई हूँ...वह सोचती, फिर आँखें मूँदने लगतीं—पपड़ाए, सूखे होंठ खुल जाते—बीरू! वह धीरे से कहती—"बीरू, बीरू, बीरू..." एक सुखद-सा भ्रम होता

कि वह उसकी आवाज़ सुन रहा है—हालाँकि अगर वह सचमुच उसकी आवाज़ सुनकर कमरे के भीतर आ जाता, तो वह स्तब्ध-सी हो जाती—एक शब्द भी मुँह से न निकाल पाती। रज़ाई के नीचे छिप जाती। वह एक ऐसा साइनबोर्ड था, जो किसी तरफ़ कोई इशारा नहीं करता था, फिर भी पास बुलाता था और काया उस बोर्ड के नीचे सिहरती हुई बैठ जाती थी, उस आवाज़ को सुनने लगती, जो उसके कमरे से आती थी—उसे हल्की-सी हैरानी होने लगती, कि जब अपने घर में थी, तो कभी यह बेचैनी, यह चाहना, यह बवंडर उसे नहीं घेरता था—लेकिन जब से यहाँ आई थी, उसे लगता था, वह एक सुनहरी जाल में फँसती जा रही है—एक ऐसा जाल, जो शहर के ऊपर बिछा है, जहाँ गिरजा है, पहाड़ी फूल हैं जो उसने आज देखे थे, नथवाली औरत का गोपनीय आमंत्रण है—लेकिन इन सबसे अधिक कुरेदनेवाली, भीतर के भीतर को चीरनेवाली स्मृति अब भी बाक़ी थी—जो सहसा सोने से पहले उसके तकिए के पास आ खड़ी हुई थी—चुप, निस्तब्ध—फिर भी आग्रहपूर्ण, असीम यातना में लिपटी हुई—कीलों में धँसी वह देह, जो लकड़ी पर झूल रही थी।

कहाँ देखा था इसे?

4

दिन बुझने लगे। सूरज कहीं दिखाई न देता था। कुछ घंटों के लिए एक पीली छाया शहर पर उतर आती—न पूरा अँधेरा, न पूरी रोशनी—एक कमज़ोर-सा झिलमिला हवा में तैरता रहता। ख़ुद हवा अदृश्य हो गई थी। पहले वह पत्तों पर, घास के बीच दिखाई देती थी। अब पत्ते कहीं न थे—और घास सफ़ेद पड़ गई थी, झुकी हुई, गीली, ठंड से अपने को बचाने के लिए ख़ुद अपने से लिपटी हुई। कहीं-कहीं भूरी-सफ़ेद जोंकें दिखाई दे जाती थीं—पत्थरों पर चिपटकर आकाश ताकती हुई। दूर से देखने पर लगता, जैसे कोढ़ के निशान पत्थरों पर निकल आए हों—स्थिर, सफ़ेद, एक जगह चिपके हुए।

दिन-भर चिमनियों से धुआँ निकलता रहता, छतों पर टेढ़े-मेढ़े साँप-से लहराते रहते। दूर देशों से आए परिन्दे उन्हें देखकर भयभीत-से हो जाते—और हमेशा धुएँ से कतराकर झाड़ियों में छिपे रहते—काया दिन-भर उनकी चीत्कारें सुनती रहती।

बीरू ने एक दिन उसे दिखाया था और वह चकाचौंध-सी खड़ी रह गई थी।

"यह काश्मीर से आता है," उसने फुसफुसाते हुए उसके कान में कहा।

"इतनी दूर से!"

"बीच-बीच में आराम करते हैं—फिर उड़ने लगते हैं," बीरू ने कहा।

वह एक देवदार पर बैठा था। लम्बी हवाई जहाज़-सी पूँछ, रंग-बिरंगे पंख—चौंकी, चमकती, हीरे-सी आँख।

"यह हर साल आता है," बीरू ने कहा।

"तुम पहचान लेते हो?"

"मुझे मालूम है—यह हमेशा इसी पेड़ पर बैठता है।"

वह दुपहर थी। घर के नीचे एक पुराना टेनिस-कोर्ट था। वहाँ अब कोई नहीं आता था। चारों तरफ़ चीड़, देवदार, ओक के पेड़ थे—उनकी पत्तियाँ अब भी दिखाई देती थीं। सिर्फ़ पॉपलर का एक पेड़ था, जो बिलकुल नंगा खड़ा था। उसके नीचे पत्तों का एक दायरा था, जो दिन-पर-दिन घना होता जाता था।

वह पक्षी दिन-भर चीख़ता था—अनवरत, एक लय में, और शाम होते ही देवदार से उड़कर नीचे झाड़ियों में लोप हो जाता था।

बीरू कुछ देर निश्चल खड़ा रहा। कभी-कभी उसे लगता था—बीरू शायद उसका मन रखने के लिए हर दुपहर चला आता है, वरना उसे काया की कोई ज़रूरत नहीं। उसके साथ रहकर भी वह अकेला रहता था। उसे याद नहीं आता, कभी उसने काया से अपने-आप बात की हो—न चाचा के बारे में, न उस औरत के बारे में, जो क्वार्टर में अकेली रहती थी।

लेकिन जब वह बाहर आता था, तो बीरू में एक अजीब-सा परिवर्तन देखती थी—भीतर का कसाव ढीला पड़ने लगता—वह जैसे खुले में आकर ख़ुद भी खुलने लगता। बातें करते हुए वह उत्तेजित-सा हो जाता—

वह अपने घर का गाइड-सा बन जाता, जहाँ हर कोना रहस्यमय है, हर जगह एक बन्द क़िला, जिसकी चाभी सिर्फ़ बीरू के हाथ में है। उसकी आँखें, जो हमेशा शान्त रहती थीं, किसी पुराने, दबे बुख़ार में चमकने लगतीं, और तब काया को अजीब-सा भ्रम होता, कि बीरू नाम के दो लड़के हैं—एक अपने कमरे में रहता है, अपने में बन्द, हर रात पियानो पर प्रेक्टिस करता हुआ लड़का, जो काया, चाचा, समूचे घर से अलग रहता है और दूसरा यह लड़का, इस क्षण उसके सामने पेड़ों के बीच चलता हुआ, जो उसे असीम धैर्य से हर चीज़ दिखाता है—अनोखी, अनदेखी चीज़ें—जोंकें, पत्थरों के नीचे दबे केंचुल, दूर देशों के प्रवासी परिन्दे—जिनका रहस्य उन पहाड़ों में रहकर भी अनदेखा कर देती थी। और कभी-कभी वह हँसने लगता—उसके अज्ञान पर नहीं (जैसे लामा हँसती थी), न ही अभिमान के कारण—बल्कि यूँ ही लापरवाही से, एक रूख़ी निराशा के संग—और तब अनजाने में—उस निराश, लापरवाह हँसी में—दोनों लड़के एक-दूसरे में मिल जाते, एक हो जाते।

वह इन दोनों के बीच भटकती रहती थी। कभी एक के पास आ जाती तो दूसरा अजनबी-सा जान पड़ता, दूसरे को पहचानने लगती, तो पहला दूभर हो जाता।

टेनिस-कोर्ट के चारों तरफ़ जाल लगा था। वे हर रोज़ उसे छूकर लौट जाते थे।

लेकिन उस दिन बीरू आगे चलता गया। एक निचली छतवाला हरा पवेलियन खड़ा था। अन्दर टूटी हुई बेंचें थीं, जिन पर घास के तिनके और पुराने, सड़े हुए पत्ते बिखरे थे।

"यहाँ वे बैठते थे।" बीरू ने उसकी ओर देखा।

"कौन? इस उजड़ी-घिरी जगह में कौन बैठता होगा?"

"बच्चे और उनकी नर्सें...बड़े लोग टेनिस खेलते थे—और वे पवेलियन में बैठकर उन्हें देखा करते थे," बीरू ने कहा।

बीरू बाहर खड़ा था। वह उत्सुक इधर-उधर झाँकती पवेलियन के भीतर चली आई थी। एक तीखी, कड़वी गन्ध हवा में ठहरी थी—पुराने घोंसले छत से लटक रहे थे—नीचे भेड़-बकरियों की लीद, और इन सबसे अलग, अतीत का जमा हुआ आलोक।

बहुत साल पुराना अँगरेज़ों का मकान। ख़ाली वीरान, टेनिस-कोर्ट, जिस पर अब भी चूने की मिटी लाइनें दिखाई देती थीं। कोर्ट के चारों तरफ़ फैले हुए तार, जो सूखी हवा में बार-बार थरथरा जाते थे।

कौन रहता होगा यहाँ? कहाँ गए वे लोग?

वह पवेलियन से बाहर आई, तो ऊपर चाचा का मकान दिखाई दिया। नीचे की पगडंडी, दोनों तरफ़ चीड़ और ओक के पेड़, जिसके पीछे क्वार्टर छिप गया था, सिर्फ़ उसकी पीली दीवार दिखाई देती थी।

देवदार पर बैठा वह पक्षी बराबर चीख़ रहा था।

"तुम यहाँ बैठोगी?" बीरू ने कहा।

"नहीं, यहाँ नहीं..." पवेलियन की गन्ध इतनी भयंकर थी कि वह उससे दूर भाग जाना चाहती थी।

कोर्ट से बाहर ढलान शुरू हो जाती थी—घने पेड़ों के झुरमुट, झाड़ियाँ और चट्टानों से भीमकाय पत्थर—सब एकसाथ किसी अँधेरी खड्ड में उतरते दिखाई देते थे।

यहाँ किसी पक्षी की चीख़ सुनाई नहीं देती थी। सिर्फ़ झींगुरों की एक तान चारों तरफ़ तनी हुई थी।

अब कहीं कीचड़ नहीं था—सबकुछ सूखा था, पेड़, पत्ते, घास—आनेवाली बर्फ़ की प्रतीक्षा में।

"देखो, उस रोज़ हम वहाँ गए थे।"

बीरू खड़ा हो गया। काया की आँखें उठीं तो ऊपर, पहाड़ों के बीच, उसे काली शहतीरोंवाली गिरजे की छत दिखाई दी।

"यहाँ से कितना ऊपर दिखाई देता है!" बीरू ने कहा।

उसे विश्वास नहीं हुआ कि वह इतना ऊँचे चढ़ी थी। गिरजे का क्रॉस बादलों में लटका दिखाई देता था, जैसे कोई पक्षी उड़ते-उड़ते अचानक हवा में ठहर गया हो—दुपहर की पीली, अवसन्न रोशनी में चमकता हुआ।

वह वहीं एक पत्थर पर बैठ गई।

वहाँ वे दोनों थे—बीच में पत्थर—ख़ामोश। बीरू दूसरी तरफ़ देखने लगा—आलोक से परे—जहाँ काली छाँह के जंगल में सिर्फ़ झींगुरों का अधीर, आहत स्वर था। काया को वह स्वर मिल जाता था, खो जाता था, फिर मिल जाता था। वह पत्थर पर बैठी थी।

मैं वहाँ फिर जाऊँगी, फिर कभी दुबारा—उसने सोचा।

"तुम बैठोगे नहीं?"

"हाँ।" उसने कहा। उसने काया को देखा। वह खड़ा रहा।

"तुम्हें कैसे मालूम, बीरू?" उसने पूछा।

"किसके बारे में?"

"वहाँ बच्चे बैठते थे, वे खेलते थे?" काया ने कहा।

"फ़ोटो में देखा था।" वह धीरे से हँसा, "इस घर के बारे में एक किताब है काया—हमारी लायब्रेरी में—Faulksland; And the passing time—वहाँ वह फ़ोटो था। बच्चे अपनी नर्सों के साथ बैठे थे। वे खेल रहे थे..."

उसका दिल धड़कने लगा। उसने सुना था। बीरू पत्थर के पीछे चला आया। टहनियाँ ऊपर थीं। उनके बीच बीरू का सिर आधी कटी फाँक-सा दिखाई देता था। दो भुरी आँखें, ब्राउन स्वेटर, कार्डराय की पैंट—यह धड़ था। बिलकुल अलग—उसने दोनों हाथों से पत्थर को पकड़ लिया—वह बिलकुल ठंडा था।

"तुमने कुछ कहा काया?"

"हमें चलना चाहिए," उसने कहा।

"लेकिन अभी रोशनी है," बीरू ने कहा। तार हिलती थी। टहनी भी। दोनों के बीच टेनिस-कोर्ट, एक पवेलियन। बेंचें। घोंसले।

दुपहर के ठंडे आलोक में उसे सब चीज़ें एकसाथ दिखाई दे रही थीं।

यह मेरे साथ नहीं हुआ—यह मेरे साथ पहले कभी नहीं हुआ...फिर भी वह बिना हिले-डुले बैठी रही; अपनी धड़कन को सुनते हुए—बीरू की साँसों तले—सूखी, तपती आत्मा की पहली सलवटों पर पाँव रखती हुई।

"तुम्हें यहाँ बुरा तो नहीं लगता?"

बीरू का स्वर सहसा बहुत धीमा हो आया था।

"नहीं, बीरू...अब नहीं," उसने कहा।

"अब तुम नहीं भागोगी?"

"नहीं—मुझे रास्ता भी नहीं मालूम।"

"और अगर रास्ता मालूम होता तो भाग जातीं?"

"नहीं, बीरू, मैं तुमसे झूठ बोल रही थी। मैं कहीं नहीं भागूँगी।"

उसने सिर उठाया। बीरू की आँखें टेनिस-कोर्ट की तारों में फँसी थीं। पक्षियों का एक झुंड, काले धब्बे-सा, ऊपर की पहाड़ी से नीचे उतर रहा था।

"काया, तुम कभी क्वार्टर गई हो?"

"कौन-सा क्वार्टर?"

"जहाँ पहाड़ी रहता है?"

"नहीं, मैं वहाँ नहीं गई," उसने झूठ बोला।

"पापा ने तुम्हें कभी कुछ नहीं बताया?"

"किसके बारे में?"

बीरू ने उसकी ओर देखा—वही निराश ग़मगीन-सा भाव उसके चेहरे पर चला आया, और उसे लगा, जैसे बाहर का बीरू धीरे-धीरे कमरे में बन्द लड़के में बदल रहा है, खो रहा है, उसके हाथ से निकल रहा है।

"कुछ नहीं," उसने लम्बी, बोझिल-सी साँस ली, "मैंने ऐसे ही पूछा था।"

वह तार के ऊपर देख रहा था, जहाँ शाम की पहली छाया पहाड़ों पर उतर रही थी।

"अब चलोगी? मेरे मास्टर आते होंगे!"

वह उठी नहीं। अब उनके बीच झूठ था। एक देहरी थी, जिसके पास आते-आते उसकी धड़कन तेज़ हो जाती थी, वह उसे कभी लाँघ नहीं सकती थी, जैसे देहरी के पास आते ही कोई उसका हाथ खींचकर कहता हो—तुम स्वार्थी लड़की हो, काया, तुम हमेशा से स्वार्थी रही हो—और वह अपना हाथ छुड़ाकर बीरू को छूना चाहती, उसे अपने पास खींचना चाहती और तब अचानक लगता, न उसके हाथ हैं, न पैर—वह न आगे बढ़ सकती है, न अपना हाथ आगे बढ़ा सकती है, सिर्फ़ छाती को खटखटाती एक धुकधुकी रह जाती, ख़ुश्क रेगिस्तान में लपलपाती एक चाह, जिसे उसने गिन्नी की आँखों में देखा था—नहीं, यह नहीं, यह बिलकुल नहीं...क्या यही वह 'चीज़' थी, जिसे वह आत्मा कहती थी, लहूलुहान देह पर चमड़े के कॉलर से लिथड़ी हुई—आत्मा!

"सुनो!"

"क्या?" बीरू ने कहा।

"क्या नाम था, उस किताब का?"

"कौन-सी किताब?"

"जहाँ बच्चे बेंच पर बैठे थे—और वे टेनिस खेल रहे थे?"

बीरू नीरव आँखों से उसकी ओर देखता रहा।

"फ़ॉक्सलैंड एंड द पासिंग टाइम।"

"पासिंग टाइम क्यों?"

लेकिन बीरू चलने लगा था। तेज़ क़दमों से टेनिस-कोर्ट की तरफ़ जा रहा था।

उसने शायद सुना भी नहीं।

वह सुन रही थी—देवदार पर बैठा वह पक्षी अब भी चीख़ रहा था।

एक और आवाज़ थी, जिसे वह अकेली सुनती थी।

खाने के बाद वह अपने कमरे में चली जाती। चाचा देर तक लायब्रेरी में बैठे रहते। बीरू के कमरे से पियानो की आवाज़ आती, फिर वह भी शान्त हो जाती।

फिर कुछ देर तक सन्नाटा छाया रहता।

वह नींद के झरोखों में डोलती रहती, फिर वह आवाज़ आती और अँधेरे में उसकी आँखें खुल जातीं।

चाचा एक बार उसके कमरे में झाँकते, फिर लौट जाते। लायब्रेरी की बत्ती बुझ जाती। लेकिन वह खुले दरवाज़े के बाहर सबकुछ देखती रहती।

चाचा छड़ी उठाते, अपना ओवरकोट पहनते और ज़ीना उतरने लगते।

सीढ़ियों पर उनके पैरों की आवाज़ देर तक गूँजती रहती।

उसके बाद कुछ दिखाई नहीं देता था। लायब्रेरी का अँधेरा, बीरू का कमरा, गलियारे में कुर्सियों, मेज़ों पर हवा की सूनी आहट—और तब वह भी उतरने लगती, उसी पगडंडी पर चलने लगती, जहाँ चाचा जा रहे होते—पत्तों के ढेर, सरसराते चीड़ और उनके ऊपर सर्दियों का आकाश—इन सबके बीच चलते हुए उसे उनकी खिलखिलाहट सुनाई देती।

"तू आ गई?"

और एक अजीब-सी झनझनाहट उसकी देह में फैल जाती जब वह उसे 'तू' कहकर बुलातीं। वह सीढ़ियाँ चढ़ती, और धीरे से उनकी कोठरी की साँकल खड़खड़ाती। वह एकदम दरवाज़ा खोल देतीं—लगता, जैसे वह उसकी बाट जोह रही हों, लेकिन फिर भी हर बार उसे देखकर विस्मय

से उनका मुँह खुल जाता, दो गदराये, मांसल होंठों के बीच सफ़ेद दाँत खुल जाते, "तू आ गई?" वह हैरानी से पूछतीं, जैसे वह काया को पहली बार देख रही हों। काया को देखकर उन्हें आश्वासन भी होता, घबराहट भी और इन दो पाटों के बीच पथराई-सी वह उसका हाथ पकड़ लेतीं, फिर छोड़ देतीं, न जाने क्या सोचकर अपने पैरों और हाथों को छिपाने लगतीं! लेकिन काया को सबकुछ दीख जाता था—पैरों पर झनझनाते चाँदी के कड़े, जो उसने पहले दिन देखे थे—और हाथ मेहँदी से लाल, इतने लाल कि उन्हें देखकर काली माँ के हाथ याद आ जाते, हालाँकि उनके चेहरे का काली की मूर्ति से कोई लेना-देना नहीं था। चेहरा बहुत गोल था और चौड़ा लेकिन बेहद पीला, जो शायद कोठरी में दिन-रात बैठने से इतना पीला हो गया था। उनके पल्लू का एक सिरा हमेशा बालों के क्लिप से अटका रहता था—सिर ऊपर उठातीं, तो पल्लू उठ जाता, नीचे करतीं, तो झुक जाता। वह उसका हाथ पकड़कर बीचोबीच चटाई पर बैठ जातीं—"तू आ गई?" वह दोबारा कहतीं और अपनी आँखों से गुटुर-गुटुर उसे पीने लगतीं।

वह शाम को जाती थी—बीरू मास्टर साहब के पास होता, चाचा बाहर मॉल रोड चले जाते। वह अकेली रह जाती। सर्दी की लम्बी शामों के अन्तिम सिरे पर सिर्फ़ क्वार्टर की बत्ती चमकती रहती। कौन-सा ऐसा मोह था, जो हमेशा उसे वहाँ खींच लाता था?

उस दिन उनकी आँखें असाधारण रूप से चमक रही थीं। काया को देखते ही भीतर घसीट लिया। उसका हाथ अपने होंठों पर रख दिया। उनकी तेज़, गर्म साँसें काया की हथेलियों को गुदगुदाने लगीं।

"किसी से कहोगी तो नहीं?" उन्होंने शरारती बच्चों की तरह आँखें नचाते हुए कहा।

काया ने सिर हिलाया। उनके सामने उसकी साँस रुकने लगती थी।

"बीरू से भी नहीं..."

"नहीं।"

"तुझे मालूम है, साहब कल रात क्या कहने लगे? कहते थे—मैं चाहूँ, तो तेरे साथ बाहर जा सकती हूँ। चलेगी?"

"अकेले?" काया ने हकबकाई नज़रों से उसे देखा।

"अकेले नहीं..." वह हँसने लगीं, "तू मेरे साथ होगी, मैं तेरे साथ।"

"बाहर कहाँ?"

"हम उस झरने को देखने जा सकते हैं—जहाँ एक बार मैं गई थी—मुझे उसका रास्ता भी मालूम है।"

"उसके बाद आप कहीं नहीं गईं?"

"इस शहर में नहीं..." अचानक उनकी आँखें बुझ गईं। चेहरा फिर नये सिरे से पीला दिखाई देने लगा।

"अपने देस थी, तो दिन-भर घूमती थी, फिर यहाँ आई, तो साहब ने कहीं भी बाहर जाने से मना कर दिया। बाहर का काम यह लड़का कर लेता है—मैं सिर्फ़ रसोई बना देती हूँ...मुझे भी यह ठीक लगता है। मैंने कभी इतना आराम नहीं किया।"

इस बार वह हँसीं नहीं। मन्थर स्वर में बोलती रहीं। वह छोटे-छोटे वाक्यों में बोलती थीं, जैसे यह भाषा कोई पहाड़ी नाला हो और वह पत्थरों पर पैर रखते हुए अपने को बचाकर चल रही हों।

"आपका घर यहाँ नहीं है?"

"यहाँ कहाँ?" उनकी नथ फड़क उठी। "नारकंडा का नाम सुना है? बिलकुल ऊपर...लारी से जाना पड़ता है। साहब के साथ आई थी, तो तीन दिन सिर घूमता रहा।"

काया ने सिर उठाया—उसे अपनी आवाज़ खोखली-सी सुनाई दी। "चाचा लाए थे?"

"और कौन? मैं अकेली आती! मेरे साथ यह छोकरा भी था। यह रोता रहा—मैं उल्टियाँ करती रही। पहली बार मैं लॉरी में बैठी थी।"

"आप आईं क्यों इतनी दूर घर से?"

उनकी आँखों से अँधेरा झाँकने लगा। न ग़ुस्सा, न नाराज़गी, न कोई पीड़ा ही। कुछ भी नहीं। सिर्फ़ अँधेरा, जो पहाड़ों पर उतना ही चुपचाप चला आता है, जितना आँखों में।

"कहाँ जाती...तेरे चाचा लाए थे।" पहली बार उन्होंने साहब की जगह चाचा कहा था, और काया को अजीब-सा जान पड़ा क्योंकि उनकी ज़ुबान पर वह मर्द का नाम था—एक औरत के मुँह पर मर्द की छुअन-सा—और उसका सारा शरीर सिहरने लगा। उनके पैर, लाल लहँगे से बाहर निकले हुए, मेहँदी में चमकते हाथ, आधे खुले हुए होंठ—काया देखती रही। उन्हें यहीं आना था, इस कोठरी में उनका बैठना, रात को चाचा का सीढ़ियाँ उतरना—यह अनिवार्य-सा लगा, जैसे यह हमेशा से होता आया है, जब वह यहाँ नहीं थी। जब वह यहाँ नहीं होगी।

"इधर आ।"

औरत ने दरवाज़े का परदा हटाया। "देखा तूने?"

काया पास सरक आई। दो पहाड़ एक-दूसरे को सहारा दिये शाम की धूप में ऊँघ रहे थे। नीचे घाटी का खोखल छाँह में डूबा था।

"ये पहाड़ देखती है—इनके पीछे नारकंडा है—पहाड़ों के पीछे जो पहाड़ हैं, उनके पीछे।"

"आप वहाँ से आई थीं?"

"बादलों में दिखाई भी नहीं देते।" उन्होंने वैसे ही कहा जैसे ऊँघते पहाड़ों के साथ-साथ उनका स्वर भी नींद में डूबा हो।

"आपको घर की याद आती होगी?"

"नहीं, घर की नहीं। वहाँ मेरा कोई नहीं..." वह क्षण-भर रुक गईं, फिर वैसी ही सोती आवाज़ में कहा, "लेकिन जब हवा चलती है, तो सेब के पेड़ याद आते हैं...कभी आँधी चलती थी तो टपाटप नीचे गिरते थे..."

दुपट्टा छाती से उतर आया—बालों पर क्लिप झूल रहा था। काया ने देखा, उनकी आँखों में वैसे ही लाल डोरे तैरने लगे थे, जैसे उनकी सिलाई की मशीन के इर्द-गिर्द बिखरे रहते थे।

वह दरवाज़े से मुड़ आईं। अपने बिस्तर पर आकर बैठ गईं। लम्बी-सी जम्हुआई ली, तो सारी देह एकसाथ उमड़ आई। लहँगा ऊपर उठ आया, दोनों टाँगें सफ़ेद—चेहरे से कहीं ज़्यादा चिट्टी-गोरी—खुलकर बाहर झाँकने लगीं।

"तू मुझे घूर-घूरकर क्या देखती है?" उन्होंने हँसते हुए काया को पास घसीट लिया।

उनके छूते ही एक अजीब-सी सनसनाहट काया के अंगों में फैलने लगती थी। वह न उसे समझ पाती थी, न छुटकारा पा सकती थी।

"कभी तेरे चाचा ने तुझसे नहीं कहा?"

"किसके बारे में?"

"मेरे—और किसके?"

"नहीं..." काया ने कहा।

"और उनका लड़का?" उनके होंठ एक गहरी हिक़ारत-भरी मुस्कान में खुल गए।

"कौन, बीरू?" उसने भयभीत-सी आँखों से औरत को देखा। "उसे कुछ नहीं मालूम।"

"उसे सब मालूम है, वह मुझे जादूगरनी समझता है।" वह हँसने लगीं—लेकिन उसमें कोई ख़ुशी नहीं थी—एक रूखी, नीरस हँसी, जो एकदम उदास कर जाती है।

"वह सोचता है, मैंने उसके बाप पर जादू किया है!...तू बता, मैं जादूगरनी लगती हूँ?"

हँसी के बीच उनकी आँखें फटी-फटी-सी उसे निहारने लगीं।

"वह कभी यहाँ नहीं आता?"

"मेरे पास?" उन्होंने रूखी अवहेलना से कहा, "उसका बाप आता है—यह क्या कम है?"

यह क्या था, उनके स्वर में, जो उसे कँपा जाता था? वहाँ से जाने को मन होता था—और वह बैठी रहती थी, अपने को जकड़कर। भय और मोह—मोह और आतंक—एकसाथ उसे पकड़ लेते—और वह औरत पहाड़ों को ताकती, शाम की धूप में नथ को हिलाती, एक कँटीली मुस्कान में होंठ खुले रहते, उस कोठरी में, सर्दी-ठंड से अलग, अकेली, लेकिन अपने अकेलेपन से बिलकुल बेख़बर—पहाड़िन, नथवाली औरत, या सिर्फ़ एक स्वप्न, जो दिन-रात उस मकान, फ़ॉक्सलैंड के ऊपर मँडराता रहता!

"काया, तू जा...अँधेरा हो रहा है।"

"हाँ, मैं चलती हूँ।" वह उठ खड़ी हुई। दरवाज़े तक चली आई।

"सुन!" उनकी आवाज़ ने उसे रोक लिया। वह बिस्तर की तरफ़ देखने लगी, जहाँ वह बैठी थीं।

"इधर आ!"

वह पास आई—औरत ने उसके कन्धों को पकड़ लिया, एक लम्बे क्षण तक उसकी आँखों में झाँकती रहीं।

"तू अच्छी लड़की है—काया!"

वह रुक गईं—और काया ताकती रही।

"तेरे रहने से मुझे बड़ी तसल्ली रहती है।" उनका स्वर अजीब-सा भयार्त हो आया था, जैसे घिरते अँधेरे ने उसे छू लिया हो।

"मेरी तरफ़ देख..."

काया ताकती रही।

"बता, मैं जादूगरनी दिखाई देती हूँ?"

शाम के झुटपुट में दोनों एक-दूसरे को देखती रहीं।

बाहर खटका हुआ। वह छिटककर अलग खड़ी हो गईं। काया के कन्धे छोड़ दिये। कोई भागता हुआ क्वार्टर की सीढ़ियाँ चढ़ रहा था।

"आपको हर जगह ढूँढ़ा जा रहा है।"

पहाड़ी हाँफ रहा था—कभी काया को देखता था, कभी औरत को। लगता था, वह घर से सीधा क्वार्टर तक भागता आया है।

"कौन ढूँढ़ रहा है?"

"एक आदमी—कोई लामा सिप्पी जैसा लगता है। मैंने सोचा, भीख माँगने आया है, लेकिन वह तुम्हारा नाम पूछता था।"

"मेरा नाम?"

"हाँ, तुम्हारा नाम।" पहाड़ी के स्वर में कोई संशय नहीं था, "दो लम्बी चोटियाँ करके आया है—टाँगों पर पट्टियाँ बँधी हैं। चलता है, तो पैरों में कड़े बजते हैं।"

पहाड़ी को बीच में से धक्का देकर हटा दिया। नथवाली औरत को देखा तक नहीं। सीढ़ियाँ उतरी—और भागती गई।

चारों तरफ़ पेड़ घूम रहे थे।

मँगतू निचली मंज़िल के नीचे ज़ीने पर बैठा था। काया को देखकर हाथ फैला दिये, और वह चली आई, एक आहत, डरी हुई कबूतरनी की तरह उसकी बाँहों के घेरे में—जहाँ वह सिर्फ़ अपनी धड़कन का शोर सुन सकती थी।

बस, बस...वह हाथ फेर रहा था, उसके मैले, धूल और गर्द से सने बालों पर—और कोई शब्द न पाकर सिर्फ़ बस, बस, कह रहा था, और वे शब्द भी बालों की धूल की तरह क्लान्त, थके, निरर्थक जान पड़ रहे थे।

"तुम नहाती नहीं?" मँगतू ने कहा, "कितनी मैल जमा है!"

वह नहा रही थी—वह उस गन्ध में नहा रही थी, जो मँगतू इतनी दूर से—अपने घर, अपनी कोठरी, अपनी रसोई से—उसके पास ले आया था।

"घर में सब ठीक हैं?"

"हाँ...बाबू की चिट्ठी आई थी।" उसने एक-एक शब्द निचोड़ते हुए कहा—और काया थिर आँखों से उन्हें निचुड़ता हुआ देखती रही—कुछ तो टपकेगा, कोई उम्मीद, कोई आश्वासन, कोई आस—जिसे पकड़े वह आनेवाले दिनों को झेल सके।

"माँ जी के पास आई थी—लिखा था, वह दिल्ली से एक दिन के लिए मेरठ गए थे, लामा से मिले थे। वह तुम्हारे बारे में पूछती थी।"

दिल्ली...मेरठ...लामा—उस शाम पहाड़ों की ठंडी, धुँधली धूप में उसे ये शब्द किसी दूसरी दुनिया के प्राणी जान पड़े, जिनका कभी नाम सुना था, लेकिन जो अरसा पहले मर चुके थे—जिनके प्रेत दिन-रात इन पहाड़ों पर घूमते थे।

"मैं अभी छोटे साहब से मिला था," मँगतू ने कहा, "उन्होंने तुम्हारा कमरा दिखाया—तुम वहाँ अकेली रहती हो?"

काया ने सिर हिलाया।

"डर तो नहीं लगता—इतने बड़े मकान में?"

"नहीं मँगतू," उसने कहा।

"खैर..." मँगतू ने लम्बी साँस खींची। "बाबू अब जल्दी ही लौट आएँगे..."

"चिट्ठी में कुछ लिखा था?" काया ने होंठ फड़फड़ाए—समूची देह सुन्न-सी पड़ गई। वह नीरव आँखों से मँगतू को देखने लगी।

"लिखते क्या, जब आना ही है। फिर माँ जी अकेली कब तक रहेंगी?"

"बुआ तो हैं?" काया ने कहा।

"मैंने तुम्हें नहीं बताया? वह तो चली गईं—सर्दियों में उनका शरीर ऐंठने लगता है—जिस दिन तुम्हें छोड़ने आईं, उसके तीसरे ही दिन चली गईं।" मँगतू के स्वर में अजीब-सा सन्तोष था—भला शहर की औरतें पहाड़ों की सर्दियाँ कैसे बर्दाश्त कर सकती हैं?

माँ अकेली होंगी—उसे ख़याल आया। अकेली बरामदे में बैठी रहती होंगी—'हिलता हिल्स' की हिलती पहाड़ियों को देखते हुए—ख़ाली कमरों में साँय-साँय हवा उड़ती होगी।

"छोटे कहाँ सोते हैं?"

"माँ जी के कमरे में...तुम्हारे कमरे का ताला बन्द कर दिया है..." मँगतू झिपती आँखों से काया के पीछे देखने लगा, जहाँ सूरज डूबा था, उसके नीचे पहाड़ों पर अँधेरा सरक आया था—लेकिन बिलकुल सामने पूरब के पहाड़ों पर अब भी रोशनी थी—चमकीले पारे-सी चारों तरफ़ रेंग रही थी। अँधेरे और रोशनी के बीच समूचा शहर एक असीम, मायावी मौन में ढक आया था।

"वहाँ बर्फ़ तो नहीं गिरी?" काया ने पूछा।

"तू पागल हो रही।" मँगतू हँसने लगा। "वहाँ बर्फ़ पड़ेगी, तो यहाँ सूखा रहेगा?" फिर उसके मुँह से एक लम्बी, हड्डियों को चटखाती उसाँस बाहर निकली और वह काया को देखने लगा।

"तुम्हें यहाँ कोई तकलीफ़ तो नहीं है?"

"नहीं, मँगतू...मैं यहाँ सुखी हूँ..." एक क्षण रुकी, फिर धीरे से अपने को दबाते हुए कहा, "माँ से कहना—मुझे एक बार भी घर याद नहीं आता।"

मँगतू ने तनिक अनिश्चित भाव से उसे देखा, "अच्छा, यही तेरे चाचा कहते थे।"

"क्या कहते थे?"

काया का मन बैठने-सा लगा।

"कहने लगे—तुम बड़ी चुप रहती हो। तुम्हारा यहाँ रहना किसी को पता भी नहीं चलता...माँ जी से कहूँगा, तो वह विश्वास नहीं करेंगी... याद है, मेमसाहब तुम पर कितना झींकती थीं?"

"मिस जोसुआ?"

"उनसे अब चला नहीं जाता—सिर्फ़ अख़बार निकालने बाहर निकलती हैं।"

"मँगतू...क्या उसके पीछे सचमुच आँख चमकती थी?"

"किसके पीछे?" मँगतू ने हैरानी से काया को देखा।

"लेटर-बॉक्स के—जब वह ख़ाली रहता था।"

"छि:-छि:, काया—कैसी बात करती हो?"

उसने अपनी गोल टोपी उतारी, उसके भीतर झाँककर देखा, जैसे किसी चीज़ को ढूँढ़ रहा हो, और फिर उसे अपने घुटनों पर पटक-पटककर झाड़ने लगा। वह एक पुराना, खाकी ओवरकोट पहनकर आया था। टाँगों पर कुछ और चीथड़े लपेट लिए थे, जिनमें वह कोई बूढ़ा, घायल सिपाही दिखाई देता था। पैरों पर जूता की जगह बोरी के टुकड़े बँधे थे—धूल में अँटे हुए, जैसे टैडी बिअर के पैर हों, जिससे वह अरसा पहले खेला करती थी।

उसने कन्धे से थैला उतारा और उसे धीरे-धीरे, अपने लाल, खुरदरे हाथों से खोलने लगा। दो बक्से बाहर निकाले—एक बड़ा, दूसरा छोटा।

"ध्यान रखना, यह बड़ावाला मठरियों का बक्सा है—इसमें अचार भी रखा है—और यह...यह मेमसाहब ने तुम्हारे लिए केक भेजा है, बासी हो तो मत खाना...अच्छा, अब मैं चलता हूँ।"

"अभी से? तुम रात को यहाँ नहीं सोओगे?"

"और माँ जी? वह अकेली रहेंगी?"

वह सीढ़ियों से उठ खड़ा हुआ। चारों तरफ़ देखा—मकान की एक दीवार अब भी धूप में टँगी थी। छत के ऊपर चाँद निकल आया था—आधे से भी छोटा—सेब की एक फाँक-जैसा, जो रात आने की प्रतीक्षा में निस्पन्द-सा जान पड़ता था। उसने अपना थैला उठाया, भीतर-ही-भीतर कुछ बुड़बुड़ाया, जैसी उसकी आदत थी, माँ के बारे में या बाबू के आने

के बारे में या सिर्फ़ अपनी थकान और टाँगों के दर्द के बारे में—वह ठीक-ठीक कुछ भी न समझ सकी।

वह दोनों बक्सों को छाती से चिपटाकर खड़ी थी।

"माँ जी से तो कुछ नहीं कहना?" मँगतू ने जाते हुए उसकी तरफ़ देखा।

नहीं—कुछ भी नहीं—उसने ज़ोर से सिर हिलाया। वह सुन्न, पथराई-सी खड़ी रह गई थी, जब कान, आँखें, देह का अंग-प्रत्यंग सिमटकर एकमात्र दिल की धड़कन के आगे-पीछे जमा हो जाते हैं—किसी आदिम ख़तरे को सूँघ लेते हैं...आँखें सिर्फ़ पीछा करती हैं, उस रास्ते का, जो पहाड़ी शहरों में स्नेक्स एंड लेडर के खेल की तरह, कभी ऊपर जाता है, कभी छिप जाता है, फिर अचानक नीचे उतरने लगता है। उस रास्ते पर चलता हुआ मँगतू धीरे-धीरे एक धब्बा-सा बन गया था, जिसे काया की शिकारी आँखें छोड़ना नहीं चाहती थीं। उसने दोनों डिब्बों को वहीं सीढ़ियों पर रख दिया और तब वह भागने लगी, आख़िरी किरणों के बीच, पेड़ों के नीचे, जहाँ से मँगतू पगडंडी के बीच दिखाई देता था, ऊपर चढ़ता हुआ, फिर जब वह अगले मोड़ पर ओझल हो गया, तो वह क्वार्टर के नीचे चली आई, झाड़ियों के बीच, टाँगों को कँटीली टहनियों से बचाती हुई, जहाँ से पगडंडी का अन्तिम सिरा दिखाई देता था और वहाँ मँगतू जादू के पुतले की तरह दुबारा प्रगट हो गया था, फिर वह उसे उस दम तक देखती रही, जब तक बीच के पेड़ों ने उसे दुबारा नहीं छिपा लिया—और काया इस बार भागती हुई उस आख़िरी बिन्दु पर आ खड़ी हुई, जहाँ से मँगतू की सिर्फ़ पीठ दिखाई देती थी, हवा में फड़फड़ाता उसका ओवरकोट, जिसमें वह कोई भीमकाय पक्षी-सा दिखाई देता था, जो उड़ने के बजाय अपने पंखों को फैलाकर चल रहा हो—और जब वह पगडंडी छोड़कर उस ओक वृक्ष के पास आ गया, जहाँ फ़ॉक्सलैंड की तख़्ती लगी थी, तो काया कुछ देर सन्नाटे में खड़ी रही—

फिर ज़ोर-ज़ोर से चिल्लाने लगी—फिर सहसा चुप हो गई। उसे अपनी आवाज़ से ही डर लगने लगा था।

वापिस लौटी तो दोनों डिब्बे सीढ़ियों पर रखे थे, शाम की धुँधली, उड़ती धूप में चमकते हुए।

ऊपर कमरे में आई, तो सिर घूम रहा था। वह अपने बिस्तर पर बैठ गई। कुछ देर तक दीवारों को अपनी पुतलियों पर घूमता हुआ देखती रही। फिर सहसा आँखें ठहर गईं। पीड़ा भी ठहर गई। फिर उसे एक विचित्र-सा अनुभव हुआ, जो पहले कभी नहीं हुआ था। उसे लगा, समय बीत रहा है। घर में किसी को नहीं मालूम, क्योंकि वे अपने-अपने कमरों में अकेले बैठे थे। बीरू अपने पियानो के सामने, चाचा लायब्रेरी में, नथवाली औरत अपनी कोठरी में। उन सबको इतना भी नहीं मालूम कि जब भीतर सब ठहर जाता है, तब समय बहने लगता है, घड़ी का समय नहीं, काया की उम्र में उसका कोई महत्त्व नहीं था—एक दूसरा समय, दो सलाइयों के बीच ऊन के गोले की तरह लुढ़कता हुआ, जो हर झटके के साथ एक नया बल खोल देता है—और यह 'बल' काया ने अपने भीतर देखा था। वह चीख़, जो मँगतू को बुलाने के लिए, झाड़ियों के बीच उठी थी, बिलकुल ही असहाय नहीं थी, वह अब भी किसी कुदाली की तरह एक बहुत पुराने ढेर, पिरामिड को खरोंच रही थी, जो भीतर बरसों से जमा होता रहता है—और फिर अचानक एक झटके, एक चीख़, एक दु:स्वप्न का धक्का खाकर दुबारा से बहने लगता है। काया उस शाम बिस्तर पर बैठी हुई उस बहने को देखती रही, जो भीतर से बाहर न जाकर भीतर-से-भीतर

ही अपनी जगह बदल लेता है। कितने सूखे दूह हैं, कितने ढेर, जो पिघलने की प्रतीक्षा में खड़े होते हैं...खट, खट, खट, हर घटना जैसे कुदाली की चोट हो—और जब दूह का कोई हिस्सा टूट जाता, तो उसके नीचे से बहुत पुराना लावा बहने लगता—और काया को लगता, उस लावे में सबकुछ भरा है, उसका ग़ुस्सा और घृणा, उसकी कड़वी-कसैली चाहना, उसका मोह, जैसे वह वहाँ तब से जमा हो, जब काया पैदा भी नहीं हुई थी, वह उसी को लेकर बनी थी, जिसे ढोती हुई वह यहाँ तक चली आई थी, जहाँ वह आज है—सर्दियों की इस शाम, इस कमरे में, अपने बिस्तर पर बैठी हुई, उन दो डिब्बों को देखती हुई जो मँगतू उसके लिए छोड़ गया था।

काया बिस्तर से उठ खड़ी हुई, जैसे इस भीतर को दबाने के लिए कहीं बाहर जाना ज़रूरी हो—लेकिन बाहर अँधेरा था। पिछले साल जब बर्फ़ गिरी थी, तो वह और छोटे मिस जोसुआ के फ़ाटक से बर्फ़ साफ़ करते थे। वे मकान, जो ख़ाली होते थे, उनके आगे बर्फ़ के ढेर जमा हो जाते, कोई उन्हें हटाने की ज़रूरत महसूस नहीं करता था। बर्फ़ जमा होती जाती और धीरे-धीरे मकान आँखों से ओझल हो जाते। क्या ऐसा लोगों के साथ भी होता है? एक दिन वे भी ओझल हो जाते हैं क्योंकि बर्फ़ को हटाने कोई नहीं आता—वे ढक जाते हैं, ख़त्म हो जाते हैं हमेशा के लिए—जैसे वहाँ कोई मकान था ही नहीं—भीतर की चीख़ उठती है, तो भी बर्फ़ की दीवार को छूकर लौट आती है। कोई उसे सुनता भी नहीं, कोशिश करे, तो भी नहीं।

एक हल्की-सी थरथराहट हुई—और काया खिड़की के नीचे झुक गई। पहाड़ों के बीच एक चमकीला-सा कीड़ा रेंग रहा था, साँप की तरह बल खाता हुआ वह कभी ऊपर दिखाई देता, फिर ग़ायब हो जाता और फिर अचानक पहाड़ी के दूसरे छोर पर दिखाई देता—अँधेरे में एक चमकीली लाइन खींचता जाता—शिमला-कालका की ट्रेन,

जिसे वह हर शाम देखा करती थी। वह इसी समय जाती थी। कभी-कभी वह बिलकुल आँखों से ओझल हो जाती—जैसे पहाड़ों ने उसे निगल लिया है, किन्तु कुछ देर बाद जब बाहर आई, तो काया को लगा, वह सचमुच बहुत पास आ गई, बिलकुल सामने—सिनेमा की तसवीर की तरह—छोटे-छोटे डिब्बों में बँटी हुई, आसपास की पहाड़ियों में धड़धड़ाती-सी कम्पन होती। काया ने हकबकाकर अपना सिर पीछे कर लिया—कुछ देर बाद जब आँखें उठाईं, तो पहाड़ियाँ फिर अपनी जगह लौट आई थीं, अँधेरा स्थिर हो गया था—सिर्फ़ पहियों की गड़गड़ाहट कहीं दूर, अज्ञात कोने से सुनाई दे रही थी, आख़िरी पहाड़ पर उतरता हुआ जुगनू, कालका की तरफ़ उड़ता हुआ, फिर कुछ भी दिखाई नहीं देता था।

उसने अपना सिर खिड़की के चौखटे पर रख दिया—और तब वह रोने लगी, बिना कुछ सोचे हुए, बिना जाने हुए कि वह रो रही है—आँसू जो न किसी ख़ास जगह शुरू होते हैं, न किसी मुक़ाम पर जाकर ख़त्म हो जाते हैं—जिन्हें पोंछा भी नहीं जाता, वे ख़ुद-ब-ख़ुद सूख जाते हैं, और बाद में उनका नाम-निशान भी दिखाई नहीं देता।

उसने सिर उठाया, तो खटका-सा लगा। कोई चुपचाप चला आया था। अँधेरे में खड़ा था।

"तुम?"

"हाँ—बाहर से मैंने तुम्हें देखा था। तुम खिड़की पर झुकी थीं।"

वह सीधी मुड़ गईं। आधे चाँद की चमक लामा पर पड़ रही थी। वह भीतर नहीं आई थी, कमरे और लायब्रेरी की धुँधली सीमा पर खड़ी थी।

"क्या कर रही थीं—अँधेरे में?"

"कुछ नहीं—रेल देख रही थी।"

वह पास आई, फिर रुक गई—और तब उसे अपने और लामा के बीच अजीब-सी हलचल दिखाई दी, जैसे कोई चीज़ हिल रही हो—क्या यह आत्मा है—पीड़ा से सुख की तरफ़ जाती हुई, लामा जहाँ खड़ी है, उसके पैरों के आसपास घूमकर वापिस उसके गालों को छू रही है, जहाँ आँसू हैं, उसकी दोनों छातियों को रगड़ती हुई, जहाँ कुछ अटक गया है—वैसे ही जैसे अरसा पहले वह छज्जे पर नंगी बैठकर उन्हें नोचती थी, काली माँ को दिखाने के लिए, पागल, मदहोश, हवा में काँपती हुई...

"लामा?"

"क्या है काया—मैं यहाँ हूँ।"

"तुम इसे रोक नहीं सकतीं?"

उसने बढ़कर लामा का हाथ पकड़ लिया और वह सचमुच उसके पास चली आई, "इधर देखो, इधर, तुम इसे रोक नहीं सकतीं?"

लामा अपनी स्थिर आँखों से बीच फ़र्श की तरफ़ देखने लगी, जहाँ काया ने संकेत किया था।

वहाँ कुछ भी न था। कुछ भी नहीं हिल रहा था। सिर्फ़ चाँदनी का पीला, चौकोर धब्बा नंगे फ़र्श पर पड़ा था।

काया अपलक उसे देखती रही। फिर चारों तरफ़ देखा। कमरे में कोई नहीं था—कब खिड़की छोड़कर वह बीच कमरे में आ गई थी, अकेली अँधेरे में खड़ी थी, उसे पता नहीं चल सका था।

•

5

“कहीं बाबा को देखा?”

“कौन?”

“बीरू बाबू को।” पहाड़ी की घबराई आँखें उसे टोह रही थीं।

“अपने कमरे में नहीं हैं?”

“मास्टर साहब के घर गए थे—अभी तक नहीं लौटे।” पहाड़ी जाने लगा।

वह जल्दी में था। काया के लिए रुका नहीं। सीढ़ियाँ उतरकर क्वार्टर की तरफ़ भागता गया।

वह बाहर आई तो ठंड से देह सिकुड़ने लगी। इतनी रात गए बीरू कहाँ जा सकता है? इन दिनों वह उससे दूर-दूर रहता था। देर रात तक उसके कमरे की बत्ती जलती रहती थी। एक बार वह साहस बटोरकर उसके कमरे तक गई थी, लेकिन दरवाज़े के पीछे इतनी घनी चुप्पी थी—न कोई आवाज़, न हलचल—कि वह उलटे पाँव लौट आई थी। इतना भी हौसला नहीं हुआ कि उसका दरवाज़ा खटखटा सके।

बरामदा सूना पड़ा था। कुर्सी-मेज़ों को भीतर रखवा दिया था...किसी भी दिन बर्फ़ गिर सकती थी, हालाँकि आकाश बिलकुल नीला दिखाई देता था। वे शुरू दिसम्बर के दिन थे जब हवा बिलकुल शीशा हो जाती—उसके भीतर से आकाश झाँकता रहता, पहाड़ों के चौखटे में एक चमचमाता हीरा, ठोस, ठंडा, नीला पत्थर, जिस पर रुई के फाहों-से बादल उड़ते रहते थे।

वह देर तक उन्हें देखती रही। नहीं, ये वैसे बादल नहीं हैं, जिनसे बर्फ़ गिरती है। वह उन्हें देखते ही पहचान जाती थी।

खाने के समय सिर्फ़ चाचा कमरे में दिखाई दिये। बीरू की कुर्सी ख़ाली थी। पहाड़ी रोटी लाता और लौट जाता। वह कुछ संत्रस्त-सा दिखाई देता था—लेकिन चाचा बिलकुल चुप और बिलकुल तटस्थ बैठे थे।

"बीरू नहीं आया?" काया ने सिर उठाकर चाचा को देखा। वह खाने में निमग्न थे। धीरे से सिर हिलाया।

"वह शायद देर से आएगा...कभी-कभी मास्टर साहब के घर रुक जाता है।"

"कहाँ रहते हैं?"

"सँजौली में...बहुत दूर नहीं है।"

"सुना है, वहाँ बहुत बड़ी सिमिट्री है?"

"सिमिट्री!" तनिक कौतूहल से उन्होंने काया को देखा, और एक लम्बे क्षण तक देखते रहे।

"तुम कभी गई हो?"

"नहीं..." वह झिझककर चुप हो गई। मिस जोसुआ ने जो कहा था, वह चाचा से कहना असम्भव जान पड़ा।

"बहुत पुरानी सिमिट्री है..." चाचा ने कहा।

"अँगरेज़ों ने जब यह हिल-स्टेशन बसाया था, तभी से चली आती है..." वह एक क्षण रुके, काया के सिर से परे देखा—जहाँ अँगीठी जल रही थी।

"यहाँ भी क़ब्रें हैं...तुमने नहीं देखी?" वह मुस्कराए।

"यहाँ...इस घर में?" काया की देह में ठंडी झुरझुरी-सी फैल गई।

"बिलकुल घर के भीतर नहीं..." चाचा वैसे ही मुस्करा रहे थे—लेकिन उनकी आँखें ठंडी थीं—वह हमेशा मुस्कराते हुए अपनी आँखों को अलग छोड़ देते थे।

"तुमने टेनिस-कोर्ट देखा है?"

"एक बार बीरू के साथ गई थी," काया ने कहा।

"उसके ज़रा नीचे जाओ, तो तुम्हें काफ़ी लम्बी घास दिखाई देगी—वहीं उसके नीचे दो क़ब्रें हैं—अब दिखाई नहीं देतीं—लेकिन पहले उन्हीं की वजह से इस मकान को कोई लेने के लिए तैयार नहीं होता था।"

"दो क़ब्रें?"

काया की आँखें भयभीत उत्सुकता में फैल गईं। वह एक छोटी मछली की तरह चाचा के शब्दों पर अटक गई थी।

"एक घर के मालिक की—दूसरी उनके कुत्ते की।"

"लेकिन क्यों?"

"क्यों क्या?" चाचा ने उसकी ओर देखा।

वह कुछ पूछना चाहती थी—उस कुत्ते के बारे में, और उस आदमी के बारे में भी—पर एक असहनीय-सी उदासी में वह सुन्न-सी बैठी रही।

"और आप...आपने यह मकान ले लिया?"

"दो बेचारी क़ब्रें—उनसे डरना क्या? फिर यह मकान शहर के ऊपर है—भूतों का पता नहीं, लेकिन मक्खियाँ-मच्छर नहीं आते।"

फिर भी...चाची मर गईं...इसी मकान में मरी थीं, काया को बुआ की बात याद हो आई—जिस कमरे में वह सोती है, वहाँ वह रहती थीं, वहीं उनके सन्दूक़-बक्से रखे हैं।

चाचा कभी उनकी बात नहीं करते?

पहाड़ी भीतर आया, तो आश्चर्य से दोनों को देखने लगा—वे दोनों बिलकुल चुप बैठे थे, एक-दूसरे से बेख़बर। वह जूठी प्लेटें समेटने लगा। बुझते हुए कोयलों से कभी-कभी चटखटाहट-सी आवाज़ आती, फिर सब शान्त हो जाता।

जब वह चला गया, तो चाचा मेज़ पर झुक आए।

"काया..." उनका स्वर हल्के-से काँपा था।

"तुम क्वार्टर जाती हो?"

काया सहम गई। क्या नथवाली औरत ने उनसे कुछ कहा है...वह चुपचाप मेज़ की तरफ़ देखती रही।

"मुझे...मुझे बहुत ख़ुशी होती है कि तुम उनसे मिलती हो।"

चाचा इतने बड़े दीखते थे—लम्बे हाथ-पैर, चौड़े कन्धे, सिर का एक बाल भी सफ़ेद नहीं हुआ था—लेकिन उस क्षण पहली बार काया को लगा, जैसे कोई झीना-सा जाला उनके चेहरे पर खिंच आया है।

"चाचा, क्या वह यहाँ नहीं आ सकतीं?"

"यहाँ...इस घर में?"

वह धीरे से हँसे, और काया विस्मित-सी उनकी ओर देखने लगी। लगा, जैसे बीरू हँस रहा हो—वही धुली हुई शान्त निराशा, जो वह कभी-कभी बीरू पर देखती थी—चाचा के चेहरे पर सिमट आई थी। जब-जब वह उसे देखती थी, ठगी-सी रह जाती थी, यह न पीड़ा थी, न दुख, न ही इसका सम्बन्ध किसी अपूर्ति या अभाव से था—इसका मतलब कहीं और था—उससे परे—और वह कभी वहाँ नहीं पहुँच पाती थी।

"कभी-कभी लगता है, तुम हमेशा से यहाँ रहती आई हो..." चाचा की आँखें अँगीठी पर लौट आईं, "याद भी नहीं रहता कि तुम्हें चले जाना है।"

चाचा के शब्द छिदने लगे। क्या उसे याद रहता है? पहले वह घर जाने के दिन गिनती थी—अब सब छूट गया। एक दिन, दूसरा दिन,

रात और दिन—उसे कोई प्रतीक्षा नहीं थी, और यह ख़याल आते ही वह अपने पर भयभीत-सी हो जाती। उसे लगता, उसे कुछ हो रहा है, जो उसे ख़ुद नहीं मालूम—जैसे कोई पीछे से आकर आँखें मींच लेता है—और देर तक पता नहीं चलता कौन है, किसके हाथ हैं—हालाँकि उम्मीद और आशंका में दिल धड़कने लगता है।

किसके हाथ हैं—बीरू के, नथवाली औरत के या चाचा के? या किसी के नहीं, यह उसका अपना अँधेरा है, जिसमें किसी के हाथ नहीं।

वह सहसा चौंक गई—अँगीठी में एक कोयला खट से आगे की तरफ़ आ गिरा—चाचा कुर्सी से उठे, और चिमटे से पकड़कर उसे दुबारा दूसरे कोयलों में डाल दिया। किन्तु वापिस कुर्सी की तरफ़ जाने के बजाय वह बीच में ही रुक गए, जैसे अचानक कोई आवाज़ कानों में पड़ी हो।

"तुमने सुना?"

उनकी आँखें एकदम उत्तेजित-सी हो आईं।

वह समझी, बीरू आ गया है, लेकिन दरवाज़े पर कोई नहीं था। गलियारे में हर रात की तरह सन्नाटा फैला था, न ज़ीने पर कोई आहट सुनाई दी थी।

"झरने की आवाज़...कभी-कभी यहाँ तक सुनाई देती है," चाचा ने कहा।

झरना—यह क्या वही है, जिसकी चर्चा नथवाली औरत ने उस शाम की थी?

"बाहर चलकर सुनोगी?"

चाचा ने आग्रह से उसकी ओर देखा—उसकी आँखें चमक रही थीं—एक अजीब-सी अकुलाहट में भरी चमक—जो अकसर उन आदमियों पर पागलपन-सी उमड़ आती है, जो पहाड़ों पर अकेले रहते हैं।

कई बार यही 'चमक' मिस जोसुआ की आँखों में देखी थी।

"इधर आओ...ठहरो, यह ढक लो। बाहर सर्दी होगी।"

उन्होंने अपनी शॉल उतारकर उसके चारों तरफ़ लपेट दी—सिर तक ढक दिया—सिर्फ़ चेहरा और आँखें खुली रहने दीं। फिर पीछे हटकर उसे देखा—ऊपर से नीचे तक शॉल में लिपटी काया—और वह ज़ोर-ज़ोर से हँसने लगे।

"तुम तो पूरी कु क्लुक्स क्लान (Ku Klux Klan) दिखाई देती हो!"

वह लगभग खींचते हुए उसे बाहर ले आए—गलियारे में—जहाज़ का डेक, जिस पर वह हमेशा कप्तान की तरह खड़े रहते थे।

दरवाज़ा खुलते ही हवा का झोंका हड्डियों को छेदता गया। परदा हिला था—उसकी छाया दूर पेड़ों तक खिंचती गई थी।

बिलकुल स्वच्छ, ठंडी रात थी। पिछली रातों का अधूरा चाँद गोल होता गया था—एक पीली लालटेन-सा पहाड़ों पर टँगा था। धुंध में उजाला कट जाता था और हर कटाव के बीच पेड़ों के सिर दिखाई दे जाते थे।

कन्धे पर छुअन महसूस हुई। वह उसके पास खड़े थे, जंगल से सटे हुए।

"सुनती हो...?"

शॉल के रहते भी वह काँप रही थी। वह सुनने लगी...और सुनने की कोशिश में उसकी आँखें मुँदने लगीं। पूरी आवाज़ नहीं थी, न पूरा सन्नाटा था...सिर्फ़ हल्की-सी गड़गड़ाहट कहीं दूर अँधेरे को तोड़ रही थी—लगातार अनवरत, एक लय में—जंगल के हाशिये पर एक गहरी-सी हूक, एक उच्छ्वास।

"कितना अजीब है काया..." चाचा ने लम्बी साँस ली। "यह सब बदल जाता है—मैं हर रात यहाँ आकर देखता हूँ, बारहों महीने... तुम जो अब देख रही हो—पेड़, पहाड़, जंगल...गर्मी की रातों में ये सब फैल जाते हैं—तब इनकी साँस तक सुनाई देती है...इन दिनों जैसा नहीं, ये दिन भयानक हैं..."

वह क्षण-भर रुके, जैसे किसी शब्द को ढूँढ़ रहे हों, फिर कोशिश छोड़कर काया को देखने लगे। लेकिन वह काया को नहीं देख रहे थे—उसे वह भूल चुके थे, हल्की पीली चाँदनी में वह ख़ुद बदल गए थे अकेले, आत्मलिप्त, किसी दूसरे लोक के प्राणी।

"जब मैं आर्मी में था..." उन्होंने बहुत धीमे से कहा, "तो छुट्टियों में अकसर शिकार पर जाता था। मुझे अभी तक याद है, जब हम किसी जानवर के बहुत पास पहुँच जाते थे, तो वह एक लमहे के लिए खड़ा हो जाता था—बिलकुल चुप, बिना हिले-डुले, एकदम तल्लीन, जैसे भागना छोड़कर हमारा इन्तज़ार कर रहा है...यह भयानक लगता था। इन दिनों भी यही होता है। देखो, सब इन्तज़ार में खड़े हैं—कोई नहीं हिलता, कोई आवाज़ नहीं आती—न पेड़, न घास, एक पत्ता भी नहीं...तभी झरने की आवाज़ सुनाई देती है...तुमने सुना काया? कौन, क्या कहा तुमने? कौन इन्तज़ार कर रहा है?"

वह बुड़बुड़ा रहे थे, अपने से ही बोल रहे थे—बँगले पर झुके-झुके एक क्षण भ्रम हुआ था, वह चाचा की बात किसी नींद में सुन रही है, केवल कुछ छितरे, उखड़े शब्द कानों में पड़ जाते थे—नीचे टेनिस-ग्राउंड की तार चमक रही थी, चारों तरफ़ चीड़, देवदार और ओक के पेड़ों पर एक कटी-फटी-सी झालर उड़ रही थी...नीचे घास थी, लम्बी, चाँदी की सूइयों-सी, हवा में हिलती—क्या उसी के नीचे वे दो क़ब्रें थीं, एक आदमी की, एक कुत्ते की—साथ-साथ, एक-दूसरे से सटी हुई, और न जाने क्यों, सहसा हवा में लहराती उस घास को देखकर लगा, जैसे उसे 'नाम' मिल गया है। चाचा की हँसी में जो निराशा झलकती थी, वह कुछ नहीं, सिर्फ़ यह घास है, क़ब्रों के ऊपर उगी हुई, वह हाथ बढ़ाएगी और उस भेद को पकड़ लेगी, जो आज तक उसे भरमाता रहा है, उसे पकड़कर छोड़ता रहा है, छोड़कर लौटता रहा है, लेकिन जब जँगले से सिर उठाया,

तो वह कहीं न था और हर जगह था, हवा में फड़फड़ाती घास, पेड़ों की फुनगियाँ—और बहुत दूर पहाड़, जो धुंध से अपना सिर निकालकर उसे निहार रहे थे—एकटक।

तब अचानक उसने वह छाया देखी—पगडंडी से नीचे आती हुई, पत्तों को मसलती हुई। उसका दिल क्षण-भर के लिए ठहर गया। "बीरू"—उसने धीरे से कहा—"बीरू!"

"क्या कहा काया..." चाचा बोल रहे थे, "कौन था...कौन इन्तज़ार कर रहा था?"

कोई नहीं। वहाँ कोई न था। पत्तों की खड़खड़ाहट में बीरू की छाया हो सकती है, उसे विश्वास नहीं हो सका। गीदड़ होंगे, या कोई और जानवर—आसपास झाड़ियों में कितने जानवर घूमते रहते हैं। पहाड़ों पर चाँदनी रात में ख़ुद पेड़ों की छाया घूमती-सी दिखाई देती है।

चाचा उस रात क्वार्टर नहीं गए—लायब्रेरी में कुछ देर तक बोतल-गिलास लेकर बैठे रहे। वह उन्हें अपने कमरे से देखती रही। उनके चेहरे की बदहवास चमक, जो कुछ देर पहले उसने देखी थी, अब सहसा बुझ गई थी। वह बहुत बूढ़े, क्लान्त और थके हुए जान पड़ते थे। फिर वह धीरे से उठे—काया के कमरे के सामने आकर खड़े हो गए।

"तुम सो गईं?"

"नहीं चाचा," वह पलंग पर उठ बैठी—वह दरवाज़े पर खड़े थे।

"मैं ऊपर जाता हूँ—बीरू आए, तो दरवाज़ा खोल देना।"

सीढ़ियों पर उनके पैरों की खट-खट ऊपर तक सुनाई देती रही—घर के भीतर सीढ़ियाँ उसे हमेशा रहस्यमय जान पड़ती थीं—जैसे घर के

भीतर एक छोटा-सा घर हो—और उसके भीतर एक और घर—सबको जोड़नेवाली सीढ़ियाँ हों—जिन्हें बाहर से कोई नहीं देख सकता।

कुछ ही देर में घर ख़ामोश पड़ गया। कोई आवाज़ नहीं...सिर्फ़ हवा का शोर और गीदड़ों की रोती हुई चीत्कारें। कभी-कभी ऊपर छत पर दबी-सी खड़खड़ाहट होती, लगता, कोई रेंग रहा हो—और तब काया को ध्यान आया कि शाम होते ही फ़्लाइंग फॉक्स पेड़ों से कूदकर छतों पर चले आते हैं, रात-भर वहाँ बसेरा करते हैं—और सुबह होते ही दुबारा पेड़ों पर लौट जाते हैं। जब कभी रात को आँख खुल जाती, ऊपर छत पर सिर्र-सिर्र-सी आवाज़ सुनाई देती रहती। उन्हें देखकर उसका दिल दहल-सा जाता था—लेकिन छत पर उनकी आवाज़ बहुत कोमल जान पड़ती थी—लगता था, जैसे वह रज़ाई के भीतर उनकी सरसराहट सुन रही है, वे भी ठंड में दुबक उसकी साँसों को सुन रहे होंगे...

लेकिन नहीं, यह खड़खड़ाहट कोई दूसरी थी, वह हड़बड़ाकर उठ बैठी। वह शायद सो गई थी। दरवाज़े पर कोई धीरे-धीरे लेकिन बराबर बिना रुके दस्तक दे रहा था।

उसने अपने कमरे का दरवाज़ा खोला, लायब्रेरी की बत्ती अभी तक जल रही थी, हालाँकि कोयले कब के बुझ चले थे। खानेवाले कमरे को पार किया और उस जगह चली आई जहाँ शीशे पर Beware—Steps ahead के शब्द धुँधली चाँदनी में चमक रहे थे।

दरवाज़ा खोला, तो एकदम सामने बीरू को खड़ा पाया।

"मैं आध घंटे से..." लेकिन वह बीच में ही चुप हो गया—शायद काया के चेहरे पर कुछ असाधारण-सा रहा होगा—वह सिर्फ़ उसे देखता रहा।

"तुम सो रही थीं?"

काया दरवाज़े की ओट में खड़ी हो गई—वह भीतर चला आया। अपने कमरे की तरफ़ जाते हुए उसने ख़ाली घर को देखा—सब जगह अँधेरा था, सिर्फ़ लायब्रेरी की बत्ती जल रही थी।

"पापा लौट आए?" उसने पूछा।

"कहाँ से?"

बीरू उसे देखता रहा।

"वह ऊपर हैं—अपने कमरे में..." काया ने कहा।

"कमरे में—इस वक़्त?" बीरू आश्चर्य से सीढ़ियों की तरफ़ देखने लगा। वे अँधेरे में डूबी थीं। ऊपर का कमरा बन्द था।

"तुम सो रही थीं?" उसने दुबारा पूछा।

"नहीं..." उसने सिर हिलाया, "तुम कहाँ थे?"

बीरू का चेहरा ठंड से लाल हो गया था...आँखों के नीचे दो सुर्ख़ गढ़हे उभर आए थे। ब्राउन स्वेटर पर जगह-जगह घास के तिनके दिखाई देते थे—पैंट के पाँयचे ऊपर की तरफ़ मुड़े थे—जिनके नीचे ऊनी मोज़ों पर मिट्टी और कीचड़ के धब्बे छिटक आए थे।

"काया—मैं खड़ा नहीं रह सकता।"

"बीरू, कमरे में चलोगे?"

हाथ पकड़ा, तो उसकी अँगुलियाँ भिंची थीं, गर्म पसीने में भीगी हुई। "नहीं, मैं ख़ुद चल सकता हूँ।" उसने हाथ छुड़ा लिया और अपने कमरे की तरफ़ चलने लगा। दरवाज़े के सामने आकर वह ठहर गया, पीछे मुड़कर देखा।

"तुम सोने जा रही हो?"

"कोई ज़रूरत है बीरू?" काया उसके पास चली आई।

"मुझे अजीब-सा लग रहा है—कभी ठंड लगती है, कभी गर्मी।"

"ज़रा ठहरो—मैं दरवाज़ा खोल देती हूँ।"

उसने कमरे की बत्ती जलाई। भीतर आते ही वह बिस्तर पर लेट गया।

"कपड़े नहीं बदलोगे?"

वह औंधे मुँह लेटा था। पैर नीचे लटक रहे थे। तकिये पर भूरे बालों के इर्द-गिर्द दोनों बाँहें थीं...बीच में सिर, जो कभी एक तरफ़ हिलता था, कभी दूसरी तरफ़...

"काया, तुम जाओ...मैं सो जाऊँगा।"

"मैं चली जाऊँगी," उसने कहा।

कमरा ठंडा पड़ा था। पहाड़ी ने शाम को जो आग जलाई थी, वह बुझ गई थी, सिर्फ़ कुछ कोयले राख में ढके आँखें तरेरते-से दिखाई दे रहे थे—उसने चिमटे से उन्हें कुरेदा, तो आग की लपट अचानक उठ आई। वह डरकर पीछे हट गई—लेकिन आशा बँध गई, कुछ देर तक आग को और जगाया जा सकता है। उसने यह सब पहाड़ी से सीखा था—पीछे के कोयलों को आगे धकेला, बीच में दो-चार चिमटियाँ फेंक दीं, कुछ ही देर में अधजले कोयलों पर लपटें उठने लगीं, और तब अचानक उसके हाथ ठिठक गए। पीछे मुड़कर देखा, तो बीरू कपड़े बदल रहा था। एक क्षण उसे उसकी नंगी पीठ दिखाई दी—आग की रोशनी में सफ़ेद, बिलकुल सफ़ेद, बीच में एक लम्बी, पूरी लाइन, जिस पर बालों के रोयें चमक रहे थे, जो नीचे तक चली गई थी। उसने आँखें मोड़ लीं और ज़ोर-ज़ोर से कोयलों की राख कुरेदने लगी।

"काया..."

चिमटा अँगीठी पर रुक गया।

"मैं अभी जा रही हूँ," उसने कहा।

"सुनो, तुम कुछ देर नहीं ठहर सकतीं?"

मुड़कर देखा, बीरू रज़ाई में लिपटा था, सिर्फ़ आँखें बाहर थीं, एक भीगी सुर्ख़-सी तपिश पुतलियों पर तैर रही थी। काया की निगाहें तौलिए पर देखकर उसने धीरे से कहा, "सर्दी के लिए...रूमाल सब भीग गए!"

वह अनिश्चित-सी खड़ी रही। मुझे अब जाना चाहिए, भीतर से संकल्प उठा, लेकिन पाँव एक जगह जमे रहे, आँखें दूसरी जगह।

"तुम यहाँ बैठ जाओ।" बीरू ने पाँव सिकोड़ लिए—समूचे कमरे में सिर्फ़ पलंग का पैताना ही ख़ाली था। स्टूल पर सलाइयाँ और ऊन के गोले पड़े थे—एक मोज़ा बुना हुआ, दूसरा सलाइयों के भीतर

से बाहर झाँक रहा था। पियानो का ढक्कन बन्द था और उस पर कुछ कॉपियाँ रखी थीं।

"मुझे ही गर्मी लग रही है—या सचमुच गर्मी है?"

"गर्मी!" काया ने उसकी ओर देखा, माथे पर पसीने की बूँदें चमक रही थीं।

"कहाँ गए थे, बीरू?"

"कहीं नहीं!" उसने कहा।

"तुम बताओगे नहीं?"

"तुम कहोगी तो नहीं...?"

वह तकिये पर झुक आया। "मैं गिरजे गया था!"

"इतनी रात में?"

"मैं वहाँ छिपकर बैठा रहता हूँ—जब कभी कोई आता है, उसे देखता हूँ।"

"कौन आता है?"

कौन आता होगा उस ठूँठ खँडहर में, काया सोच नहीं सकी।

"लकड़ी चुराने..." बीरू ने कहा, "देखा नहीं, आधा गिरजा वे चुराकर ले गए।"

"क्या करते हो वहाँ?" काया को बीरू की ज्वरग्रस्त चमकती आँखें अजीब भयावह-सी जान पड़ीं। उसका बोलना भी अजीब लगा। वह कभी इतना एकसाथ नहीं बोलता था।

"तुमने वह आला देखा था—मैं वहाँ खड़ा रहता हूँ।"

"आला?" काया की आँखें फैल गईं। "तुम्हें डर नहीं लगता, बीरू?"

"नहीं, मैं उन्हें डराता हूँ।" वह हल्के-से मुस्कराया, और काया उसकी मुस्कराहट को देखती रही।

"तुम क्या डराते होगे?" वह अपने डर को हटाते हुए बोली।

"सच, वे भाग जाते हैं। मैं कहता हूँ—मैं यीशु हूँ, तुम्हें देख रहा हूँ...मेरी आवाज़ सुनते ही वे लकड़ियाँ छोड़कर ग़ायब हो जाते हैं।"

वह एक स्वर में बोल रहा था—न कोई उतार, न चढ़ाव, चेहरे पर एक ध्यानावस्थित, ग़मगीन-सी वीरानगी लौट आई थी—सिर्फ़ आँखें चमक रही थीं, बीरू की चौड़ी आँखें, जिनमें हर चीज़ अपना कोई निशान, कोई इशारा छोड़ जाती थी।

किसके लिए? कौन-सी चीज़ बीरू को बुलाती थी?

वही गिरजे का आला—काया को धुँधला-सा याद आया, जहाँ दो उलझी हुई लकड़ियों के बीच उसने झूलती टाँगों को देखा था, कीलों से बिंधी हुई। वह सबके लिए मरे थे।

बीरू वहाँ क्या करता होगा?

चिमनी में धुएँ की खड़खड़ाहट बार-बार सुनाई दे जाती थी, जैसे कोई बीच चिमनी में बैठा खाँस रहा हो।

बीरू धीरे से कुहनी पर उठा और पियानो के कवर से एक लाल नोटबुक उठा ली...उसे अपने तकिये के नीचे दबाकर रख दिया।

"क्या है बीरू?" काया ने उत्सुकता से उसकी नोटबुक की ओर देखा।

"डायरी है—मैं रोज़ लिखता हूँ।"

"क्या लिखते हो?"

"अपने बारे में—पापा ने कहा है, मुझे रोज़ अपने बारे में लिखना चाहिए—अख़बार की तरह।"

उसकी आँखें उठी थीं—पलकों की लम्बी छाया लाल दहकते कपोलों पर गिर रही थी।

"तुमने कभी बताया नहीं?"

"तुम मुझे सब बताती हो?" एक हल्का-सा कम्पन उसके स्वर में भर आया था।

"सब क्या?"

काया ने कौतूहल से उसकी ओर देखा।

"तुम हर शाम कहाँ जाती हो?"

काया को अपने होंठ सूखते-से जान पड़े। आँखों पर अँगीठी का धुआँ करकराने लगा।

"तुमने मुझे देखा था?"

"मुझे मालूम है।"

फिर बीरू ने आँखें मोड़ लीं, जैसे उसे डर हो कि काया कहीं आगे कुछ न कह दे, जैसे कभी-कभी हम किसी बुरे भेद को जानते हैं, लेकिन साथ-साथ यह भी प्रार्थना करते हैं कि अगर वह नहीं खुलेगा, तो अपने-आप झूठ हो जाएगा, नहीं रहेगा, ख़त्म हो जाएगा।

"तुम्हें मालूम है, मैं कहाँ जाती हूँ?"

काया अपनी धड़कन के दायरे में जैसे बीरू को भी खींचना चाहती थी, किन्तु वह चुप रहा, दीवार की ओर देखता रहा।

"तुम वहाँ कभी नहीं जाते, बीरू?"

काया एक क़दम और आगे चली आई—अगर बीरू उसके भेद के पास नहीं आता, तो वह उसके भय के पास जा सकती है।

"नहीं..." बीरू ने सिर हिलाया, "वह बुरी जगह है।"

"लेकिन...तुम्हारे पापा वहाँ जाते हैं।" काया के भीतर एक अजीब-सी क्रूरता उमड़ आई।

बीरू ने उसकी ओर देखा—आँखों में एक ख़ाली क़िस्म का बाँध था, एक समझदारी, जो चारों ओर मेड़ लगाकर अपने को बचा लेती है।

"मुझे मालूम है...एक दिन उन्हें भी पता चल जाएगा..."

उसका स्वर बिलकुल सपाट और सूखा था, जैसे बहुत पहले वह किसी निर्णय पर पहुँच चुका हो, कोई कितना ही क्यों न घसीटे, वह नीचे नहीं आएगा, अपनी जगह से इंच-भर नहीं हिलेगा।

काया के भीतर एक सूखी-सी आकांक्षा उठने लगी, बीरू के पास जाए, उसके उदास, बुख़ार में तपते चेहरे को अपने हाथों से छूकर देखे—क्या देखे, वह ख़ुद नहीं समझ पाई, जैसा तकिये पर टिका बीरू का चेहरा उससे कितना ही दूर था जितना मन्दिर में बैठी काली की मूर्ति होती थी—गूँगी, कातर, अपनी मजबूरी में उसे ताकती हुई, स्तब्ध, अशरीरी—बिलकुल पत्थर!

उसका हाथ बीरू की रज़ाई पर पड़ा रहा। वह सो रहा था। छोटी, सँकरी-सी छाती ऊपर उठती थी, नीचे आती थी और बीच-बीच में हल्की-सी ख़ूँख़ार साँसों के बीच उलझ जाती थी।

वह धीरे से उठी, तो बीरू की आँखें भी खुल गईं।

"तुम सो रहे हो...बत्ती बुझा दूँ?"

"तुम जा रही हो?" बीरू टकटकी लगाकर उसे देख रहा था—बाल माथे पर चिपक आए थे। कुछ देर जो चेहरा इतना सुर्ख़ और लाल दिखाई देता था, अब पीला-सा पड़ गया था।

"तुम्हें अब गर्मी तो नहीं लग रही?" उसने पूछा।

"नहीं..." वह बहुत फीके भाव से मुस्करा दिया, "मुझे अब सर्दी लग रही है...काया, जहाँ तुम बैठी हो, वहाँ एक कम्बल रखा है..."

काया ने पैताने से कम्बल उठाया और गले से पैरों तक कसकर लपेट दिया।

वह देखता रहा—छोटी-सी कृतज्ञता के दायरे में जहाँ शब्द बनते नहीं, बह जाते हैं।

"तुम जाओ...मैं अब ठीक हूँ!" उसने आँखें मूँद लीं।

वह हिली नहीं, सिरहाने के सामने खड़ी रही।

"बीरू?"

उसने आँखें खोलीं, वह अब भी वहाँ खड़ी थी।

"आज रात तुम नीचे से आए थे..."

"नीचे से कहाँ?"

"टेनिस-कोर्ट के नीचे, जहाँ पगडंडी है?"

"नहीं काया...क्यों?"

वह खड़ी रही, एक ठंडी-सी झुरझुरी उसकी देह में दौड़ गई।

"ऐसे ही..." उसने कहा।

वह मुड़ी, बत्ती बुझा दी और कमरे से बाहर चली आई।

उस रात बिस्तर पर लेटी तो बहुत देर तक छत पर वही रेंगती आवाज़ सुनाई दी, टीन की छत पर फ़्लाइंग फॉक्स के घिसटने की सरसराहट... थोड़ी देर बाद जब आँखें मुँदने लगीं, तो बीरू की खुली आँखें दिखाई दीं, पानी में तैरती हुई। नींद की अन्तिम पौढ़ी पर पैर रखकर नीचे झाँका, तो आँखें कहीं दिखाई नहीं दीं, सिर्फ़ एक सफ़ेद नंगी पीठ उलटी मछली की तरह लेटी थी। नंगी पीठ—कहाँ देखा था इसे, आगे झुककर उसे छूने के लिए हाथ बढ़ाया, तो किसी ने झटके से उसे पीछे खींच लिया, काया, ओ री काया, ओ काया की बच्ची! छोटे हवा में हाथ हिलाते हुए उसे बुला रहे थे...लेकिन उसके हाथ ख़ाली नहीं थे, उन पर काले पंखोंवाली कोई चीज़ फँसी थी, उड़ने के लिए बिलख रही थी...सुनो, हाथ खोलो, अपने हाथ खोल दो...उसने आगे बढ़कर ज़बरदस्ती छोटे की मुट्ठियाँ खोल दीं, और तब जो चीज़ ऊपर उड़ती हुई आई, वह न चिड़िया थी, न फ़्लाइंग फॉक्स...दो चमकते पंखों के बीच गिन्नी—हाँ, गिन्नी—ऊपर उठी थी और उसके सिर पर चूँ-चूँ चीख़ती हुई आँखों से ओझल हो गई थी।

उसने साँस लेकर करवट ली। चाँदनी का एक हिस्सा खिड़की से आता हुआ उसके परेशान, थके चेहरे पर बैठ गया था।

6

उसने फ्रॉक को घुटनों पर समेट लिया। खड्ड के नीचे झाड़ियाँ थीं—टेनिस-कोर्ट के नीचे खड्ड, फिर झाड़ियाँ। बार-बार उसकी फ्रॉक से लिपट जातीं। आँखें उठतीं, तो एक लाल लपट दिखाई देती। दाद्रू का जंगल सुलगने लगता।

आग नहीं—वह लहँगा था। लाल-सुर्ख़ मेहँदी के पाँव। पैरों के कड़े सूने में झन-झन बजने लगते और वह उस आवाज़ के पीछे भागने लगती।

वह ठंडा दिन था। धुंध खड्ड से ऊपर आ रही थी। वे नीचे उतर रहे थे। कभी बिच्छू का पत्ता टाँग पर लग जाता, तो वह सी-सी करती हुई बैठ जाती। मन होता, लेट जाए—वहीं गीली घास पर। ऊपर बादल, नीचे धुंध, बीच में दिसम्बर की पतली, इकहरी धूप, जिनमें पेड़ों का कँगलापन कलपने-सा लगता।

लेकिन वह रुकती नहीं थी, वह भागती जाती। और जब नथवाली औरत के पास पहुँचकर ठहर जाती, तो वह अपनी कजराई

आँखों से उसे घूरने लगतीं—"थक गई है, तो बैठ जा! बार-बार रुक क्यों जाती है?"

"कितना दूर है अब?" उसने हाँफते हुए पूछा। ठंडा दिन, बर्फ़ जैसी हवा, आँखों पर लगती तो पानी बहने लगता—सिर्फ़ पानी, जिसमें इतनी गर्मी भी न होती कि आँसू बन सके।

"मैं सिर्फ़ एक बार आई थी..." नथवाली औरत ने कहा, "अब दूर नहीं है।"

ज़रा नीचे उतरे तो उसने काया का कन्धा झिंझोड़ दिया, "देख—ऊपर अपना घर दिखाई देता है।"

उसने ऊपर देखा, तो दिल धक-धक करने लगा। यह कैसी धुंध है—छज्जे से टँगी हुई? ख़ाली बरामदा, उसके ऊपर चाचा का कमरा, नीचे दाईं ओर बीरू की खिड़की—उसके पीछे लेटा होगा। अपने ऊन के गोले और सलाइयों के बीच। पियानो, उसके ऊपर लाल नोटबुक... पता नहीं उसमें क्या लिखता होगा?

वह यहाँ इस जंगल में क्या कर रही है? मन ऊपर भागने लगा, तो उसकी आवाज़ सुनाई दी, "ज़्यादा ऊपर देखेगी, तो सिर घूमेगा।"

"नहीं—सच?"

"सबकुछ घूमेगा।"

आकाश? वह सचमुच घूम रहा था, पेड़ों के ऊपर घूमते बादल—और वह खिड़की। उस रात के बाद वह बीरू से नहीं मिली। वह कमरे से बाहर आता ही न था। न पियानो की आवाज़ सुनाई देती। सिर्फ़ एक अजनबी-सा डॉक्टर भीतर जाता—चाचा ख़ाली कमरों में घूमते रहते। दिन-रात, रात-दिन। एक कमरे से दूसरे कमरे में—वह आसपास मँडराती—और जब चाचा डॉक्टर के साथ बाहर आते, तो भागकर अपने कमरे में छिप जाती।

वह ख़ाली थी। वह कहीं भी जा सकती थी।

"तू घर में ख़ाली घूमती है—मेरे साथ नहीं आ सकती?" नथवाली औरत ने उसे पकड़ लिया था।

"कहाँ?" उसने पूछा।

"जाने से पहले झरना नहीं देखेगी?"

जाने से पहले? जाने से पहले वह सबकुछ देखेगी। वह ख़ाली थी। वह कहीं भी जा सकती थी।

औरत हँसने लगी। उसके बालों को झिंझोड़ दिया।

"क्या देखती है? अब चलेगी नहीं?"

वह चलने लगी। जादूगरनी—बीरू कहता था। जो कहती है, हो जाता है। उसकी निगाह से कुछ भी नहीं बचता—न पेड़, न आकाश, न झाड़ियाँ।

चाचा भी नहीं। यह ख़याल भयंकर-सा लगा, और वह बच-बचकर चलने लगी। खड्ड के ऊपर सूखे-सफ़ेद पत्थर उधड़ आए थे। उसके जूते बार-बार फँस जाते, पैरों की एड़ियाँ सुलगने लगतीं—कभी ठंड में, कभी गर्मी में। पेड़ों पर धुंध चिपकी थी, लेकिन बीच रास्ते में धूप के छल्ले दिखाई दे जाते—किसी पत्थर पर घास के टुकड़ों, चीड़ की झरी हुई पत्तियों पर।

"ज़रा ठहर! कुछ सुनाई देता है?" उसने काया का हाथ पकड़ लिया। कुछ भी नहीं—सिर्फ़ किसी टहनी के कड़कने की आवाज़ जैसे कोई पक्षी पेड़ों के बीच सरसराता हुआ उड़ा है। फिर सन्नाटा। फिर झींगुरों का शोर।

"यहीं नाला है—बस, दो क़दम और!"

"कहाँ?" काया ने पूछा।

"कहाँ क्या? कोई तुझे दिखाने लाएगा? सुनती नहीं?"

इस बार उसने कोशिश की तो सिर्फ़ धीमी-सी गड़गड़ाहट सुनाई दी—मन्द और बोझिल, जैसे कहीं अँधेरे में बादल गरजते हैं, लेकिन दिखाई नहीं देते। किन्तु दूसरे ही क्षण उसका ध्यान भटक गया—

लगा, कोई मदमाती-सी गन्ध उस पर छा रही है, न जंगल की गन्ध, न मिट्टी की, वह नथवाली औरत की देह से आ रही थी। वह बेचैन-सी हो गई, नस-नस में एक फड़कन-सी होने लगी।

"क्या बात है?" औरत ने उसका हाथ पकड़ा।

"कुछ नहीं। आगे नहीं चलोगी?"

"तू काँप क्यों रही थी?"

"कितनी सर्दी है!" उसने जल्दी से हाथ छुड़ा लिया और आगे-आगे चलने लगी।

वह यहाँ क्या कर रही है—इस बीहड़ जंगल में, इस औरत के साथ?

कुछ दूर अकेले चलती रही। जंगल में अकेला नहीं लगता, उसने सोचा। हमेशा लगता है, कोई तुम्हें देख रहा है, झाड़ी के पीछे से या पेड़ों के झुरमुट में। जब बीरू की आँखें देखती थीं, तो जंगल याद आता था। अब यहाँ जंगल में चलते हुए हर जगह आँखें दिखाई देती थीं—चुपचाप उसकी ओर ताकती हुई।

अचानक पाँव ठिठक गए। रास्ता बँट गया था—एक ऊपर जाता था, दूसरा नीचे। बीच में एक पुराना, घिसा-पिटा बोर्ड लगा था—To the Falls पता नहीं, किस तरफ़ इशारा करता था!

"नीचे चलो," नथवाली औरत ने पास आकर कहा, "तू हर बार ठहर जाती है!"

उसका मुँह अधखुला रह गया था—साँस लेने के लिए। ऊपर के होंठ पर काली बिन्दी टिमक रही थी। वह कितनी ख़ूबसूरत थी, काया ने पहली बार सोचा। कोठरी की दीवारों में वह घरेलू, पीला चेहरा यहाँ बाहर आकर बिलकुल बदल गया था। वह छोटी हो जाती थी। कभी उसकी फ्रॉक झाड़ियों में फँस जाती तो वह हँसते-हँसते लोट-पोट हो जातीं, "पगली, तू तो सारी फ्रॉक ही फाड़ डालेगी!" काँटों से काया को छुड़ाकर वह काया की टाँगों को देखती, उसकी आँखें ऊपर सरकती जातीं,

काया के छोटे दबे उरोजों पर, फिर उसे छोड़कर कोई पत्थर ढूँढ़ती, दाढ़ू को फोड़ने लगती—दाढ़ू का रस उसकी अँगुलियों पर बहने लगता। "देखा?" वह सिर उठाकर काया को देखती। गोल, पीले, पहाड़ी चेहरे पर जापानी गुड़िया-सी आँखें फड़फड़ाने लगतीं, "ख़ून...देखती है, मेरे हाथों पर ख़ून बह रहा है!" लाल, लिसलिसे हाथ, मेहँदी पर दाढुओं का रस बहने लगता, और तब काया को सचमुच वह ख़ून दिखाई देता, उसे देखकर ख़ुद उसका ख़ून तड़पने लगता—उसकी देह को खटखटाता हुआ—खोलो, वह जैसे कहता—जैसे उसकी देह कोई बन्द दरवाज़ा है, उसके खुलते ही सारा सैलाब बाहर आ जाएगा!

To the Falls—हवा में वह तख़्ती हिल रही थी। सामने छोटा-सा पुल था। पेड़ों को काटकर बनाया गया था। पानी की एक सँकरी धार नीचे बह रही थी—नुकीले, सफ़ेद पत्थरों पर बराबर हथौड़े की चोट मारती हुई। झरना नहीं, वह सिर्फ़ एक पहाड़ी नाला दिखाई पड़ता था।

"ज़रा ठहर..." औरत ने पीछे से आकर कहा।

"मैं हाथ धो आती हूँ...छूकर देख, कैसे चिपचिपे हो गए हैं!"

उसने हाथ फैला दिये। दाढुओं का 'ख़ून' हथेलियों पर सूख आया था। काया ने छुआ नहीं...साहस बटोरकर नथवाली औरत को देखा।

"अब आगे तो नहीं जाएँगे?"

"थक गईं—बस?" इस बार वह हँसी नहीं, एक क्षण काया को घूरकर देखा, फिर नीचे उतरने लगी।

ऊपर छत हिलने लगी—दोनों तरफ़ के पेड़ों ने एक-दूसरे को जकड़ लिया था। ज़रा-सी हवा चलती, तो टहनियाँ खुल जातीं, आकाश का टुकड़ा दिख जाता, फिर ये मुँद जातीं, और जुदा हुए पेड़ फिर आलिंगन में बँध जाते।

औरत पुल की तरफ़ उतरती गई। काया एक चौड़े पत्थर पर बैठ गई। चारों तरफ़ चीड़ की सुइयाँ और पाइन-कौन्स बिखरे थे। हवा ठहर गई थी। अब सिर्फ़ नाले की धार के अलावा कुछ नहीं हिल रहा था।

कुछ सुनाई नहीं देता था। बहते पानी में हाथों की छप-छप उसके पास आई, तो वह भी एक बेमानी-सा खटका जान पड़ा, जंगल के गूँगे स्वरों में एक और स्वर, जो सन्नाटे को और गहरा कर जाता था।

"तू अपना मुँह धोएगी?"

ऊपर आकर उसने काया को देखा।

"नहीं..." काया ने सिर हिलाया—नाले के पास जाते ही उसका सिर चकराने लगता था। वह कभी बहते पानी को नहीं देख सकती थी, चाहे वह छोटा-सा पहाड़ी नाला ही क्यों न हो।

वह चीड़ की पत्तियों पर लेट गई—कुहनी पर मुँह उठाकर काया को देखा।

"सो रही है?"

"नहीं..." काया सीधे ऊपर देख रही थी, जहाँ पेड़ों की छत पर बादल उड़ रहे थे।

"तू रात को भी नहीं सोती...छज्जे पर खड़ी क्या करती है?"

काया की आँखें मिंच-सी गईं—जैसे कोई बादल का टुकड़ा उसकी पुतलियों पर अटक गया है, सफ़ेद, अन्तहीन सफ़ेद पर छोटा-सा सफ़ेद।

"जब मैं शुरू में आई थी—मुझे भी नींद नहीं आती थी...रात-भर आँखें खोलकर जंगल की साँय-साँय सुना करती थी।"

काया की आँखें झुक गईं। कैसा स्वर था, जिसमें वह बोली थी। फीका, कठोर, दया से परे।

"तुझे तरस आता है काया?"

"तरस—कैसा?"

"मुझ पर?" वह धीरे से हँसी, "नहीं, मुझे तू क्या जानती है... आता होगा तो चाचा पर या बीरू बेचारे पर!"

क्या था उसके स्वर में—हिक़ारत, घृणा, या सिर्फ़ रूखी विरक्ति जिसका किसी से वास्ता नहीं था!

वह पत्थर से उतर आई, नीचे बैठ गई, घास पर, जहाँ नथवाली औरत लेटी थी।

"काया, तूने कभी मरे आदमी को देखा है?"

"मरा हुआ आदमी?"

काया का ध्यान भटकने लगा—गिन्नी, माँ की खुली टाँगों के बीच मांस की लोथ—नहीं, वे मरे नहीं थे...आदमी नहीं थे...वह चौंककर चारों तरफ़ देखने लगी...धुँधली-सी रोशनी, नाले का गड़गड़ाता, सिर पटकता पानी...नथवाली औरत उसके पैरों के पास लेटी थी—दुपट्टा नीचे गिर आया था, भरी हुई छाती ऊपर-नीचे हो रही थी।

"नहीं देखा? मैंने भी नहीं देखा था..." उसने धीरे से कहा, "जब तक मेरा आदमी नहीं मरा था।"

"तुम्हारा आदमी...?"

औरत ने सिर उठाया—नथ हिल रही थी। होंठ खुले थे। माथे पर हल्का-सा बल पड़ गया था।

"मुझे अब किसी पर तरस नहीं आता!"

"कौन आदमी?"

"उस रात मैं नहाई थी—जब उसे जलाने ले गए। तब मैंने वे निशान देखे जो वह मेरे लिए छोड़ गया था—देखेगी काया...वे अब भी हैं?"

वह अपनी पीली कमीज़ के बटन खोलने लगी, फिर उसे उठाया—नीचे गर्म बनियान थी, उसे भी ऊपर कर दिया, तब उसकी नंगी पीठ दिखाई दी—सफ़ेद, साफ़—बीच-बीच में नीले निशान, जैसे रेल की पटरियाँ मांस पर ख़ुद गई हों—दुपहर की मन्द धूप में चमकती हुई, एक वक्ष से ऊपर उठकर दूसरे वक्ष की ओर जाती हुई।

"छू, छूकर देख।"

उसने उसका हाथ खींचकर अपनी पीठ पर रख दिया। उसे खरोंचने लगी, मसलने लगी।

"देख, छूकर देख, आदमी नहीं रहा, उसके निशान अब भी बाक़ी हैं!"

काया की साँस चढ़ने लगी। लगा, जैसे औरत के हाथों तले वह झर रही है, तिनका-तिनका होकर बिखर रही है। एक पीला-सा गोला धुंध और बादलों को भेदता हुआ निकल आया था—ढलती दुपहर का सूरज—जिसके पीले, लाल धब्बे पेड़ों से छनकर उसकी नंगी पीठ पर चढ़ने लगे थे। उसने हाथ खींच लिया। वह देर तक चीड़ की पत्तियों पर लेटी रही। साँस लेती रही। फिर वह मुड़कर पीठ के बल लेट गई। बाल बिखर आए थे। नाक की नथ धूप में चमक रही थी। लहँगा घुटनों के ऊपर खिंच आया था। दोनों टाँगें कैंची की तरह खुल गई थीं—पैरों पर चाँदी के कड़े धूल और मिट्टी में लिथड़ गए थे।

वह धीरे-धीरे काया के गालों को सहलाने लगी।

"डर गई?" उसका स्वर एक बहुत धीमी फुसफुसाहट में बदल गया था, "पागल लड़की..."

वह हँसी, लेकिन उसमें कोई आवाज़ नहीं थी। आँखें स्थिर, काया के चेहरे पर टिकी थीं।

"तुझे कुछ भी नहीं मालूम...बता, तेरे ख़ून आता है?"

काया फैली आँखों से उसे देखती रही।

"कैसा ख़ून?"

"गन्दा—दाढ़ू के रस जैसा?"

वह अब भी हँस रही थी—स्वरहीन—होंठों के बीच दाँत खुले थे।

"तूने कुछ नहीं देखा...न मरा हुआ आदमी, न अपना ख़ून..."

उसने घुटने उठा लिए—पैरों पर कड़ों की झनझनाहट हुई। झाड़ियों से कोई पक्षी चीख़ता हुआ नाले के ऊपर उड़ने लगा।

"तेरा नौकर आया था?"

"कौन—मँगतू?" काया ने उसकी ओर देखा।

"मैं समझी, तुझे लेने आया है।...तू चली जाएगी?"

सिर्फ़ दो घिरी हुई आँखें—अजीब-सी उदास—उस पर टिकी थीं।

काया का मन उसकी तरफ़ रेंगने लगा।

"तुम अपने घर नहीं लौटोगी?"' उसने पूछा, जैसे यह भी एक दिलासा हो।

"किसके साथ?"

"क्यों...चाचा के! वही तो तुम्हें लाए थे..."

"तू कुछ भी नहीं जानती काया, या बहाना करती है...मैं यहाँ से कहीं नहीं जाऊँगी।"

"कहीं नहीं?"

"काया..." वह रुक गई—एक क्षण सिर्फ़ नाले की धार सुनाई देती रही, "इधर आ!"

वह और पास खिसक आई—उसके शरीर की मांसल गन्ध के पास, जहाँ चीड़ की पत्तियों पर वह लेटी थी। धूप...गन्ध...चीड़ों पर उड़ती धुंध।

"तू चाहती है काया?"

"चाहना कैसा?"

"ऐसे नहीं...तू किसी को बेहद चाहती है?" हाथ बढ़ाकर उसने काया को अपनी बाँहों में लपेट लिया, बिलकुल अपने ऊपर खींच लिया। नीचे नथ, ऊपर माथा—बालों की छाया में उसका दम घुटने-सा लगा, "जानती है, पहली बार मैंने तुझे कब देखा था?" उसकी आँखें चमकने लगीं। दोनों हाथों से वह काया के चेहरे को पकड़कर देखने लगी, "तू बीरू के साथ ऊपर गिरजे की तरफ़ जा रही थी...तब मैंने सोचा, मैं तुझे इस लड़के के साथ नहीं रहने दूँगी...जैसे भी हो..."

उसकी साँस उखड़ने लगी, "बीरू! तुम बीरू को नहीं चाहतीं?"

"चाहने से कुछ बनता है? पागल है वह लड़का! सोचता है—मैं चली जाऊँगी, तो उसकी माँ लौट आएगी...जानता नहीं, वह मर गई। जैसे मेरा आदमी नहीं लौटेगा, कोई नहीं लौट सकता..."

नहीं, लौटता कोई नहीं, न लामा, न गिन्नी, और ऊपर पेड़ों की सूनी सरसराहट में उसने पहली बार देखा कि जब वह लौटेगी, तो न घर होगा, न लाल टीन की छत...कोई नहीं!

"सुन...काया...सुनती है?"

वह उसकी देह को अपनी देह से दबाने लगी...छटपटाती साँसें ऊपर उठती थीं, काया को सुलगाती हुई—जंगल के मैले आलोक में उसका चेहरा मुँदता था, फिर खुल जाता था—और तब उसे लगा, नथवाली औरत की बाँहों में लिपटी हुई वह चारों तरफ़ आकाश देख सकती है... बादलों के पीछे जलता सूरज...चीड़ की जलती हुई सूइयाँ...और उसे लगा, वह 'गन्दा ख़ून' उन सूइयों से टपकता हुआ उसकी देह के असंख्य रन्ध्रों में बह रहा है, एक-एक नस को निचोड़ रहा है जिसने आज तक उसे अपने जाल में बाँध रखा था...सुख? वह कैसा सुख है? छोड़ो, मुझे छोड़ो...वह सिसकने लगी...लेकिन वह उसका भ्रम था। उसे किसी ने नहीं पकड़ रखा था।...नथवाली औरत बहुत पहले उससे अलग हो गई थी, अपने लहँगे से घास के तिनके झाड़ रही थी...फिर उसने एक लम्बी जम्हुआई ली, नीचे झुकी, काया को हिलाया।

"कब तक लेटी रहेगी? देखती नहीं, अँधेरा हो रहा है!"

7

उस रात बर्फ़ गिरी—शहर सूखा रहा—लेकिन दूसरे दिन हर पहाड़ सफ़ेद उजाले से ढक गया था। पक्षी बहुत नीचे उड़ने लगे—शहर की छतों के ऊपर रेंगते हुए—हवा में हकबकाए-से ज्योंही वे पहाड़ों से नीचे उतरते—उन्हें घर, छतें, चिमनियों का धुआँ भयभीत-सा कर देता है। ज़रा-सा खटका होते ही वे उड़ने लगते और ज़रा-सा उड़ने के बाद बैठ जाते।

बीरू का पक्षी उसी पेड़ पर बैठा रहता—दिन-भर चीख़ता रहता।

सूरज मुरझाया-सा निकलता—पेड़ों के ऊपर एक रक्तहीन, पीला गोला—फटी-फटी-सी रोशनी समूचे शहर पर तिरती रहती। सिर्फ़ आकाश के हाशिये चमकीले दिखाई देते, और उस चमक में चमकती बर्फ़ दिखाई देती।

उन सर्दियों की पहली बर्फ़—शहर से अलग और ऊपर—लेकिन उसकी छुअन चारों तरफ़ हवा में दिखाई देती। पहले जहाँ इक्के-दुक्के मकानों में आग जलती थी, अब हर मकान की चिमनी से धुआँ उठता दिखाई देता।

सफ़ेद, धूमिल हवा में समूचा शहर सुलगने-सा लगता—धुएँ, बादल और बर्फ़ में काँपता हुआ।

गलियारा पत्तों से भर गया—प्लेन-वृक्षों के लाल-सुर्ख़, करारे पत्ते जो अगली गर्मियों तक कोनों में जमा होते रहते, दिन-भर वे चुप पड़े रहते। लेकिन अँधेरा होते ही उनमें जान आ जाती। वे हवा में भँवर बनाकर घूमने लगते। उनकी खटखटाहट सुनते ही चूहे अपने बिलों से बाहर आ जाते, ठिठक जाते, फिर धीरे-धीरे आगे बढ़ते, और मौक़ा पाकर उन पर झपट पड़ते, लेकिन दूसरे ही क्षण खिसियाने-से होकर लौट जाते। कौन कह सकता था कि अँधेरे में नाचते ये प्राणी सिर्फ़ मरे हुए पत्ते हैं?

काया ये सबकुछ देख सकती थी—सिर्फ़ बीरू को नहीं। उस रात के बाद उसे जो बुख़ार आया, वह बराबर चलता रहा। वह अजनबी आदमी डॉक्टर था—यह पहाड़ी ने उसे बताया था। सिर्फ़ वह और चाचा बीरू के कमरे में जाते, बाहर आते—और वह यह भी देखती थी।

कमरे में जाने की मनाही थी लेकिन बाहर जाने की नहीं। वह बीरू को नहीं देख सकती थी, लेकिन उन सब स्थानों में जा सकती थी, जिन्हें बीरू के साथ देखा था—टेनिस-कोर्ट, हरी छतवाला पवेलियन, आदमी और कुत्ते की क़ब्रें, क़ब्रों के बीच लम्बी घास, और वह गिरजा।

एक दुपहर वह सबकी आँख बचाकर गिरजे गई थी। कैसी झूठी आशा थी कि शायद वहाँ अँधेरे आले में बीरू छिपा होगा, मकड़ी के झूलते जालों के बीच, काली शहतीरों की ओट में खड़ा होगा—लोगों को अपनी चीख़ों से डराता हुआ। वहाँ कोई न था। न कोई उसे देखनेवाला, न दिखाई देनेवाला। काले तख़्तों का फ़र्श बीचोबीच में से फट गया था, जिनके ऊपर घास निकल आई थी—पाले की मारी मरी घास—जिस पर चिमगादड़ों की छाया दिखाई दे जाती। बीरू, बीरू...वह उसे बुलाने लगी। ख़ाली गिरजे में वह बुलावा उसकी भुतैली गूँज के साथ वापिस लौट आया। कोई नहीं लौटता, सिर्फ़ गूँज आख़ीर तक वफ़ादार रहती है,

बार-बार लौटती है...और तब अचानक उसकी आँखें उन सफ़ेद टाँगों पर ठिठक गईं...कीलों पर टँगी टाँगें, काँटों के बोझ तले सिर एक तरफ़ लुढ़क आया था...गिरजे में एक वही जगह थी, जहाँ दुपहर का आलोक सिमट आया था—उन लहूलुहान पैरों पर, उस निढाल, लटकती देह पर... यह भी उसने पहले दिन देखा था, लेकिन तब यहाँ बीरू था, एक गाइड की तरह सबकुछ उसे समझा रहा था—उस दुख के बारे में भी, जो इस आदमी ने सबके लिए भोगा था।

पता नहीं, कैसा वह आदमी रहा होगा, जो सबके लिए मरा था, सबका दुख भोगा था!

कुछ छप से नीचे गिरा, तो वह डरकर पीछे हट गई। नहीं, कुछ भी नहीं, आधा टूटा हुआ घोंसला, जो हवा से गिर पड़ा था...तिनकों का ढेर, जिसमें कुछ पत्ते और एक टहनी भी फँसी थी। कैसी गुनगुनी गन्ध थी, घोंसले से ऊपर उठती हुई। कहाँ से जाती थी? मिस जोसुआ के कमरे से—हज़ारों भेदों से भरा कमरा, जिसमें बासी केक और डबलरोटी के टुकड़ों की गन्ध जमा होती जाती। आँख मूँदकर भी वह पहचान लेती—यह मिस जोसुआ का कमरा है। उसने घोंसला उठाया और गिरजे से बाहर चली आई। बाहर मैदान में उसे रख दिया। हवा से वह बिखरने लगा, एक-एक तिनका अपने को छुड़ाकर उड़ने लगा। कुछ ही देर में एक टहनी के अलावा वहाँ कुछ भी नहीं बचा रहा।

वह देखती रही। कितनी हवा है इस शहर पर! पहाड़ों से आती है, बर्फ़ को छूकर यहाँ फैल जाती है।

मैं अब नीचे उतरूँगी। इन फूलों के साथ-साथ, जो सर्दी में भी नहीं मुरझाते—सिर ऊँचा किये खड़े रहते हैं...शहर के ऊपर... लेकिन मैं यहाँ की नहीं हूँ, मैं हमेशा नीचे उतरती रहूँगी...कुछ फ़ासले पर वह घर दिखाई देगा—फ़ॉक्सलैंड, कितना अजीब

नाम था...वह अँगरेज़ जिसने किताब लिखी थी, अब अपने कुत्ते के साथ लेटा है...फ़ॉक्सलैंड एंड द पासिंग टाइम। एक दिन इसी घर की चिमनियों को मैंने रिज से देखा था। तब बुआ साथ थीं, बुआ शहर में हैं, मैं यहाँ गिरजे के मैदान में। बीच में कितने पहाड़ हैं। मुझे लगता है, वे सबकुछ देखते हैं। वे इस समय भी मुझे देख रहे हैं...जब मैं यहाँ से चली जाऊँगी, जब मैं यहाँ नहीं हूँगी, तब भी वे इस गिरजे को, इन फूलों को, ख़ाली मैदान को देखते रहेंगे। मेरे न होने को देखेंगे। क्या ऐसा नहीं हो सकता कि मैं यहाँ न रहकर भी कहीं बाहर से, कहीं पहाड़ों के पीछे से अपने न होने को देख सकूँ, जैसे एक तरफ़ के पहाड़ दूसरी तरफ़ के पहाड़ों को देखते हैं? ऐसा होता है, कई बार मेरे साथ हुआ है कि मैं अपने कमरे में रहकर भी कभी माँ, कभी बीरू, कभी लामा के पास चली आई हूँ, जैसे मैं कोई धूल हूँ, धुआँ हूँ, जिसे कोई रोक नहीं सकता—एक धागे की रील की तरह मैं उनमें लिपटती जाती हूँ, अपने बिस्तर पर लेटे-लेटे, बिना एक इंच हिले मैं उनके साथ हो जाती हूँ, लेकिन अब...अब मैं छूट गई हूँ, न धूल, न धागा, न कोई धोखा...अब, यहाँ, इस वक़्त सिर्फ़ हवा का शोर है, टूटी शहतीरों की खड़-खड़, और जब मैंने अन्तिम बार मुड़कर गिरजे को देखा, तो लगा, कि मैं वहाँ कोई अपनी ऐसी चीज़ छोड़े जा रही हूँ—जिसके बारे में मैं कभी लामा या छोटे से नहीं कह सकूँगी—वह उनके रिश्तों से बाहर जन्मी थी, अकेले, इस शहर के ऊपर, जहाँ न माँ थी, न बाबू थे, न घर के सुरक्षित कमरे...बीरू को भी उसका पता नहीं चलेगा, हालाँकि पहली बार मैंने उस 'चीज़' को अपने और बीरू के बीच देखा था, इस गिरजे के सीलन-भरे अँधेरे में,

दीवारों पर सिर धुनती हवा के बीच, इन टूटे, अधजले दरवाज़ों की ओट में—जो एक फाँस की तरह खाल में धँस जाती है, न निकाली जा सकती है, न पकड़ में आती है—पहचानी हुई पीड़ा से परे एक अजनबी चमत्कार की कौंध, जो अन्त में बाहर न आकर ख़ून और खाल में घुल जाता है—बरसों बाद मैं इसे पहचानूँगी भी नहीं, न इसका मतलब समझूँगी, इसका मतलब कुछ है भी नहीं जो सीखकर सँजोया जा सके...वह अगर है तो इन हिलती-काँपती शहतीरों के बीच, इस गिरजे की टूटी छत के नीचे, पहाड़ों से घिरा, मतलब जो एक बार यहाँ से जाने के बाद ही ओझल हो जाएगा और जब बरसों के दौरान लोग इस टूटे-फूटे पिंजर की अन्तिम लकड़ी चुराकर जला डालेंगे तो किसी को पता भी नहीं चलेगा—एक दुपहर मैं बीरू के साथ यहाँ आई थी!

दुपहर ढलने लगी थी। पहाड़ों पर बादल जमा होने लगे, और वह नीचे उतरने लगी। जब नीचे पक्की सड़क पर आई, तो अँधेरा घिरने लगा था। हवा ऊपर उठी थी, फ़ाटक का दरवाज़ा चरमराता हुआ हिल रहा था। ओक के पेड़ के सामने उसके पाँव ठिठक गए...एक रिक्शा खड़ा था, कुछ आदमी आग जलाकर बैठे थे, चुपचाप हाथ सेंक रहे थे। जब वह फ़ाटक के भीतर आई, तो हैरान-सी रिक्शे, आदमियों और आग के धुएँ को देखती रही...इस वक़्त कौन घर में आ सकता है?

ओक का पेड़ हवा में बेचैन-सा सरसरा रहा था...फ़ॉक्सलैंड के ढाई अक्षर कभी पत्तों में खुल जाते, कभी ढक जाते।

वह तेज़ क़दमों से ऊबड़-खाबड़ पगडंडी पर चलने लगी। नीचे घाटी के खोखल से बादल ऊपर उठ रहे थे...कमरों की खिड़कियाँ पीली धूप में चमचमा रही थीं।

मकान के सामने आई, तो आँखें बरामदे में उठ आईं। वहाँ कोई खड़ा था—आधी धूप, आधे अँधेरे में। दिल तेज़ी से धड़कने लगा, लेकिन पाँव सुन्न-से होकर ज़मीन पर जमे रहे। वह भागने लगी...फिर ठहर गई—एक बार फिर बरामदे की तरफ़ देखा, बादलों का रेला सामने चला आ रहा था—धूप में एक काली लकीर खींचता हुआ—उसने उसे बह जाने दिया—फिर दुबारा वह चेहरा दिखाई दिया, और वह दुबारा भागने लगी, दरवाज़े की तरफ़, और तब उसे लगा, गले में कुछ अटक गया है, वह साँस लेने रुकी, तो दोनों हाथ हवा में उठ गए...

बाबू खड़े थे—जँगले पर झुके हुए—धूप और बादलों और अँधेरे के बीच—उसे अपनी तरफ़ भागता हुआ देख रहे थे।

तसल्ली से परे

1

मुझे लगता है, जब मैं लौटी, तो बीच में कई साल बीत गए थे, हालाँकि मैं वैसी ही थी, जैसी उन सर्दियों में, जब वे मुझे काया के नाम से बुलाते थे, और मैं चाचा के घर फ़ॉक्सलैंड गई थी, जो शहर से ऊपर था। जब मैं लौटी थी, तो शहर के ऊपर सिर्फ़ बर्फ़ दिखाई देती थी। लोग कहते थे, उस साल सर्दी बहुत भयानक पड़ी। बर्फ़ से बहुत-से पुराने मकान ढह गए। लेकिन हमारा मकान नहीं। जब लम्बे अरसे बाद, आधी ज़िन्दगी शहरों में गुज़ारकर, मैं दुबारा उस पहाड़ी स्टेशन में आई, तो हमारा मकान वैसा ही खड़ा था, जैसा मैंने बरसों पहले अपने बचपन के दिनों में देखा था—वही लाल टीन की छत, वही उजाड़ छज्जा, वही सीढ़ियाँ जो मिस जोसुआ के अहाते में उतरती थीं। कुछ भी नहीं बदला था।

लेकिन जो चीज़ नहीं बच सकी, जिसे हममें से कोई नहीं बचा सका, वह ख़ुबानी का पेड़ था। एक रात, उन सर्दियों में तेज़ हवा चली थी—बर्फ़ गिरने से पहले की हवा, जब समूचे शहर पर एक पीला-सा कुहरा छा जाता है।

मैं अपने कमरे में अकेली थी, क्योंकि छोटे उन दिनों बुआ के साथ मेरठ चले गए थे। तब मैंने अचानक वह चिरमिराती, चिंघाड़ती आवाज़ सुनी थी। मैंने तब कोई ध्यान नहीं दिया था, क्योंकि पहाड़ी की आँधी में वैसे भी बहुत-सी अनर्गल आवाज़ें सुनाई देती हैं, लेकिन दूसरे दिन सुबह मैंने देखा, मँगतू के क्वार्टर की छत पर ख़ुबानी का पेड़ लेटा है। सिर्फ़ तना अपनी जगह खड़ा था, बाक़ी ऊपर का समूचा धड़ शाखाओं समेत मँगतू की छत पर आ गिरा था। मुझे काफ़ी आश्चर्य हुआ था, क्योंकि वह बहुत मज़बूत और पुराना पेड़ था, बहुत बरस पहले सर्दी की सूनी दुपहरों में माँ उसके नीचे बैठा करती थीं। मैं जब किसी चीज़ से डर जाती थी और रोते हुए अपने घर आती थी, तो उसी पेड़ के नीचे, क्योंकि मुझे मालूम होता था कि माँ वहीं बैठी होंगी...

मुझे अब कोई डर नहीं लगता था। मैं बड़ी हो रही थी, जबकि माँ पहले से काफ़ी छोटी हो गई थीं और उन्हें देखकर मुझे अजीब-सी तसल्ली मिलती थी कि अब मुझे उस रात की तरह छज्जे की खिड़की से वह सब नहीं देखना पड़ेगा, जो मैंने उस रात छिपकर देखा था। लेकिन अब वह चुप रहती थीं और न कभी मुझे अपने पास बुलाती थीं, जो एक तरह से अच्छा था, क्योंकि ऐसा भी होता था कि किसी दिन वह अपना इरादा बदल देतीं, मुझे अपने पास बुलातीं, ऊपर से नीचे तक मेरे शरीर को घूरने लगतीं, फिर खींचते हुए मुझे ग़ुसलख़ाने ले जातीं, गर्म उबलते पानी से मेरा सिर, मेरे बाल, मेरी देह के हर कोने-कोटर को रगड़-रगड़कर धोने लगतीं, बार-बार पूछतीं, तुझे कुछ होता तो नहीं है? और मैं हर बार अपना सिर हिला देती, यह पूछने का बहाना भी न करती कि होने से उनका क्या मतलब है क्योंकि झरने की वह दुपहर मुझे याद थी, जो मैंने नथवाली औरत के साथ बिताई थी। मुझे कभी-कभी यह आशा भी बँध जाती कि अगर इन दिनों मुझे कुछ हो जाता है, तो शायद मुझे वह होस्टल नहीं भेजेंगी और इसलिए जब मैं अकेली होती तो मैं

घंटों काली माँ से प्रार्थना करती कि अगर मुझे कुछ होना है, तो स्कूल जाने से पहले ही हो जाना चाहिए, लेकिन अब मैं प्रार्थना करते समय अपने कपड़े नहीं उतारती थी, क्योंकि वे सर्दी के दिन थे और छज्जे पर दिन-रात बर्फ़ जमी रहती थी...

वे सफ़ेद और ख़ाली दिन थे और जब मैं आज उन दिनों के बारे में सोचती हूँ, तो रातें भी सफ़ेद जान पड़ती हैं क्योंकि कभी अँधेरे में मिस जोसुआ के पेड़ों के नीचे चलती थी, तो ऊपर का आकाश बहुत-सी सफ़ेद शाखाओं में कट जाता था और मैं भागती हुई अपने कमरे में आती थी, जहाँ छोटे का बिस्तर ख़ाली पड़ा रहता था और मेज़ के नीचे वे सब चीज़ें वैसी-की-वैसी दिखाई देती थीं—जब गिन्नी उन्हें मुँह में दबाकर बाहर से लाती थी, और जब हवा चलती, तो लामा के कमरे का दरवाज़ा बार-बार सिर पटकता-सा सुनाई देता था और तब मैं बिस्तर पर लेट जाती थी और छुट्टियों के दिन गिनना शुरू कर देती थी क्योंकि जब से बाबू ने अपने कमरे में मुझे बुलाया था, मुझे लगता था कि मुझे अब किसी पर विश्वास नहीं करना चाहिए—और यह विचित्र-सा जान पड़ता था कि मैं धीरे-धीरे ऐसी उम्र में पहुँचती जा रही हूँ जहाँ हर कोने में धोखा है, हर चीज़ विश्वास के परे है...और तब मैं छोटे के ख़ाली बिस्तर को पकड़ लेती, उसे नोचती-हिलाती, जैसे वहाँ सचमुच छोटे लेटे हुए हैं, और हवा में गिन्नी की चीज़ें खड़-खड़ करतीं...मँगतू की छत पर ख़ुबानी का पेड़ कराहने लगता...और मुझे हैरानी होती कि टूटने-कटने के बाद भी पेड़ों की शाखाएँ हफ़्तों तक सिसकती रहती हैं।

ऐसे ही एक दिन मँगतू कमरे में आया था, "तुम्हें बाबू बुलाते हैं—अभी आने को कहा है...अपने कमरे में?" यह अनहोनी घटना थी। वह बहुत कम मुझे या छोटे को अपने कमरे में बुलाते थे। मैं तैयार होने लगी। मैं हमेशा बाबू से मिलने के लिए तैयार रहती थी। जब उस शाम मैं गिरजे से लौट रही थी, और फ़ॉक्सलैंड के बरामदे में बाबू को देखा था,

तो भी मैं तैयार थी, बिना उनकी प्रतीक्षा किये कमरे में जाकर अपनी चीज़ों को समेटने लगी थी। आज, इतने बरसों बाद भी, जब मैं किसी प्लेटफ़ार्म या वेटिंग-रूम में अकेली बैठी होती हूँ, तो मुझे यह विचित्र-सा भ्रम होता है कि अचानक बाबू छड़ी हिलाते हुए दिखाई देंगे और मैं अपना सूटकेस उठाकर उनके साथ चल दूँगी, बिना एक क्षण प्रतीक्षा किये, बिना यह सोचे-विचारे कि उन्हें कहीं और जाना है, मुझे कहीं और...

वह मुझे देखकर कुछ चकित-से रह गए। "तुम कहीं जा रही थीं काया?" उन्होंने मुझे साफ़-सुथरा देखकर कहा—बिना यह जाने कि मैं अपने कमरे से तैयार होकर उनके कमरे में आई थी। वह शाम का समय था और बाहर खिड़की से बर्फ़ का सफ़ेद उजाला भीतर तक आ रहा था। "मैं फ़ॉक्सलैंड गया था...काया, वे लोग तुम्हें बहुत याद करते हैं..." वह कुछ झिझके, मेरी ओर देखा, "जानती हो, तुम्हारा होस्टल उनके घर के पास है, तुम कभी भी उनके घर जा सकती हो..."

क्या इसीलिए उन्होंने मुझे बुलाया था, तसल्ली के दो टुकड़े मेरे आगे फेंके थे, और मैं उन्हें उठा लूँगी? मैं समझ गई। मैं चुप बैठी रही। मैं कहीं भी जा सकती थी। उनके घर, अपने घर...मुझे कोई जल्दी नहीं थी, कोई डर नहीं था, कोई उम्मीद नहीं थी...उस साल की सर्दियों में मैंने ये तीनों चीज़ें खो दी थीं, और यह बात मैं उनसे कहना चाहती थी। मैं उनसे कहना चाहती थी कि फ़ॉक्सलैंड से लौटने के बाद मैं नीचे उतर आई हूँ, अब मेरा सिर नहीं चकराता, अब मैं कोने में बैठकर जो बीता है, उसकी रूख़ी हड्डियों को नहीं चबाती, मुझे सचमुच कोई जल्दी नहीं थी—और यह बात मैं उनसे कहना चाहती थी, लेकिन वह खिड़की के सामने खड़े हो गए थे, ऊपर पहाड़ियों पर डूबते सूरज की लाल सुई को देख रहे थे, जो दूर तक सफ़ेद परदे को भेदती गई थी और पहाड़ों की सारी बर्फ़ लहूलुहान-सी हो गई थी, लेकिन जब वह खिड़की से मुड़े तो उनकी आँखों में एक भीगी-सी चमचमाहट थी, "सुनो काया..."

उन्होंने धीरे से अपना हाथ मेरे सिर पर रख दिया, फिर तुरन्त उठा लिया, जैसे भूले से जो स्नेह उमड़ा था, वह अचानक शर्म बनकर अलग छिटक गया हो। "सुनो, यहाँ तुम अकेली रहती हो...यह तुम्हारे लिए ठीक नहीं है, वहाँ बहुत-सी लड़कियाँ होंगी, तुम्हारी उम्र की..." वह बहुत धीरे-धीरे बोल रहे थे, जैसे सर्दियों की शाम, उस अँधेरे कमरे में मुझे गवाह बनाकर अपने को बरी कर रहे हों, हालाँकि धीमे बोलना ज़रूरी नहीं था, क्योंकि कमरे में हम दोनों के अलावा कोई न था, कम-से-कम उस क्षण मैंने यही सोचा था कि वहाँ कोई नहीं है...

लेकिन बरसों बाद जब मैं याद करती हूँ, तो मुझे एक दूसरी ही तसवीर याद आती है—मुझे बाबू बिलकुल याद नहीं आते, न ही कमरे की वह शाम याद आती है। मुझे सिर्फ़ इतना याद रह गया है कि उस रात जब मैं सोने गई तो मुझे यह अजीब-सा भ्रम हुआ कि होस्टल की इमारत सफ़ेद होगी, बिलकुल सफ़ेद, हर साल थोड़ी-सी बर्फ़ टूटेगी—दीवारों के बीच सूराख़ बनाती हुई—और मैं उसके भीतर से बाहर आऊँगी, अपनी जानी-पहचानी दुनिया में, जहाँ माँ होंगी, बीरू होगा, छोटे होंगे—और जब उनसे मिलकर लौटूँगी तो सूराख़ फिर बन्द हो जाएगा, पूरे साल बन्द रहेगा और फिर दुबारा बर्फ़ टूटेगी...और यह सिलसिला कभी ख़त्म नहीं होगा। कभी ख़त्म नहीं होगा, यह सोचते ही मैं सोने की कोशिश करती थी, क्योंकि मुझे लगता था, सुबह होते ही माँ आकर कहेंगी—काया, देख, तू कहीं नहीं जाएगी, देख, सारी बर्फ़ सपना थी!

लेकिन वे चादरें सपना नहीं थीं—वे थीं ठोस और ठंडी—बर्फ़-सी सफ़ेद। आज जब मैं उन दिनों की बर्फ़ को याद करती हूँ तो मुझे मिस जोसुआ की चादरें याद हो आती हैं, हालाँकि उनके बीच कोई रिश्ता नहीं था। मुझे लगता है, मेरी स्मृति एक दूसरी स्मृति से ढकी रह गई है और जब मैं एक को छूती हूँ तो दूसरी अपने-आप उठने लगती है। वे चादरें बर्फ़ की ही तरफ़ सफ़ेद थीं—और कुँवारी—जिन्हें, पता नहीं,

कितने बरसों से बाहर नहीं निकाला गया था। उन दिनों अकसर 'मदद' की बात सुनने में आती थी—"हम सबको मिस जोसुआ की मदद करनी चाहिए," यह मँगतू कहता था, और करता भी था क्योंकि मिस जोसुआ दिन-रात बिस्तर पर पड़ी रहती थीं और मँगतू नीचे जाकर उनके कमरे में आग जला आता था—और जब कभी माँ मुझे ख़ाली बैठे हुए देखती थीं तो हमेशा टोक देती थीं—"यहाँ बैठी है, नीचे क्यों नहीं चली जाती...वह बेचारी अकेली पड़ी होंगी..." और तब मुझे काफ़ी विस्मय होता था कि लोगों ने मिस जोसुआ का नाम लेना छोड़ दिया था—सब उन्हें धीमे स्वर में लगभग फुसफुसाते हुए 'वह' कहकर बुलाते थे, जैसे धीरे-धीरे वह एक ऐसी जगह पहुँच गई थीं, जहाँ नाम के बदले सिर्फ़ उनका शरीर रह गया था—अँधेरे में बिस्तर पर पड़ा कोई जीव—और मुझे यह भी समझ में नहीं आता था कि अचानक उन दिनों वे मिस जोसुआ के अकेलेपन से इतना ग्रस्त क्यों हो गए थे, जबकि न जाने कितने बरसों से वह अकेली थीं और कोई उन्हें मदद देने की बात नहीं करता था।

वह पहले भी घर से बहुत कम बाहर निकलती थीं—अब तो बिलकुल नहीं। उनके गेट के आगे बर्फ़ का ढेर जमा हो जाता, तो कभी मँगतू, कभी मैं उसे साफ़ कर देती। मैं अकसर लम्बी शामें उनके कमरे में गुज़ार देती—उन्हें मदद देने के लिए नहीं, बल्कि ख़ुद अपनी सुरक्षा ढूँढ़ने के लिए, क्योंकि उनके कमरे में मैं सबसे बचकर रह सकती थी। वह बिस्तर पर लेटी रहतीं और मैं अपनी आरामकुर्सी पर, जिसके चमड़े के गद्दे हर जगह से उधड़ आए थे। शुरू के दिनों में वह मुझसे फ़ॉक्सलैंड के बारे में बहुत-सी बातें पूछती थीं, और मैं खोद-खोदकर अपनी स्मृतियाँ उनके सामने रखती थी, फिर अचानक उनकी दिलचस्पी बुझने लगी—मुझे लगता, वह मेरी बातें न सुनकर कुछ और सुन रही हैं। उनका ध्यान भटकने लगता, वह बीस-तीस साल पहले की बातें पूछने लगतीं, जब मैं पैदा भी नहीं हुई थी। लेकिन मेरे अज्ञान पर उन्हें दुख या हैरानी नहीं होती थी।

वह उन दिनों भी काफ़ी ख़ुश दिखाई देती थीं...सिर्फ़ एक दिन मैंने उनके चेहरे पर काली छाया देखी थी, जब आँधी आई थी और ख़ुबानी का पेड़ टूटकर गिर पड़ा था। संयोग से उस रात मिस जोसुआ का लेटर-बॉक्स भी ग़ायब हो गया। बहुत ढूँढ़ा-खोजा, ऊपर-नीचे जाँच-पड़ताल की, पर उसका कोई पता नहीं चल सका।

"कैसे इतना बड़ा लेटर-बॉक्स अपने-आप चला जा सकता है?" वह बार-बार मुझसे पूछती थीं।

"अपने-आप नहीं, मिस जोसुआ," मैंने उनसे कहा, "कल रात आँधी आई थी...ख़ुबानी का पेड़ भी टूट गया, छत पर गिरा पड़ा है!"

लेकिन अब उन्हें पेड़ों में दिलचस्पी नहीं रह गई थी—और तो और, अपने पेड़ों में भी नहीं, जो उन्होंने इतने शौक से लगाए थे, जब वह शुरू-शुरू में इस शहर में आई थीं। वे फ़रवरी के अन्तिम दिन थे—मिस जोसुआ के पेड़ों पर छोटी-छोटी पत्तियाँ आनी शुरू हो गई थीं...मैं कभी-कभी सिरहाना ऊँचा कर देती—वह उस पर सिर टिकाकर बैठ जातीं, खिड़की के बाहर देखतीं, लेकिन उनकी आँखें सूनी की सूनी पत्तों पर से निकल जातीं—न कोई उत्सुकता, न कोई पहचान, और ऐसे क्षणों में मैं आतंकित-सी हो जाती—जैसे चलती रेल से कोई यात्री छूट जाता है और बाक़ी लोग किसी तरह उसका हाथ खींचकर भीतर लाने की कोशिश करते हैं—वैसे ही मुझे लगता कि वह छूटती जा रही हैं, कहीं अँधेरे में फिसलती जा रही हैं और मैं उनका हाथ पकड़कर अपनी तरफ़ खींचने लगती। "मिस जोसुआ, मिस जोसुआ!" मैं चीख़ने-सी लगती, और वह आँखें खोल देतीं।

"तुम कहाँ बैठी हो?"

"आपके सामने, मिस जोसुआ...कुछ चाहिए आपको?"

वह इधर-उधर देखतीं, जैसे भीतर की ज़रूरत को भूलकर उसे कहीं बाहर ढूँढ़ रही हों। उन्हें पेशाब भी आता तो भी भूल जातीं कि कौन-सी

ऐसी गोपनीय तकलीफ़ है जो उन्हें सता रही है, कि इस तकलीफ़ को बाथरूम जाकर शान्त किया जा सकता है। वह अँधेरे में अपनी तकलीफ़ों को ढूँढ़ती रहतीं और जब मैं उनका हाथ पकड़कर ग़ुसलख़ाने ले जाती, तो उन्हें यह चमत्कार-सा लगता कि जिस ज़रूरत को उन्होंने यंत्रणा समझा था, वह कितनी छोटी और निर्दोष है, कितनी आसानी से उसे बहाया जा सकता है...

वह ग़ुसलख़ाने में चली जातीं और मैं बाहर दरवाज़े पर खड़ी रहती। मुझे वे पुराने दिन याद हो आते, जब मुझे और छोटे को यह सोचना भी असम्भव लगता कि मिस जोसुआ-जैसी अँगरेज़ औरत कमोड पर बैठती होंगी। वह सबकुछ करती होंगी जो हम हिन्दुस्तानियों को करना पड़ता होगा। उन दिनों यह ख़याल भी अश्लील और असहनीय जान पड़ता था—लेकिन अब यह सब इतना स्वाभाविक बन गया था कि मैं सोचती भी न थी कि वह बाथरूम गई हैं—और मैं बाहर खड़ी सबकुछ सुन सकती हूँ। मिस जोसुआ की बीमारी ने उन्हें बिलकुल दैहिक और दैनिक बना दिया था। मैं जब कभी उनके कमरे में आती तो उनका ढीला-ढाला पेटीकोट, पाउडर और पसीने और पेशाब की गन्ध, सलवटों-भरा बिस्तर—इन सबके बीच वह औरों की ही तरह निरीह दिखाई देती थीं...फिर भी एक अन्तर आख़ीर तक बना रहता था—उनमें और बाक़ी दुनिया के बीच। उन दिनों मुझे वह अन्तर ठीक से समझ में नहीं आता था। आज सोचती हूँ, तो लगता है, वह उनके बरसों अकेले रहने की आदत थी, इसीलिए एक सुरक्षित-सी दुनिया उन्हें अपने आसपास घेरे रहती थी, अपने में केन्द्रित, लेकिन अपने में सम्पूर्ण। इसीलिए उनके कमरे में आते ही मैं भी सबकुछ भूल जाती थी, उनकी दुनिया की गरमाई में अपने को ढक लेती थी, और वह घंटों आँखें मूँदे लेटी रहतीं, साँस चलती रहती, बाहर पहाड़ों पर अँधेरा घिर आता, और जब मैं यह सोचकर जाने लगती कि वह सो गई हैं, तो मेरे पैरों की आहट सुनते ही वह आँखें खोल देतीं, "काया, तुम जा रही हो?"

"मैंने सोचा, आप सो रही हैं..."

"नहीं, सोना क्या? मुझे बिलकुल नींद नहीं आती।" मैं उनके चेहरे को देखती रहती, मगर वह सो नहीं रही थीं, तो इतनी देर से कहाँ थीं? कहाँ चली जाती थीं मिस जोसुआ, कहाँ से लौट आती थीं बार-बार?

उस शाम जब मैं उनके कमरे में आई, तो बिस्तर ख़ाली पड़ा था। देखा, वह अपनी मेज़ के आगे बैठी हैं—चारों तरफ़ ढेर-से काग़ज़ बिखरे थे। मेज़ की दराज़ें खुली थीं। टेबल-लैम्प का आलोक उनके उजले-सफ़ेद बालों पर गिर रहा था। लम्बा-तिकोना चेहरा, बहुत पतली देह, जिस पर उनकी लम्बी स्कर्ट किसी सूखे बाँस पर लटकती दिखाई दे रही थी। उनका एक हाथ दराज़ में पड़ा था, शायद कुछ निकालने के लिए वहाँ डाला होगा और फिर बाहर निकालना भूल गई होंगी, दूसरा हाथ कुर्सी के नीचे झूल रहा था। कमरे में एक भुतैली-सी आभा थी, जिसका सम्बन्ध न रोशनी से था, न अँधेरे से—जो दीवारों के भीतर अपने-आप सिमट आती है, अगर बाहर बर्फ़ पड़ी हो।

और तब वहाँ खड़े-खड़े मुझे सहसा यह ख़याल आया कि ऐसा मैंने कभी सोचा है, या देखा है। उस दिन मैं गिरजे के नीचे खड़ी थी, बीरू को ढूँढ़ रही थी—और तब अचानक मिस जोसुआ का ध्यान आया था कि वह अपने कमरे में अकेली बैठी होंगी।

अब वह अकेली बैठी थीं, और मैं उन्हें देख रही थी। असली चेहरा कौन लाता है? यह जो आज है, आज जो हो रहा है—या अरसा पहलेवाला सच, जब मैंने सिर्फ़ सोचा था कि कुछ होनेवाला है, कुछ होगा...सर्दियों का टिमटिमाता उजाला, मैली बर्फ़ का ढेर—और कुर्सी

पर बैठी मिस जोसुआ—और तब उन्हें देखते हुए मुझे विश्वास हो गया कि सबकुछ दूसरी बार होता है, पहली बार की घटना भी दूसरी बार की स्मृति में जन्म लेती है, तब वह होती है, तब वह गवाह-सी बन जाती है जैसे कहती हो—हाँ, ऐसा हुआ था, यह सच है, यह सच है कि एक शाम तुम मिस जोसुआ के कमरे में गई थीं, और वह टेबल के सामने बैठी थीं...उनका हाथ कुर्सी के नीचे लटक रहा था, मेज़ पर उनकी पुरानी चिट्ठियाँ, पीले ज़र्द फ़ोटो, थिएटर और कन्सर्ट के प्रोग्राम—सब बेतरतीब बिखरे थे।

मेरे आने की आहट सुनते ही उन्होंने आँखें खोल दीं...खिसियानी-सी होकर मेरी ओर देखने लगीं, जैसे चोरी करते हुए पकड़ ली गई हों।

"अभी आई हो?"

"जी, मिस जोसुआ...बत्ती जला दूँ?"

"नहीं, टेबल-लैम्प ठीक है...खिड़की खोल दो...आज बहुत गर्मी है! मैं दुपहर को ही सो गई थी, जब उठी तो पता नहीं चला, वह शाम का अँधेरा है या सुबह का!"

मैंने खिड़की खोल दी। हल्की-सी हवा का झोंका भीतर आया। मेज़ के काग़ज़ खड़खड़ाने लगे। बाहर फ़रवरी की बहुत ख़ामोश, उजली रात थी, धुंध कहीं न थी। अँधेरा होने पर भी मिस जोसुआ के पेड़ तीखे-तराशे और साफ़ दिखाई देते थे...आनेवाले वसन्त को सूँघते, उत्सुक लेकिन ख़ामोश।

"काया—मुझे बड़ा अजीब-सा सपना आया।"

उन्होंने आँखें ऊपर उठाईं, लेकिन मेरी तरफ़ नहीं देखा, जैसे वह कुछ याद करने की भरसक चेष्टा कर रही हों...

"कैसा सपना?" मुझे यह असम्भव लगा। कोई बत्ती जलाकर कुर्सी पर बैठे हुए सपना देख सकता है, यह असम्भव जान पड़ा।

"बड़ी अजीब बात हो गई, अगर यह सपना था...मुझे मालूम है,

मैं एक बहुत लम्बी चिट्ठी लिख रही थी, लेकिन आख़ीर तक आते-आते मैं हमेशा उसके आख़िरी हिस्से को बदल देती थी।"

टेबल-लैम्प का प्रकाश सीधा उनके चेहरे पर गिर रहा था—वह अब मेरी तरफ़ देख रही थीं—गहरे, अनिर्वचनीय विस्मय में उनकी आँखें खुली थीं।

"आख़िरी हिस्सा?"

"हाँ, बरसों पहले मैंने एक चिट्ठी लिखी थी, आज सपने में भी मैं वही चिट्ठी लिख रही थी, लेकिन आख़िरी हिस्सा हमेशा बदल जाता था...मुझे याद नहीं आ रहा था कि मैंने उसमें क्या लिखा था?"

पता नहीं, वह क्या कह रही थीं? क्या कहना चाह रही थीं? उन्होंने कभी अपने अतीत के बारे में हमें नहीं बताया था—मिस जोसुआ का कोई अतीत हो सकता है, हमें इसका ख़याल भी नहीं आता था।

उनकी देह बहुत धीरे-धीरे काँप रही थी, माथे पर पसीने की बूँदें चिपक आई थीं...मैंने उनका हाथ पकड़ लिया, "मिस जोसुआ, आप बिस्तर पर लेटेंगी?"

उन्होंने सिर उठाया, एक अजीब, बिफरी हुई हताशा में मुझे देखा—और फिर एक सीधी-सादी बच्ची की तरह उठ खड़ी हुईं—अपने-आप बिस्तर पर लेट गई। मैंने रज़ाई ढक दी। जब-जब मेरा हाथ उनकी देह को छू जाता, तो लगता, जैसे मुरझाए हुए मांस के पीछे हड्डियाँ जल रही हों—हल्के बुख़ार में तपती हुई, जो उनके पिंजर को ज़रा-सा हिलते ही खटखटाने लगती थीं।

"काया, तुम्हें देर तो नहीं हो रही?"

"नहीं, मिस जोसुआ...अभी सारी रात बाक़ी है।"

"छोटे चले गए?"

"छोटे?" मैंने विस्मय से उन्हें देखा, "मिस जोसुआ, छोटे मेरठ में हैं।"

"तब ठीक है..." उन्होंने लम्बी साँस ली।

"तुम दोनों में से एक को ऊपर रहना चाहिए।"

वह बहक रही थीं। कभी-कभी ऐसे ही बोलते-बोलते वह अपने को छोड़ देती थीं—बहने लगती थीं—और मुझे लगता था, जैसे आँखों के सामने होते हुए भी वह आँखों से ओझल होती जा रही हैं।

"कौन चीख़ रहा था?"

"कोई नहीं, मिस जोसुआ, मैं थी।"

"तुम चीख़ रही थीं काया?"

"आप..."

"मैं?"

उनके माथे पर बल पड़ गए, लेकिन चेहरे पर पीड़ा का कोई चिह्न नहीं था, हालाँकि कभी-कभी आँखें मूँदे हुए वह अपना मुँह खींच लेती थीं, होंठ अजीब-सी भंगिमा में मुड़ जाते थे, जैसे उन्होंने कोई बहुत कड़वी चीज़ खा ली हो और उसे निगल न पा रही हों—लेकिन यह क्षण एक क्षण से ज़्यादा नहीं ठहरता था, पीड़ा की लहर जैसे कहीं भीतर गढ़हे के ऊपर आती थी और देर तक आते-आते चुक जाती थी, थककर मुड़ जाती थी। उनकी आँखें घूमती हुई अचानक मुझ पर ठहर गईं।

"तुम कहाँ थीं, इतनी देर से?"

"मैं यहाँ थी, मिस जोसुआ, आपके सामने।"

"यहाँ कोई आया था?"

"कोई नहीं, मिस जोसुआ, यहाँ सिर्फ़ मैं और आप हैं।"

"मैं और तुम? फिर ये लोग क्यों आते हैं?"

"कौन लोग?"

"कौन लोग?" उन्होंने मेरी ओर देखा, "लोग, और कौन?"

बाहर का फीका उजाला उनके चेहरे पर पड़ रहा था—यह मैं अब भी याद कर सकती हूँ। उन्होंने अपनी ऐनक उतार दी थी, पहली बार मैंने

उनकी नंगी आँखों को देखा था—और वे अजीब-सी असहाय और कठोर लग रही थीं, मैंने पहले कभी—और उसके बाद—किसी की आँखों को एकसाथ इतना असहाय और कठोर नहीं देखा था।

"काया," सहसा उनकी आँखों ने मुझे पकड़ लिया, "तुम्हें मेरा केक मिल गया था?"

"जी..." मैंने मुँह फेर लिया।

"खाया था?"

शर्म से मैं सीधे नहीं देख सकी, अगर मुझे पता होता तो उसे नाले में न फेंकती...लेकिन उन दिनों मुझे कुछ भी पता नहीं रहता था। मैं अपने में ही रहती थी। मैं काफ़ी स्वार्थी लड़की थी—सर्दी के उन लम्बे, कभी ख़त्म न होनेवाले दिनों में सिवाय अपने मुझे कुछ नहीं सूझता था। लेकिन उस शाम मिस जोसुआ के कमरे में बैठकर मैंने सोचा, मुझे कुछ ऐसा करना चाहिए, जिससे मैं अपने से बाहर आ सकूँ, जिससे मैं मिस जोसुआ को अपनी तरफ़ खींच सकूँ, हालाँकि उन दिनों मुझे इस बात का रत्ती-भर अनुभव नहीं था कि कैसे एक आदमी दूसरे को, आख़िरी लमहे पर जाकर, अपनी तरफ़ खींच सकता है।

पता नहीं, उस क्षण मेरे भीतर क्या हुआ, अपना सारा हौसला बटोरकर मैंने उनका हाथ अपने हाथ में भींच लिया...इस बार उन्होंने उसे वहीं रहने दिया—पहले की तरह खींचा नहीं।

"काया, सुनो, तुम एक काम कर सकती हो?"

उन्होंने जिज्ञासा से मुझे देखा।

"कैसा काम, मिस जोसुआ?" मैं एकबारगी भयभीत-सी हो गई।

"अलमारी से मेरी चादरें निकाल दो...ऊपर की दराज़ में रखी हैं?"

"चादरें...इस वक़्त आप उनका क्या करेंगी?" मुझे दहशत हुई कि शायद वह फिर बहकने लगी हैं, लेकिन उनकी आँखें स्थिर थीं, चेहरा बिलकुल शान्त था।

"मुझे बड़ा गन्दा लगता है...कल सुबह उठते ही मैं चादरें बदलूँगी।"

मैं कुछ देर अनिश्चय में डाँवाँडोल बैठी रही, फिर उठ खड़ी हुई। इस बार बिना उनसे पूछे मैंने बत्ती जला दी। स्टूल पर चढ़कर मैंने अलमारी खोली। नीचे मैले कपड़ों का ढेर था—ऊपर हैंगर पर तीन-चार लम्बे कोट टँगे थे, जिन्हें मैंने उन्हें कभी नहीं देखा था। वे वहाँ लावारिस-से लटक रहे थे। लेकिन निगाहें ऊपर उठते ही चादरों पर ठहर गईं—बर्फ़-सी सफ़ेद एक के ऊपर एक तहों में लिपटी हुई। छूकर देखा तो बिलकुल ठंडी। पता नहीं, पिछली कितनी सर्दियों की परतें उन पर जमा होती गई थीं।

मैंने उन्हें उतारकर कोने की मेज़ पर रख दिया। मिस जोसुआ उठकर बैठ गईं, "ज़रा दिखाओ, ख़राब तो नहीं हुईं?"

मैंने चादरों का गट्ठर उनके आगे रख दिया। वह एक-एक चादर को छूने लगीं, सहलाने लगीं। एक भेद-भरी मुस्कान उनके चेहरे पर सिमट आई।

"मैंने इन्हें दिल्ली में ख़रीदा था," उन्होंने धीमे से कहा—बहुत खोए-से स्वर में, जैसे चादरें सिर्फ़ बहाना हों, जिनके सहारे वह कुछ और कहना चाहती हों।

"मिस जोसुआ, आप दिल्ली में रहती थीं?"

"और कहाँ?" उन्होंने कुछ आहत होकर मेरी ओर देखा, "पहले मैं वहीं रहती थी...यहाँ तो मैं बहुत बाद में आई। ये सब चीज़ें मैंने वहीं ख़रीदी थीं..."

उन्होंने कमरे में आँखें घुमाईं—एक-एक चीज़ को ध्यान से देखने लगीं—ग्रामोफ़ोन, पुराने रिकॉर्ड, अलमारी के ऊपर सूटकेस, जिन्हें शायद उन्होंने बरसों से नहीं छुआ था। उनके बक्से, सूटकेस, पोटलियाँ कमरे में वैसे ही बन्द पड़े थे, जैसे कुछ लोग होटल के कमरों में रहते हैं, अरसे तक अपनी चीज़ों को नहीं खोलते।

"मिस जोसुआ—चादरें बदल दूँ?" मैंने कहा।

"नहीं, अभी नहीं..." वह निढाल-सी होकर दुबारा लेट गईं, "इन्हें मेज़ पर रख दे...मैं कल सुबह इन्हें बिछा दूँगी।"

उन्होंने रज़ाई से हाथ बाहर निकाला और मेरे घुटनों पर रख दिया। कितना लम्बा सफ़ेद हाथ था—गर्म पसीने से भीगा हुआ—हड्डियों पर नीली नसों का जाल रोशनी में चमक रहा था।

"कौन-सा महीना है काया?"

"फ़रवरी," मैंने कहा। वह खिड़की के बाहर देख रही थीं।

"मार्च में बर्फ़ पिघलने लगेगी..." उन्होंने कहा, "उसी महीने तुम्हारे स्कूल खुलेंगे।"

क्या उनसे कहूँ, इस बार मैं होस्टल जाऊँगी, वहीं रहूँगी? पर मैं चुप रही। अपना दुख छिछोरा-सा जान पड़ा। लगा, मैं उनसे चिपटकर बैठी हूँ, जबकि वह सबसे अलग हो रही हैं।

उन्होंने आँखें मूँद लीं, निश्चल और शान्त, जैसे वह सचमुच बर्फ़ पिघलने की प्रतीक्षा में लेटी हैं। ऊपर कोई आहट नहीं थी, सिर्फ़ बाहर किसी पक्षी की चीख़ सुनाई दे जाती थी—एक पेड़ से दूसरे पेड़ की तरफ़ उड़ते हुए, और तब लगता था जैसे मिस जोसुआ की दीवार पर न केवल पक्षी की उड़ती छाया, बल्कि उसकी स्तब्ध चीख़ भी कौंध जाती है।

मैं जाने लगी, तो एक क्षण देहरी पर ठिठककर पीछे देखा—वह सो रही थीं, रात की बीहड़, जंगली आवाज़ों से बेख़बर। उनकी मुँदी आँखों की पलकें एकाएक फूल आई थीं, छोटे-छोटे गिट्टों की तरह—और तब मुझे वैसा ही लगा—जहाँ देहरी पर खड़े मिस जोसुआ को देखते हुए—जैसे कभी फ़ॉक्सलैंड में लगता था, जब मकान के सन्नाटे में मुझे बीरू के कमरे से पियानो की आवाज़ सुनाई देती थी। मेरे भीतर सबकुछ ठहर जाता था, लगता था, कुछ हो रहा है, जो इस दुनिया का नहीं है, फिर भी आसपास भटकता है, कभी सूनी दुपहर को जंगल में चलते हुए, या उस रात जब मैं चाचा के साथ बरामंदे में खड़ी थी,

चाँदनी में टेनिस-कोर्ट को देख रही थी—इस क्षण भी हो रहा है, जब मिस जोसुआ सो रही हैं, मैं उन्हें दरवाज़े पर खड़ी होकर देख रही हूँ...

वह क्या था, क्या होता था?

उस रात मैं बहुत देर तक, बहुत गहरी नींद में सोती रही। जब उठी, तो पहाड़ों पर चारों तरफ़ धूप फैली थी। आकाश में एक भी बादल नहीं था। घर में बिलकुल सन्नाटा था। सब कमरे ख़ाली पड़े थे। मैं बरामदे में आई, तो नीचे आवाज़ें सुनाई दीं।

सब लोग नीचे खड़े थे, मिस जोसुआ के घर के आगे—माँ, मँगतू, बाबू, आसपास के पड़ोसी। बरसों बाद भी मैं उन्हें देख सकती हूँ—मिस जोसुआ के पेड़, उनके नीचे खड़े आदमियों के झुंड, भौंकते हुए कुत्ते... वे सब वहाँ थे।

मैं नीचे आई, तो भी देर तक मुझे पता नहीं चल सका कि मिस जोसुआ नहीं रहीं। मुझे विश्वास नहीं हो सका कि ऐसे दिन, जब धूप फैली हो, आकाश इतना नीला हो, कोई मर सकता है!

बाबू और माँ बरामदे में खड़े थे...मँगतू ने मुझे देखा तो हाथ पकड़कर भीतर कमरे में ले गया—दबे पैरों पर—जैसे ज़रा-सा शोर मिस जोसुआ को जगा देगा।

वह सचमुच सो रही थीं, जैसा मैंने पिछली रात देखा था। मुझे बहुत अजीब लगा कि पलंग पर लेटी मिस जोसुआ—अब मरी हुई मिस जोसुआ हैं। वह वैसे ही शान्त-निश्चल आँखें मूँदे लेटी थीं। टेबल-लैम्प के नीचे पिछली रात के काग़ज़, फ़ोटो, चिट्ठियाँ ज्यों-की-त्यों रखी थीं। पलंग के सामने मेज़ पर चादरें रखी थीं, अनछुई, ठंडी, बर्फ़-सी सफ़ेद...सिर्फ़ एक छोटा-सा अन्तर देखा था...मिस जोसुआ का एक हाथ कुहनी पर उठा था—जैसे आधी रात में वह सहसा किसी को बुलाने उठी हों—वह जा चुकी थीं, लेकिन हाथ का संकेत अभी तक हवा में उठा हुआ जीवित था।

मिस जोसुआ...मिस जोसुआ!

लेकिन मँगतू ने मेरा हाथ पकड़कर खींच लिया। सबकुछ झिलमिला-सा लगा, चुँधियाई आँखों के आगे सरसराते पेड़, कानाफूसी करते लोग, नीला, स्वच्छ आकाश। वहाँ ये क्या कर रहे हैं? मैं क्या कर रही हूँ? दिन बीतने लगा, शाम तक मिस जोसुआ का अहाता ख़ाली हो गया। सब लोग लौट गए...सिर्फ़ कुत्ते शाम तक वहाँ बैठे रहे...ख़ाली बरामदे के सामने वे रह-रहकर भौंकने लगते थे...

मैं नीचे उतरती गई। वह चमकीला दिन था। पेड़ों के नीचे पिघली हुई बर्फ़ के चहबच्चे धूप में चमक रहे थे। मैं घर से छुटकारा पाना चाहती थी। मैं नीचे चली आई थी। रेल की लाइन वहीं थी, सुरंग के नीचे—वह अब बहुत साफ़ और धुली हुई दिखाई दे रही थी। लाइन के दोनों तरफ़ झाड़ियाँ थीं, उनके नीचे कीचड़ थी, बर्फ़ का गँदला, पिघला पानी, जो छोटे-छोटे नालों में खेतों की तरफ़ बह रहा था।

मुझे याद नहीं आता, मैं कैसे उस दुपहर सुरंग के पास चली आई थी। वहाँ फ़रवरी की नई उगती घास थी। नीचे खेतों से भेड़-बकरियों की आवाज़ें सुनाई दे जाती थीं...वही झाड़ियाँ थीं, जिन्हें मैं जानती थी। मुझे तब ख़याल आता, मैं हर जगह घूमती हूँ, लेकिन अपनी जगह नहीं ढूँढ़ पाती। सब चले गए थे—लामा अपनी राह पर, मिस जोसुआ ने भी अपना हल ढूँढ़ निकाला था। मैं किससे चिपटी बैठी हूँ? किसकी राह देख रही हूँ? मैं हमेशा छुटकारा पाने के लिए तड़पती थी, भय से, दूसरों के आतंक से...लेकिन फ़रवरी की उस दुपहर को सुरंग पर बैठे हुए मैंने सोचा—असल में मैं अपने पर बोझ हूँ, मुझे जब तक उससे, उस 'अपने' से छुटकारा नहीं मिलेगा, मैं अपने को एक लोथ की तरह घसीटती रहूँगी...

एक दिन गिन्नी की झिझियाती आँखों में जो बेचैनी, कातरता, तड़प देखी थी (लामा उसे 'आत्मा' कहती थी) वह जैसे अब मेरे भीतर समा गई हो, लेकिन मैं इतनी कम थी, इतनी छोटी, इतनी सीमित, कि वह मेरी देह के चारों तरफ़ चक्कर लगाती थी, पिंज़रे में बन्द किसी बनैले जानवर की तरह, जो बदहवास-सा होकर चारों तरफ़ घूमता है, बाहर नहीं आ पाता... मुझे अपने को खोलकर उसे छोड़ देना होगा, मैं अब उसके बोझ को नहीं सँभाल सकती, उसकी बदहवास भूखी चाहना को दो-चार तसल्ली के टुकड़े देकर तृप्त नहीं कर सकती...मैं उसे छोड़ दूँगी, उसे जाने दूँगी, मैं जो इतना लालची, इतना स्वार्थी रही हूँ, अब, इस मौक़े पर दूसरों से छुटकारा पाने की जगह, ख़ुद उस बेचैन चक्कर काटती, चीख़ती, रिरियाती चीज़ को अपने से मुक्त कर दूँगी...

मैं साँस लेने लगी—जैसे पहली बार खुली, अन्तहीन हवा में साँस ले रही हूँ...फिर धीरे-धीरे वह आवाज़ सुनाई दी—सुरंग से बाहर आती हुई। रेल आती होगी...समर हिल से कालका जानेवाली ट्रेन—जो हमेशा यहाँ से गुज़रती थी। पक्षियों का रेला झाड़ियों से ऊपर उठा और रेल की पटरियों के साथ-साथ उड़ने लगा। एक आतंकित-सी गूँज उठने लगी थी—उसमें किसी तरह की दुविधा, कोई पाप और मैलापन नहीं था। न कोई शक, न सन्देह—बिलकुल साफ़, बेलौस आवाज़—समूचे जंगल को अपने में समेटती हुई, एक अजीब-सा आमंत्रण, जो सबकुछ धो डालता है, अपनी तरफ़ बुलाता है, समूची पीड़ा और भय को चुनौती देता हुआ... मैं नीचे उतरने लगी, कितनी फैली आवाज़ थी, कितनी साफ़...मैं हमेशा किनारे पर रहती थी, इसीलिए लामा हिक़ारत से हँसती थी—तू हमेशा अपने को बचाकर रखती है...उसने कभी मुझ पर विश्वास नहीं किया। ट्रेन की गड़गड़ाहट पास आई, तो मुझे सहसा जान पड़ा कि मैं किनारे को छोड़कर बीच में आ सकती हूँ, रेल की दो लाइनों के बीच—जो दुपहर के उजाले में बिलकुल साफ़ और पवित्र दिखाई दे रही थीं।

मुझे लगा, उनके बीच वह भरोसा है, जो मैं बीरू को दे सकती हूँ। वहाँ ईश्वर है—और, एक बार ईश्वर के पास जाकर मैं उस पाप से छुटकारा पा सकती हूँ जो कायर और स्वार्थी लोगों के साथ चिपटा रहता है। उसके बाद वे मुझसे छुटकारा पा लें, तो भी मुझे कोई दुख नहीं होगा। उसके बाद मुझे स्कूल के होस्टल से भी डर नहीं लगेगा...लेकिन यहाँ पहुँचने से पहले मैं यहाँ आऊँगी...मैं एक बहुत डरपोक जीव रही हूँ, लेकिन उस दुपहर मैं पहली बार अपने को भूलकर, मंत्रमुग्ध-सी एक असाधारण स्वप्न से गुज़रती हुई नीचे उतर आई, सुरंग के नीचे जहाँ लम्बी भूरी घास पटरियों के दोनों तरफ़ सिर उठाए खड़ी थी। उस क्षण मेरे भीतर कुछ नहीं था—न कोई पछतावा, न उनकी पीड़ा...मेरे भीतर कुछ नहीं था...नहीं, था ज़रूर कुछ एक घिरता हुआ आकाश, जिस पर डरे हुए पक्षियों का बवंडर, मैं बाहर भी देख सकती थी, अपने भीतर भी और यह बनैली, अँधेरी फूत्कार, जो रेल की पटरियों से आ रही थी, ज़मीन को भेदती हुई, बरसों से भरे मवाद को फोड़ती हुई...

मुझे ट्रेन दिखाई दी...और उसी क्षण एक भयानक पीड़ा की लहर मेरी देह को तोड़ते हुए निकल गई। मेरे हाथ जाँघों के बीच उस पीड़ा को खोजने लगे...एक लिसलिसा, गर्म, रक्तिम ज्वार बाहर निकल रहा था, मेरे जाँघिए के भीतर से बहता हुआ, मेरे धूल से सने घुटनों पर चकत्तों की तरह जमा हो रहा था...धुएँ की कालिख-भरी धूप में मैंने अपना हाथ जाँघों से बाहर निकाला...दादू का रस? मुझे लगा, झाड़ियों के पीछे से कोई हँसते हुए फुसफुसा रहा है—और मैं झपटकर अपने लाल, लिसलिसे हाथों को घास से पोंछने लगी, और तब मुझे ख़याल आया कि यहीं घास और झाड़ियों के बीच गिन्नी का ख़ून छिटका होगा और तब मैं सुरंग से दूर हटने लगी, ऊपर चढ़ने लगी, घास और पत्थरों से अँटी पगडंडियों पर गिरते-पड़ते भागने लगी, उसी सड़क से दुबारा लौटने लगी, जहाँ से एक दिन मैं लामा और गिन्नी के साथ नीचे आई थी।

फिर मुझे वह पत्थर दिखाई दिया—और मैं ठहर गई। अचानक मुझे लगा, मैं हल्की हो गई हूँ, सबसे मुक्त और स्वच्छ...मेरा शहर दब गया था, हमेशा के लिए—और मैं उस पर उगी वसन्त की घास और कीचड़ में लिथड़ी बर्फ़ से अपना ख़ून पोंछ रही थी, मैं घास पर लोट रही थी, मैं हो गई थी। मैं ईश्वर के पास पहुँचकर उसके परे निकल गई थी...

लन्दन-शिमला-दिल्ली
1970-74